Das Echo

Die Geschichte eines Mörders

Thomas Märtens

Roman

Die Handlungsstränge in der nachfolgenden Geschichte sind fiktiv. Auch die Personen wurden frei erfunden. Ähnlichkeiten oder tatsächliche Übereinstimmungen mit lebenden oder bereits verstorbenen Menschen wären rein zufällig und waren zu keiner Zeit beabsichtigt. Auch die Handlungsorte sind zum großen Teil frei erfunden

Bibliografische Information der Deutschen Nationalbibliothek: Die Deutsche Nationalbibliothek verzeichnet diese Publikation in der deutschen Nationalbibliografie; detaillierte bibliografische Daten sind im Internet über http://dnb.dnb.de abrufbar.

Covergestaltung: Thomas Märtens
Coverbild: Thomas Märtens
Lektorat: Thomas Märtens

Verlag: BoD · Books on Demand GmbH, In de Tarpen 42, 22848 Norderstedt

Druck: Libri Plureos GmbH, Friedensallee 273, 22763 Hamburg

ISBN: 978-3-7597-8365-3

Vorwort

Freddy Borrmann wächst auf dem Kiez im Hamburg der späten fünfziger Jahre es vergangenen Jahrhunderts auf und erlebt mit seiner Mutter in verschwiegener Zweisamkeit eine durchaus behütete Kindheit. Das ist zumindest dann der Fall, wenn sein Vater als Matrose auf den Schiffen dieser Welt unterwegs ist und durch Abwesenheit glänzt. In den wenigen Tagen im Jahr, in denen er jeweils unangemeldet, in der Regel völlig besoffen und höchst aggressiv in der ehelichen Wohnung aufkreuzt und das raue, gewalttätige Leben eines Seefahrers der damaligen Zeit im Gepäck mit sich trägt, ändert sich die häusliche Stille allerdings. Immer wieder schlägt er völlig unerwartet aus einer üblen Laune heraus auf seine Frau ein und vergreift sich später auch an seinem größer werdenden Sohn, als dieser irgendwann beginnt, sich schützend vor seine Mutter zu stellen.

Genau wie die Ausbrüche seines Vaters prägen den jungen Freddy auch seine häusliche Umgebung nahe der Reeperbahn, die unausweichlichen sozialen Konflikte in der Schule und später die am Arbeitsplatz. Es sind die Erbanlagen seines Vaters, die einfach in ihm wohnen und ihn immer weiter auf die Schattenseiten des Lebens abdriften lassen, bis er sich zuletzt dazu hinreißen lässt, einem Menschen das Leben zu nehmen. Allerdings trägt er auch die guten Gene seiner Mutter in sich und versucht, sein Leben wieder auf festen und gedeihlichen Boden zu stellen. Die Begegnung mit der überaus hübschen Enkeltochter seines Chefs könnte für ihn der alles rettende Anker sein.

Das Echo beleuchtet die äußerst spannende und ereignisreiche Entwicklungsgeschichte eines ganz normalen Jungen, der zum Mörder wird. Freddy Borrmann selbst erzählt mit aufrichtigen Worten und absolut schonungslos ohne Vorbehalte von seinen Motivationen, Ansichten, Überzeugungen, Erfahrungen und Erlebnissen. Er überlässt es den geneigten Leserinnen und Lesern, sich ein Urteil über sein nicht völlig weggeworfenes Leben zu bilden.

Nichts ändert sich, wenn Du es nicht selbst veränderst. Das betrifft alles, was in Dir ist, was Du denkst und fühlst, wie Du die Dinge siehst und jenes, was Dich umgibt. Hilf Dir selbst, sonst hilft Dir niemand, denn zuletzt – so habe ich es häufig auch selbst erfahren müssen - ist alles eine Frage der Selbstachtung, was Du Dir gefallen lässt und wie lange es dauert, dass Du Dich gegen die Widerstände erhebst. Doch mach es Dir klar. Du musst zuweilen ganz sicher vor allem Deine inneren Grenzen weit zurück lassen, über gefährlich tiefe Abgründe springen und Dinge tun, die nie in Deinem Kopf waren, an die Du bislang nicht einmal in Deinen schlimmsten Träumen gedacht hast und die trotzdem getan werden müssen. Auch wenn Du dafür gesteinigt wirst oder man Dich jagt wie ein wildes Tier. Tust Du es nicht, bleibst Du immer der gleiche, folgst in einem Hamsterrad einer Endlosschleife oder schleppst Dich im Krebsgang durchs Leben. Monoton, berechenbar, uniform, ein Herdentier. Du allein hast die Wahl. Mach Dir aber bewusst, dass Du mit den aus Deinem Handeln resultierenden Folgen für alle Zeit zurechtzukommen hast. Es gibt danach kein zurück mehr. Es geht einzig um die Frage, was Du siehst, wenn Du in den Spiegel blickst.

Ich, Freddy Borrmann, bin ein Mörder. Ich habe einem anderen Menschen das Leben genommen, ihn massakriert, ins Jenseits geschickt, sein Lebenslicht ganz einfach ausgelöscht. Ich war und bin weder böse noch habgierig oder gewalttätig. Ich bin auch kein schlechter Mensch, zumindest nicht im humanistischen Sinne. In der rechtlichen Betrachtung meines Daseins allerdings käme ich allerdings schon zu einem völlig anderen Ergebnis. Die Buchstaben der geltenden Gesetze sprechen diesbezüglich eine zweifellos klare Sprache.

Zu meiner persönlichen Rechtfertigung muss ich sagen, dass es mir niemals zuvor in den Sinn gekommen war, etwas derart Schreckliches zu tun. Ich geriet ganz einfach nur an einem bestimmten Punkt meines Lebens in eine Situation, die mich in ein finsteres Nichts stürzte. Zuletzt hatte ich überhaupt keine andere Wahl, etwas anderes zu tun als genau das, was ich schließlich tat. Damit ich auch richtig verstanden werde. Ich bitte hier keinesfalls um Verständnis oder Nachsicht, denn es gibt auch aus meiner Sicht keine ethische Rechtfertigung für mein grausames Verhalten. Ein Mord ist und bleibt ein Mord und es ist vollkommen recht, dass eine solche Tat vor dem Gesetz nicht verjährt. Moralisch würde ich da aus meiner (und nur aus meiner) Sicht allerdings nicht ganz so rigoros urteilen. Ich erwähnte es schon, dass ich so handeln musste. Zumindest aus meinem damaligen Blickwinkel. Es ging mir ausschließlich darum, weiterhin mit Selbstachtung, die etwas sehr Bestimmendes und Wichtiges in meinem Leben war und ist, in den Spiegel sehen zu können und mir das einzugestehen, wovon so viele Menschen reden, aber nicht wirklich etwas wissen wollen, nämlich die Wahrheit. Und die Wahrheit ist das, was ich zuvor hinsichtlich meines Handelns bereits sagte. Vor der Tatbegehung hatte ich mich intensiv damit auseinandergesetzt und während der langen Planungs- und Vorbereitungsphase ein wiederholt heftiges Schaudern über meine Absicht empfunden, denn ich musste tatsächlich meine inneren Grenzen überwinden. Unschwer zu erkennen, dass in mir sowohl eine Seele lebt als auch ein Herz schlägt. Ich hatte mich vor der Tatausführung immer wieder und unaufhörlich gefragt, wie der Moment des Tötens wohl sein und wie sich das Auslöschen eines Lebens anfühlen würde, was allerdings für das Opfer aus verständlichen Gründen um einiges unangenehmer sein sollte. Unmittelbar vor der Tat war ich sogar ziemlich unruhig und nervös, musste aber zuletzt feststellen, dass die eigentliche Handlung recht simple, geradezu anspruchslos war, wie im Verlauf meiner Geschichte zu erfahren sein wird. Trotzdem. Alles um mich herum erschien in diesen Sekunden undurchsichtig, nebulös hinter einem Schleier versteckt, war nicht bestimmbar. Ich bewegte mich geradezu wie ferngesteuert. Auf jeden Fall bin ich kein Killer im eigentlichen Sinn. In mir tobten damals wie heute auch keine krankhaften Triebe. Ich habe seinerzeit einfach das Unausweichliche getan, weil es keinen anderen Weg gab, meine Selbstachtung wiederzuerlangen. Dabei unterscheide ich mich grundsätzlich von normalen, emphatischen Menschen, in deren Welt das Töten allenfalls des Abends im Fernsehen vorkommt und die in ihrer vermeintlich gerechten und aufgeklärten Welt vielleicht mehr als der zweifelhaften Überzeugung verfallen sind, zu einer solchen Tat überhaupt nicht fähig zu sein. Doch meine ich, dass ein derart rohes Verhalten bei den meisten Menschen lediglich eine Frage der Motivation ist. In unserer evolutionären Entwicklung sind wir meiner Überzeugung nach gerade einen Schritt weiter als ein Tier. Nichts ist es meiner Meinung nach mit der goldenen Krone der Schöpfung, denn im evolutionären Sinn sind auch wir lediglich ein weiterer ihrer unendlichen Versuche.

Man Stelle sich nur für einen Moment vor, ein Sexualstraftäter hätte der eigenen Ehefrau, dem Ehemann oder dem Kind etwas sehr Schlimmes angetan und beobachte sich selbst ganz genau. Bei dem ein oder der anderen wird die Sache mit der Empathie sicherlich bald ein Stück weit ins Wanken geraten. Und wenn man dem vielleicht körperlich offenkundig unterlegenen Täter allein im Dunkeln auf der Straße begegnet, während unstillbare Wut und dumpfer Schmerz die Seele aufwühlt. Was wäre dann? Wie war das doch gleich? Mitgefühl? Empathie? Ich wäre mir da bei vielen Artgenossen in einer solchen Extremsituation nicht mehr ganz so sicher.

Grundsätzlich, so ist es der modernen Hirnforschung zu entnehmen, scheint es so zu sein, dass die Spiegelneuronen die Basis für Mitgefühl, Kultur, Religion und ähnliches sind. Bei mir haben diese Dinger damals einfach nur versagt, zumindest für einen kurzen Zeitraum. Ich habe lediglich einen Menschen mit Bedacht vorsätzlich und gnadenlos erledigt. Wiederholen würde ich so etwas nicht, denn es ist hinterher nicht mehr weit her mit dem Seelenheil. Das Bewusstsein meldet sich sehr bald zurück, die erwähnten Neuronen nehmen ihre Arbeit wieder auf und das Gewissen vermittelt ein Gefühl der Erbärmlichkeit, der Widerwärtigkeit, der Endgültigkeit und der Schuld. Mich plagen seitdem innerlich noch immer grimmig wütende Geister. Ich glaube auch nicht, dass das jemals vorbei sein wird. Bis an das Ende meiner Tage werde ich damit Leben müssen. Doch sagte ich bereits, dass es sein musste. Auch für mich war alles lediglich eine Frage der Motivation. Jetzt kommt man mir als Christ wahrscheinlich mit dem fünften Gebot um die Ecke. Ich weiß und wusste natürlich, dass ich nicht töten soll, aber was ist damit wirklich gemeint. Wenn ich eine Mücke erschlage, töte ich auch. Bedeutet dieses Gebot im engeren Sinne vielleicht, dass ich nicht morden soll? Mord setzt juristisch gesehen niedere Beweggründe voraus. Davon steht im erwähnten Gebot aber nichts. Und überhaupt. Für wen gilt das im Besonderen? Hat schon mal jemand an die Kreuzzüge des Mittelalters gedacht, an die vielen Menschen, die im Namen des Kreuzes ihr Leben hergeben mussten, weil sie anderer Meinung waren oder an etwas Anderes glaubten? Auch die vermeintlich gute Sache rechtfertigt doch das Töten nicht! Kriege ziehen sich wie ein roter Faden bis heute durch die Geschichte der Menschheit und werden es sicherlich auch künftig tun. Dazu mag ich einfach nichts mehr sagen. Der Mensch an sich ist hässlich, feige und gemein. Seine Kreativität erreicht ungeahnte Höhen wenn es darum geht Möglichkeiten zu erfinden, nicht nur seinem Nächsten das Leben zu nehmen. Doch habe ich überhaupt noch das Recht, derartiges festzustellen?

Sei es drum. Ich finde, unser Geist ist ein Paradoxon. Ein Beispiel. Einerseits sind wir Erdlinge intelligent genug, Atombomben zu bauen und auf der anderen Seite tatsächlich so dumm, das auch zu tun und sie zuletzt sogar auf andere Städte zu werfen, um viele unschuldige Menschen in den Tod zu schicken. Mit einem Anteil von mehreren Prozentpunkten riskieren wir dabei sogar, dass sich die Erdatmosphäre entzündet und unser Globus völlig abbrennt. Jegliches Leben auf unserer Erde würde in sehr kurzer Zeit erlöschen. War und ist es wirklich Gottes Wille, uns mit den kosmischen Kräften herumspielen zu lassen?

Ich bin jedenfalls nicht gläubig. Von daher hätte mich auch das fünfte Gebot nicht aufhalten können, falls ich überhaupt daran gedacht hätte. Sobald ich irgendwann einmal auf der anderen Seite des Himmels ankomme, werde ich wohl erfahren, wer mich zur Rechenschaft ziehen wird. Aber eines kann ich jetzt schon mit Gewissheit sagen. Dort werde ich ganz bestimmt nicht allein vor der großen Tür eines himmlischen Richters oder Richterin stehen und töten kann man mich auch nicht mehr, denn tot bin ich dann ja schon.

Doch was also sollen meine Worte nun bedeuten, warum erzähle ich das alles und was will ich damit sagen?

Ich möchte einfach nur klar machen, womit man es hier zu tun hat. Ich kann es drehen, wie ich will. Ich bin und bleibe ein Mörder. Und das ist es, was man zu diesem Zeitpunkt wissen muss. Allerdings ist meine Geschichte mit all ihren vielschichtigen Hinter- und Abgründen zu komplex, als dass sie dem geneigten Leser oder der ebenso geneigten Leserin mit nur wenigen Worten verständlich gemacht werden könnte. Von daher schreibe ich hier alles auf, was sich in meinem Leben zugetragen hat, denn zuletzt ist es mir einfach egal, wie andere Menschen mein Handeln bewerten. Ich bin meinen Weg, für den ich im Nachhinein und leider viel zu spät doch andere Möglichkeiten als das Töten erkannt hatte, konsequent zu Ende gegangen, habe alles ertragen und hingenommen, was es zu ertragen und hinzunehmen gab.

Nachdenklich stehe ich mit hochgezogenen Schultern und die Hände tief in den Taschen vergraben in meinen längst aus der Mode gekommenen Klamotten mit hochgeschlagenem Kragen des reichlich abgewetzten Gabardinemantels, bei den erstaunlicherweise einmal menschenleeren Landungsbrücken in Hamburg. Das alte Museumsschiff Rickmer Rickmers liegt ein Stück weit links und ich lasse meinen Blick langsam über die Norderelbe schweifen. Ich liebe den Hafen bereits seit meiner frühen Kindheit, den Blick hinüber nach Steinwerder, die Speicherstadt, den Hansakai, den Geruch des trüben Wassers, das gierige Schreien der scheinbar ewig hungrigen Möwen, die alten Schlepper mit ihren beruhigend tuckernden Dieselmotoren, die so vielfältigen anderen Geräusche und den stummen Ruf der weiten Meere, der sich ganz langsam mit dem Nebel geräuschlos die Elbe heraufschleicht. Der Vorhafen wird gerade von den ersten dicken Schwaden eingehüllt. Zusehends dämpft die weiße Pampe, wie wir den kalten Novembernebel als Kinder immer genannt hatten, das seltsame maritime Hafenkonzert, bis zuletzt alles wirkt, als wäre es in Watte gehüllt. Blass sind bald nur noch die Schiffssilhouetten und auch die Krananlagen auf der anderen Elbseite zu erkennen. Nicht nur die gerade noch sichtbaren

Positionslichter der letzten vorbeifahrenden, inzwischen menschenleeren Barkassen, sondern auch die vielen Beleuchtungsanlagen auf den Frachtern und den Werften geben dieser sonderbaren Szenerie in der aufkommenden Abenddämmerung etwas gespenstisches.

Mein Blick klebt wie so oft an den Betriebsanlagen von Blohm & Voss und wie immer, wenn ich mich auf meinen langen Spaziergängen an wechselnden Standorten der blauen Stunde hingebe, gehen mir lebhafte Erinnerungen meiner lange zurückliegenden Kindheit und Jugend durch den Kopf.

Auf der Werft hatte ich als junger Bengel zu Arbeiten angefangen und schon damals - wenn ich Zeit dazu hatte - von der anderen Hafenseite nach St. Pauli herüber geschaut. Mag sein, dass es von dort drüben bis zu den Landungsbrücken tatsächlich nur einige hundert Meter sind, doch für mich scheint die Entfernung weitaus größer, denn zwischen meinem damaligen Aussichtspunkt und dem heutigen Standort liegt ein großer Teil meines wirklich ereignisreichen und spannenden Lebens, das neunzehnhundert fünfzig in St. Pauli begann.

Meine Mutter, eine bildhübsche, liebevolle junge Frau und ich bewohnten damals in einer Nebenstraße nahe der Reeperbahn eine kleine zweieinhalb Zimmer Wohnung. Obwohl, ganz richtig ist das nicht, denn einen Vater hatte ich auch. Der fuhr aber zur See und war die meiste Zeit des Jahres irgendwo in der weiten Welt unterwegs. Die wenigen Wochen, in denen er sich gelegentlich zu Hause blicken ließ, habe ich jedoch in denkbar schlechter Erinnerung. Als ich alt genug war, die ersten Fragen zu stellen und ständig wissen wollte, wo Vaters Schiff gerade die Meere befuhr, saßen Mama und ich an unserem runden Tisch in der Mitte des kleinen und mit viel Liebe eingerichteten Wohnzimmers. Wir zwei lehnten lange und innig schwatzend über einem dicken Atlas und ich lauschte mit gespitzten Ohren dem warmen Singsang, den wunderbaren, geradezu bildhaften Beschreibungen meiner Mutter. Damals heizten wir noch mit Kohle und ich genoss in den dunklen Wintermonaten die wohlige Atmosphäre in unserem äußerst sauberen, gemütlichen Kleinod. Des Abends, wenn ich zu Bett gebracht wurde, las mir Mama nur allzu gern Gedichte von Joachim Ringelnatz vor, die ich so früh in meinem Leben noch nicht recht verstand. Da sie aber meiner Mutter zu gefallen schienen, mochte ich die Reime natürlich auch. Ich erinnere mich noch gut, dass in dem Buch in einem bestimmten Gedichtzyklus die Rede von einem ziemlich abstrusen und chaotischen Seemann namens Kuddel Daddeldu war, über den sich Mama immer wieder köstlich amüsierte. Ich glaube, dass ich ihr eine große Freude machte, als ich unseren kleinen Kater, den sie mir einmal aus dem Tierheim mitgebracht hatte, ganz einfach Kuddel nannte. Dieser kleine graue Räuber unterstützte unsere familiäre Stille nach Kräften, in dem er praktisch erst einmal nichts tat, wohl aber die Wohnung kurzerhand nach seinem Einzug zu der Seinen machte. Den ganzen Tag über schlief er an den unmöglichsten Plätzen, beispielsweise auf dem kleinen Regal über dem Küchenherd, bequem seine Augen schloss, Ruhe und tiefe Ausgeglichenheit versprühte dabei seine Ohren jedoch immer auf Hab-Acht-Stellung hielt. Was dieser schnurrende Halunke allerdings des nachts, wenn er durch die dunklen Hinterhöfe von St. Pauli schlich anstellte, habe ich trotz aller Neugier nie herausbekommen. Es war mir einfach unmöglich, ihm zu folgen. Versucht hatte ich es später schon, aber der Kerl bemerkte mich immer und jedes Mal schüttelte er mich gekonnt ab.

Ich lernte also zeitig sehr viel über Geografie und so für viele Monate auf uns allein gestellt, wuchs über die Jahre ein äußerst enges Band zwischen Mutter und Sohn.

Irgendwann aber kam der Alte nach Hause. Wie aus dem Nichts öffnete sich ohne Vorankündigung mit mächtigem Krachen die Tür. In langem Mantel und seinen Südwester auf dem Kopf, schob er eine Woge derben Geruchs aus Dieselöl und ordentlich Fusel durch die Tür. Breitbeinig stand er da, sagte zunächst keinen Ton und musterte uns grimmig. Ein mürrisch missmutiger Blick und dann kam auch schon der erste Vorwurf in noch etwas verhaltenem Ton.

»Werde ich nicht mal im Hafen von meiner Familie abgeholt?«

»Aber wir wussten überhaupt nicht, dass Du heute kommst«, antwortete meine Mutter, in dem sie erschrocken aufstand und - als hätte man in ihr einen Hebel umgelegt - in der Speisekammer herumzukramen begann, um sogleich verschiedene Nahrungsmittel auf dem Tisch auszubreiten und meinen Vater zu bedienen.

Ihr warmherziges Wesen verschwand unversehens hinter einer fremdartigen Fassade, was mich auf der Stelle ängstlich werden ließ.

»Habe ich doch aber gesagt, als ich abfuhr!«

»Dann tut es mir leid. Das muss ich überhört oder vergessen haben«, war die schuldbewusste Antwort.

Es bedarf keiner besonderen Erklärung, dass mein Vater in Wahrheit nie etwas von Abfahrt oder Wiederkehr erzählt hatte. Das tat er nämlich nie. Er kam und verschwand, wie es ihm gefiel. Nicht nur, wenn er auf große Fahrt ging, sondern auch während seiner Anwesenheit in unserer für drei Leute viel zu kleinen Wohnung.

»Was ist das denn für einer«, raunte Vater, als er das erste Mal den kleinen Kater bemerkte.

»Das ist Kuddel. Mein neuer Freund«, meldete ich mich energisch zu Wort.

»Von Wegen. Dem ziehe ich Sonntag das Fell ab und dann kommt er in den Backofen!«

Die Worte blieben mir im Hals stecken und hilflos blickte ich meine Mutter flehend an.

»Mach Dir keine Sorgen, mein großer. Das sind nur Papas Seemannsscherze«, gab sie mir zur Antwort und strich beruhigend über meinen Kopf.

»Beim Klabautermann. Du musst mal mit mir zu den Indianern kommen. Die essen sogar ihre Hunde«, frotzelte der Alte und machte mir weiter Angst.

Bald quasselte er – angetrunken wie er war – von ganz anderen Dingen und ich war froh, dass er die Katze aus dem Visier verloren zu haben schien. Mutter versorgte ihn mit warmem Essen, dann verlangte er nach Schnaps und Bier und zuletzt wurde ich ziemlich barsch angefahren, sofort unter Deck und in die Koje zu gehen, was ich auch ziemlich verängstigt tat. Kuddel folgte mir auf leisen Sohlen und in meiner kleinen Kammer verbargen wir uns unter meinem Bettzeug, ohne uns zu rühren. An diesem Tag war es nichts mit verrückten Geschichten aus Mutters Ringelnatzbuch von diesen seltsamen Hochseekühen, die sich unter Wasser mit ihren Hufen melken konnten und Schnurrbarthaaren, die irgendwo am Kattegat im Meer herumschwammen. Während des ganzen Abends pöbelte Vater, inzwischen vermutlich stark betrunken, wiederholt und lautstark mit ziemlich schlimmen Worten und irgendwann zu vorgerückter Stunde wurde es endlich still in der Wohnung. Ich meinte, später noch seltsame, schwer zu beschreibende Geräusche aus dem Zimmer meiner Eltern gehört zu haben, schlief aber sehr bald ein und träumte schlecht.

Meine sonst so schönen Jungenträume von den Abenteuern der großen weiten Welt, die auf mich warteten, verschwanden in den Tagen der Anwesenheit meines Vaters in pechschwarzem Nichts. Die Angst um meine Mutter und Kuddel beherrschte mich, bestimmte meine immer wüster werdenden Träume und führte zuletzt zu schweren Gewaltausbrüchen eines schwarzen Titanen aus der Unterwelt, den ich den Mann im Schatten nannte, der von einem anhaltenden bösen, dröhnenden Echo begleitet wurde. Dieses Wesen hatte keinen Namen und auch kein Gesicht. Es war immer nur schemenhaft zu erkennen und hielt sich ausschließlich im Halblicht auf.

Auch wenn ich im Schlaf als Retter der Welt und schwer bewaffneter, großer Kämpfer unterwegs war, war dieses Unwesen nie zu fassen, nicht zu besiegen und das Echo nicht zu lokalisieren. Genau das machte mich stutzig und verfolgte mich oftmals auch nach dem Aufwachen noch.

Durch diese Träume aufgewühlt, fand ich nie richtig zur Ruhe, war ständig unausgeschlafen, missgelaunt und passte auch in der Schule überhaupt nicht mehr auf. Das änderte sich in dieser Phase meines Lebens immer erst dann, wenn mein Vater wieder die Anker lichtete und für unbestimmte Zeit auf See verschwand.

Bald erholte ich mich und war schnell wieder der kleine Junge, der ich sein wollte. Meine Mutter erklärte mir später, wie unsere Träume entstehen und was sie bedeuten. Ich erfuhr etwas von meinem Unterbewusstsein, dass unsere Erlebnisse des Tages im Schlaf verarbeitet und dass ich in dem Schattenmann mit seinem undefinierbaren Echo eine Projektion meines Vaters erlebe.

»Du musst aber keine Angst haben. Das sind alles nur Träume. Die tauchen auf und verschwinden auch wieder.«

Am Morgen drauf wirkte meine Mutter fremdartig, geradezu wie ausgewechselt und sehr verstört. Das machte mir zusätzlich Angst. Ich habe mir zu diesem Zeitpunkt noch keinen Reim darauf machen können, was mein Vater während der Nacht alles mit ihr angestellt hatte, aber etwas Gutes war es offensichtlich nicht gewesen. Was sich im elterlichen

Schlafzimmer regelmäßig abgespielt hatte, erfuhr ich erst einige Jahre später. Um so weniger konnte ich es mir dann erklären, warum Mutter ihn nicht einfach verlassen hatte. Gefragt habe ich sie aber nie.

Als ich noch ein kleiner Kerl war, traute sich der Alte nicht, mich zu schlagen. Sehr viel größer aber war ich auch nicht, als ich die erste Ohrfeige bekam. Was ich falsches gesagt oder getan hatte, weiß ich heute nicht mehr. Es war ganz sicher nur eine Nichtigkeit, denn einen gravierenden Anlass benötigte Vater nie, um aus der Haut zu fahren. Erinnerlich ist mir aber, dass Mutter sich schützend vor mich stellte und aus diesem Grund gleich mit geohrfeigt wurde. Anschließend krachte die Wohnungstür zu und mein Vater versackte für einige Zeit auf dem Kiez. Er soff ohne Ende, schlief bei Nutten, prügelte sich mit Zuhältern und verschwand eines Tages ohne ein Wort, ließ aber - und wenigstens das kann man zu seiner Ehrenrettung anführen - einen recht ordentlichen Batzen seiner Heuer zurück, sodass wir weder Hunger leiden noch frieren mussten.

Wenn er sich mal mit seinem Sohn beschäftigte, war er in diesen Jahren eigentlich auch ganz in Ordnung. Dann nahm er mich wie ein guter Vater an die Hand, wir ging in den

Hafen, er zeigte und erklärte mir alle Schiffe, fütterte mich mit reichlich Krabbenbrötchen und zuletzt waren wir auf einer Barkasse für ungefähr zwei Stunden quer durch den Hafen unterwegs.

Später spannte er mich häufig in seine undurchsichtigen Unternehmungen ein. Meine Penne hielt er ohnehin für Unsinn, sodass ich in diesen Tagen eine Menge Unterricht versäumte.

»Aber der Junge muss doch etwas lernen, damit aus ihm einmal etwas werden kann«, gab Mutter klagend und besorgt zu verstehen.

Sie wusste nur zu genau, dass ihr Veto nichts half. Was sie sagte, wollte Vater überhaupt nicht hören.

»Was der Junge fürs Leben braucht, bringe ich ihm schon bei«, polterte er laut vor sich hin, in dem er mich bei der Hand nahm und wir die Wohnung verließen.

In den folgenden Tagen lernte ich auf der Reeperbahn und ihren fragwürdigen Nebenstraßen viele düstere Typen kennen und war mir sicher, dass sie durchweg auf der Davidswache, dem Polizeirevier auf der Reeperbahn, einschlägig bekannt waren. Vater verkaufte ihnen in den dunkelsten Ecken irgendwelche kleine Tüten, hatte am Ende des Tages ein paar dicke Rollen Geldscheine in der Tasche, zeigte mir, wie man Leute beim Bezahlen übers Ohr haute und woran er Betrüger schon auf den ersten Blick von weitem erkannte. Für den Moment fand ich das sehr spannend, machte mir aber wegen der versäumten Schultage ernsthafte Sorgen hinsichtlich der nächsten Klassenarbeiten. Trotzdem. So einiges, was mir der Alte beibrachte, half mir in meinem späteren Leben tatsächlich weiter.

Als er irgendwann wieder auf See war, kehrte die warmherzige Vertrautheit zwischen Mutter und Sohn nicht sofort zurück. Erst Tage später, nachdem sich die Angst gelegt hatte und die Wut über den Budenzauber in den Hintergrund getreten war, breitete sich wieder das liebevolle Miteinander in unserer Wohnung aus. Wir lebten für die folgenden Monate eine sehr glückliche und freie Zwei- beziehungsweise Dreisamkeit, denn auch Kuddel gab wieder Lebenszeichen von sich.

Der erste eigene und sehr schmerzhafte Kontakt mit der väterlichen Gewalttätigkeit allerdings hatte sich viel zu früh und unauslöschlich in meiner kleinen Seele eingenistet.

Das verrucht sündige Leben der Reeperbahn war auch für uns Kinder vom Kiez damals allgegenwärtig und so spielte ich mit meinen Freunden anfangs auf den Hinterhöfen zumeist Fußball. Natürlich HSV gegen Bayern München, wobei die Hamburger immer haushoch gewannen. Da wir allein noch nicht bis zum Hafen durften, trieben wir uns häufig bei den Damen auf der Reeperbahn herum, obwohl uns auch das untersagt war. Doch was machen kleine Jungs am liebsten? Genau. Was man ihnen verboten hat! Und das war unglaublich interessant, denn dort sahen wir Frauen aus allen Herrenländern. Als ich das erste Mal eine mit ganz dunkler Haut sah, blieb ich zunächst erschrocken stehen. Da sie mir aber freundlich lächelnd zuwinkte, sich sogleich zu mir herabbeugte, etwas in einer für meine Kinderohren ganz komischen Sprache zuflüsterte und mir dabei ein leckeres Bonbon zusteckte, fand ich sie recht nett. Ich hatte also auf spielerische Weise gelernt, dass die Menschen sehr unterschiedlich aussehen können, aber aus diesem Grund keineswegs anders oder schlecht waren. Meine unbewusst erste Lehrstunde in Sachen Toleranz und Weltoffenheit. Mag man vielleicht zu Recht behaupten, dass Kinder nicht in solch einer Gegend aufwachsen sollten. Es hatte aber durchaus auch sein Gutes, wie ich finde. Außerdem war es, wie es war. Wir wurden in dieser Umgebung groß. Warum viele der Damen zu allen Tageszeiten auf der Straße herumstanden, konnten wir uns damals jedoch nicht recht erklären. Auch unsere Eltern ließen unsere neugierig bohrenden Fragen unbeantwortet und halfen uns da kein Stück weiter. Das machte aber nichts, denn nett waren sie eigentlich alle. Ganz oft durften wir bei denen, die in der Herbertstraße in Wohnungen hinter großen Fenstern saßen, eintreten, bekamen eine Tasse Schokolade und anschließend so manches liebe Wort mit auf den Weg. Zu Beginn war ich sehr erstaunt, dass sie fast überhaupt keine richtige Kleidung trugen und hatte mich mit meinem Freund Fietje darüber unterhalten.

»Kannst Du Dir das erklären?«

»Klar. Da drinnen ist es ganz einfach viel zu warm. Merkst Du ja, wenn wir bei Tante Eva Kakao trinken. Diese Hitze ist doch mit Rock und Schürze kaum zu ertragen!«

»Ach so. Das kann schon sein. Ob die nicht arbeiten müssen?«

»Warum sollten sie?«

»Na, die sitzen doch nur den ganzen Tag herum und rauchen Zigaretten!«

»Ich denke, die haben einen Mann, der arbeitet und die passen auf die Wohnung auf. Vielleicht sind dafür die großen Fenster. Damit sie auch alles sehen können. Aber genau weiß ich das auch nicht. Hauptsache, wir kommen auf unsere Kosten und bekommen ein paar Kekse!«

»Das mit dem Aufpassen könnte stimmen, denn da gingen ja viele Männer die Straße entlang und schauten ziemlich interessiert in die Fenster. Verdächtig ist das schon!«

In dem Fietje weiterging, blieb ich noch einen Moment stehen, beobachtete die Szenerie auf der Herbertstraße prüfend und machte mich dann ebenfalls auf.

»Wir haben zu Hause kleine Fenster!«, war mein letztes Wort zu diesem Thema und schon rannten wir wieder davon.

Als ich sechs Jahre alt war, begann meine Schulzeit. Zu Ostern wurde ich in der Katholischen Schule Altona eingeschult und hatte anfangs großen Spaß am Lernen. Die Schule liegt in einem Stadtteil, der schon damals von erheblicher Jugendkriminalität geprägt war. Man hat sich zwar immer redlich darum bemüht, die Kinder katholisch-christlich zu erziehen und sie an die Kirche in der Gemeinde heranzuführen, doch waren die Zeiten damals auch für uns Kinder nicht sehr einfach. Waren die ersten Jahre noch spannend und ich ein wirklich guter Schüler, änderte sich unser Auftreten, als wir etwa die sechste Klasse besuchten. Es war geradezu unausweichlich, dass auch ich in erste Streitereien und Prügeleien hineingezogen wurde und mir zum Kummer meiner Mutter, die mich zu einem anständigen Jungen erziehen wollte, so manchen Verweis einhandelte. Wie alle wurde auch ich gerade in dieser Zeit von meiner Umgebung, von meinen Mitschülern beeinflusst und geprägt. Wir hatten die gleichen Interessen, ärgerten uns bald über die Lehrer, den ganzen Schulbetrieb, den trockenen Unterricht und kämpften mit unserer pubertären Gedanken- und unserer noch reichlich naiven Empfindungswelt. Von daher waren wir Leidensgenossen, schlossen enge Freundschaften, hatten aber auch dieselben Feinde. Auf dem Schulhof war der positive mütterliche Einfluss praktisch nicht mehr existent. Ich hätte vieles besser wissen, kritischer hinterfragen können und müssen. Das war von Anfang an ein wichtiges Anliegen meiner Mutter, doch hier galt der kollektive Gruppenzwang. Zusammenstehen, einer für alle und alle für einen.

Alles begann, als ich eines Tages in einer Pause auf unserem Schulhof sah, wie mein Freund Fietje von einem kräftigen Jungen, der bereits die achte Klasse besuchte, ins Gesicht geschlagen wurde. Ich wusste nicht, aus welchem Grund, doch das war für mich auch bedeutungslos. Mein Beschützerinstinkt hatte sich schon in der Vergangenheit gemeldet, wenn mein Vater mal wieder zu Hause aufgekreuzt und nicht sehr zimperlich mit meiner Mutter umgegangen war. Damals hatte ich aber keine Chance, den Helden zu spielen. Der Alte war viel zu stark. In der Schule war das anders. Ich war größer und mutiger geworden, auch wenn mir der prügelnde Blödmann offensichtlich überlegen war. Wutendbrand rannte ich auf ihn zu und drosch ihm unversehens meine Faust ins Gesicht.

»Lass meinen Freund in Ruhe, Du dämlicher Affe«, schrie ich ihm entgegen.

Er war aber nur für einen Moment überrascht, hielt sich kurz nach meinem rechten Haken das linke Auge, das ich gut getroffen hatte und verprügelte mich nach Strich und Faden. Das Theater beim Schulrektor ließ ich später über mich ergehen, ergab mich meinen körperlichen Schmerzen, nahm die Strafarbeiten entgegen und ging mittags mit Fietje nach Hause.

»Das fand ich toll, dass Du mir geholfen hast«, sagte er, als wir unseren Heimweg über die Reeperbahn einschlugen.

»Tut es dolle weh?«, wollte er dann wissen.

»Ja. Das zwirbelt ganz schön. Die Rippen haben auch richtig was abbekommen!«

»Kann ich denn etwas für Dich tun?«

»Neee. Das wird schon vergehen!«

»Ich weiß nicht, ob ich diesen Mut gehabt hätte«, sagte Fietje nach einer kleinen Pause.

»Schiss hatte ich auch vor dem riesigen Kerl, aber soll ich tatenlos zusehen, wenn mein bester Freund verprügelt wird. Nein. Das wäre schlimmer, als die Schmerzen«, antwortete ich und war mir sicher, dass sich mein Vater vor lauter Stolz ob meines rechten Hakens und den großen Mut, einen mir deutlich überlegenen Gegner angegriffen zu haben, über seinen Sohn erst mal ordentlich besoffen hätte.

»Mein lieber Junge. Ich habe immer gehofft, dass Du nicht so bist, aber es scheint, als hättest Du doch eine Menge von Deinem Vater geerbt. Wenn Du so weiter machst, kommst Du bestimmt einmal auf die schiefe Bahn«, mahnte mich

Mutter eindringlich, als ich nach Hause kam und ihr den Vorfall schilderte.

»Aber was hätte ich denn tun sollen?«

»Nachdenken. So, wie ich es Dir beigebracht habe!«

»Wie soll man in dem Moment noch überlegen. Das ging viel zu schnell!«

»Ihr hättet den Jungen später bei der Schulleitung melden können!«

»Das hätte Fietje auch nicht geholfen«, war meine Antwort.

Ich blieb schweigend bei meiner inneren Überzeugung, alles richtig gemacht zu haben. Meine Erklärungsversuche, dass ich doch nur meinem Freund helfen wollte und musste, ließ Mutter nicht gelten.

»Gewalt ist einfach kein Weg. Es gibt immer eine andere Möglichkeit«, stutzte sie mich in einem Ton zurecht, den ich bei ihr noch nie gehört hatte.

Was mich allerdings anhaltend nachdenklich stimmte, war ihr Vergleich mit meinem Vater und dass ich viel von ihm in mir trug. Das durfte einfach nicht sein. Ich wollte niemals so ein schlechter und rabiater Mensch werden, der jedem an die

Gurgel ging, der ihm quer kam oder ihm einfach nur nicht passte.

Trotzdem hatten diese Schulhofhauerei und Mutters mahnende Worte doch erheblichen Einfluss auf mein künftiges Leben, wie später noch zu lesen sein wird. Häufig dachte ich später darüber nach, wie sehr ich meines Vaters Art ablehnte und wie ungern ich in seine Fußstapfen treten wollte. Klar. Es gab später noch weitere Prügeleien nicht nur in der Schule. Allerdings habe ich mich immer nur daran beteiligt, wenn jemand Hilfe brauchte, unterlegen war oder zu Unrecht angegriffen wurde. Sobald einer aus anderen Gründen Streit mit mir suchte, beherzigte ich Mutters Worte, drehte mich ab und ließ mich auch Feigling oder sonst wie nennen. Anfangs belasteten mich diese Beschimpfungen, doch lernte ich, damit umzugehen und gelangte zu der Erkenntnis, dass ich glücklicherweise auch sehr viel von meiner Mutter mitbekommen hatte.

Doch zurück zu meiner ersten Schlägerei. In den Wochen nach dem mütterlichen Appell setzte ich mich auf den Hosenboden und versuchte, sie mit sehr guten Noten zu besänftigen, was beileibe nicht so funktionierte, wie es nötig gewesen wäre. Es dauerte auch nicht sehr lang, bis ich erneut mit einem blauen Auge und einem ebensolchen Brief meiner Lehrerin nach Hause kam. Dieses Mal sagte Mutter nichts mehr. Sie sah mich einfach nur mit enttäuschtem Blick an, schwieg und ließ mich stehen.

Was sollte ich machen. Der Kiez war mein früher Spielplatz und jetzt standen sich auf dem Schulhof die Rabauken der Umgebung in Scharen gegenüber. Meine Mutter versuchte weiterhin allerdings vergeblich, mich mit Liebe, sehr viel Verständnis und ausführlichen Erklärungen vom Besseren zu überzeugen. Sie war ein wirklich heller Stern am dunklen Nachthimmel und im Rückblick gestehe ich mir ein, dass ich mich doch mehr an ihre guten Ratschläge hätte halten sollen. Es war nur so, dass ich zusehends größer wurde, mich ganztägig draußen herumtrieb und ihr Einfluss auf mein Tun und Denken deutlich schwand.

Wenn dann auch noch mein Vater nach Hause kam, wurde die familiäre Situation auch für den alten Suffkopp nicht wirklich leichter, denn ich wusste inzwischen, dass er Mama in meiner Abwesenheit immer wieder geschlagen und ihr so manches andere zugefügt hatte. Da mein Selbstbewusstsein durch die Konflikte auf dem Schulhof und in den Straßen von St. Pauli aber auch der angrenzenden Stadtteile inzwischen ziemlich gereift war, stellte ich mich schützend vor meine Mutter, sobald ich von seinen Aggressionen Wind bekam. In diesen Tagen aber war ich noch nicht groß genug und auch kräftemäßig deutlich unterlegen, um meine Hand gegen ihn zu erheben. Doch spürte ich tief in mir einen geradezu unstillbaren Mut. Noch beschützte ich nur, doch darauf würde ich mich in Zukunft ihm gegenüber nicht immer beschränken. Damals schlug er mir kräftig eins ins Gesicht, sodass es mir die Füße wegriss und ich krachend zu Boden ging. Ich stemmte mich immer wieder auf die Beine und bezog so lange Dresche, bis es mir zuletzt unmöglich war, erneut aufzustehen. Ich weinte nicht, obwohl ich erst zwölf oder dreizehn Jahre zählte. Es war mein unbändiger Stolz, der mich daran hinderte. Bereits in diesen noch jungen Jahren mochte ich mir diese Blöße weder vor ihm noch vor anderen geben. Ohne dass es mir damals bewusst war, sog mich der Malstrom der Gewalt ganz langsam in seinen Bann und mit sich die Tiefe. Mama hatte wirklich alles versucht, genau das zu verhindern und mich zu retten, aber in ihrer liebevollen Art war sie verloren wie Don Quichotte, der einst so mutig aber völlig aussichtslos gegen die Windmühlen kämpfte, denn die Zeit und die Einflüsse waren gegen sie, aber auch gegen mich. Trotz all unserem verrückten Hin und Her auf den Straßen Hamburgs, dem ständigen Auf und Ab in der Schule, den wilden Exzessen meines Vaters, aber auch der warmherzigen, mütterlichen Zuneigung, erlebte ich im Kreise meiner Freunde eine äußerst aufregende und bewegte Jugend, die zuletzt mit einem ziemlich schlechten Schulabschluss endete, als ich sechzehn Jahre alt wurde. Durch die Ausflüge mit meinem Vater hatte ich häufig zu viel Unterricht versäumt und oft schlechte Noten nach Hause gebracht. Ich verlor zusehends die Lust an der Schule und dem Lernen, sodass ich, wie einige meiner Freunde, zweimal sitzen blieb und zum Leidwesen meiner Mutter zeitig aus der achten Klasse entlassen wurde, was damals nichts Ungewöhnliches war. Damit reduzierten sich allerdings meine Perspektiven drastisch, einen ordentlichen Beruf zu ergreifen, mit dem ich ein anständiges Leben hätte finanzieren können. Das war jedoch kein größeres Problem, denn im Hamburg der sechziger Jahre gab es genug, allerdings schlecht bezahlte, dafür aber harte Arbeit.

Ich begann sehr bald eine Lehre in einer Schlosserei auf der anderen Elbseite, die mit den großen Hamburger Werften zusammenarbeitete und auch auf den vielen im Hafen vor

Anker liegenden Schiffen dringend nötige Reparaturen durchführte.

An meinem ersten Arbeitstag bestieg ich des Morgens um sieben Uhr eine Barkasse nahe der Landungsbrücken, die die vielen Arbeiter über die Elbe brachte. Der Beginn des Berufslebens war eine ganz andere, neue und für einen jungen Kerl ordentlich einschüchternde Welt. War ich noch vor wenigen Wochen mit gleichaltrigen Freunden zusammen, fühlte ich mich jetzt unter den Arbeitern ziemlich allein. Dicht gedrängt standen ausschließlich Männer beieinander, die auf mich geradezu abgekämpft und reichlich fertig wirkten. Blasse Gesichter, leere, mutlose Augen, eingehüllt in abgewetzten Arbeitsklamotten starrten sie über die Reling und redeten in gleichgültigem Ton miteinander. Ich fühlte geradezu körperlich, dass diesen Menschen das Leben keinen Spaß machte. Die ewig gleichen Routinen, der immer wieder kehrende Tagesablauf und nur seltene spontane oder freudige Ereignisse im Einerlei des Daseins hatten ihre Seelen vermutlich mürbe gemacht, sodass sie auf mich wie Geister wirkten.

Diese Beobachtung war zu Beginn meines Berufslebens eine elementare Lebenserfahrung. Erstmalig verspürte ich in meiner tiefsten Überzeugung, dass es mir später einmal nicht so ergehen sollte. Ich wollte alles tun, um so zu leben, dass ich nicht die Selbstachtung vor mir verlieren musste und mich nicht zu schämen hatte. Es wurde mir jedoch sehr schnell bewusst, dass ich mit meinem mäßigen Schulzeugnis nichts Dolles beschicken konnte. Diese Tür hatte ich mir durch meinen zuweilen ziemlich fragwürdigen Lebenswandel und mit Unterstützung meines Vaters praktisch selbst vor der Nase zugeschlagen. Ich bereute in diesem Moment aufrichtig, vor allem in den letzten Jahren nicht auf den Rat meiner Mutter, aber auch der Lehrer gehört und fleißig gelernt zu haben. Dafür schämte ich mich nun vor mir selbst. Doch alle Sentimentalität half jetzt nichts. Die Zeit konnte ich nicht mehr zurückdrehen und musste mit den Dingen umgehen, wie sie waren. Außerdem war ich nicht blöd, sondern hatte während des Schulunterrichts zuletzt nur ein gewisses Phlegma an den Tag gelegt. Mein Vater hatte mich immer bauernschlau genannt und mir prophezeit, dass ich damit einmal ganz sicher meinen Weg machen würde.

Neben den farblosen Mumien entdeckte ich auch ein paar andere übel aussehende, düstere Gesellen, die ich nicht anzuschauen wagte. Kräftige, raue Kerle, mit denen man sich besser nicht einließ. Das Leben auf den Straßen Hamburgs der fünfziger und frühen sechziger Jahre hatte mir schon so einiges an Härte beigebracht. Zart besaitet war ich beileibe nicht. Die Typen vor mir spielten jedoch in einer anderen Liga, denn meine inneren Alarmglocken schrillten und mahnten mich zur Vorsicht. Weder sie noch ich konnten zu diesem Zeitpunkt ahnen, dass ich nicht nur ihnen in wenigen Jahren an körperlicher Kraft ebenbürtig und an geistiger Flexibilität um Längen voraus sein würde. Ohne in meinem ganzen späteren Leben auch den schwächsten vor mir stehenden Menschen auch nur ein einziges Mal zu unterschätzen, war ich auf der anderen Seite mit einer gesunden Portion Rücksichtslosigkeit ausgestattet, die meine Gegner immer wieder zu spüren bekommen sollten.

So saß ich schweigend auf einer Bank der gleichmäßig vor sich dahin tuckernden Barkasse und beobachtete, wie die riesigen Werft- und Industrieanlagenanlagen langsam näher kamen, als ein etwa fünfundzwanzigjähriger, ziemlich schlaksiger Kerl in dunkler Regenjacke und einer Bommelmütze ohne Bommel auf mich zukam und freundlich lachte.

»Du bist doch Freddy Borrman, oder?«

»Ja«, sagte ich etwas verdattert.

»Woher weißt Du meinen Namen?«

»Na, das ist doch nicht schwer. Du bist der einzige, den ich auf dieser Fähre nicht kenne. Außerdem hat mir unser Vorarbeiter von Dir erzählt und mich gebeten, mich um Dich zu kümmern, damit Du drüben nicht unnötig umherirrst!«

»Übrigens. Ich heiße Jonathan Müller, aber alle nennen mich nur Johnny.

»Warum«, fragte ich.

»Das hat etwas mit dem amerikanischen Schauspieler Johnny Weissmüller zu tun, den Du vielleicht aus den Tarzan-Filmen kennst!«

Ich schaute ihn verständnislos und fragend an.

»Als ich vor ein paar Jahren in der Schlosserei anfing, haben mich die älteren auf den Nuckel geschoben!«

Ich hörte nur zu, sagte nichts und Johnny erkannte natürlich die Fragezeichen in meinen Augen.

»Also. Das war so. In der Pause standen plötzlich alle Kollegen am Kai und glotzten in die Elbe, während ich als Benjamin in der Truppe den Arbeitsplatz aufzuräumen hatte. Dann rief mich einer von ihnen, lockte mich ebenfalls ans Wasser und meinte, da würde eine Leiche in der Elbe paddeln, was natürlich nicht stimmte. Als ich mich von meiner unbändigen Neugier getrieben über das Ufer beugte, um besser sehen zu können, bekam ich einen Tritt ins Hinterteil und landete dort, wo keine Leiche war!«

»In der Elbe«, gab ich erklärend zurück.

»Genau. Und als ich Sekunden später frierend auftauchte und hastig auf eine Leiter zuschwamm, rief einer von den Blödmännern, dass ich das genauso gut könne, wie eben Johnny Weissmüller. Seitdem heiße ich also Johnny!«

»Ganz schön abgefahren, die Jungs«, stellte ich fest.

»Rau aber herzlich. Sie haben mich dann herausgezogen, in trockene Klamotten gesteckt und anständig einen ausgegeben. Bereite Dich also darauf vor. Diese Feuertaufe, wie sie das Ritual nennen, hat sich bis heute gehalten und irgendwas werden sie auch mit Dir anstellen. Ich rate Dir, bloß nicht zu jammern. Lass es einfach geschehen und sag bitte niemandem, dass ich Dich vorgewarnt habe, sonst gehe ich noch mal baden!«

»Ich sage keinen Ton. Ehrenwort!«

Nach dem zweiten Weltkrieg, der jetzt gerade mal etwas mehr als zwanzig Jahre vorüber war, hatten die Alliierten und auch die Russen durch Demontagen große Teile der Werften arg geschwächt. In den Folgejahren durften dort aber wieder Schiffe repariert und etwas später auch neu gebaut werden.

Als ich meine Arbeit antrat, hörte ich davon, dass man sehr bald schon Vollcontainerschiffe und Ölbohrinseln bauen wollte. Ich war guter Dinge, dass es genug Arbeit und in den kommenden Jahren ordentlich zu tun geben würde.

Als unsere Barkasse endlich anlegte, betrat ich erstmalig diese Seite des Elbufers. Die großen Docks hatte ich bislang immer nur von den Hafenrundfahrten mit meinem Vater aus der Entfernung gesehen. So nahe wirkte alles doch deutlich gewaltiger und sehr beeindruckend. Johnny und ich gingen nach einigen Minuten des Weges auf ein großes Gebäude zu, das sich ziemlich dicht an der Kaimauer befand.

»Das ist die Schiffsschlosserei. Hier wirst Du jetzt täglich zuerst hingehen und Deine Arbeit aufnehmen. Wir treffen uns hier alle zu Arbeitsbeginn, um die anfallenden Aufgaben zu verteilen. Aber mach Dir keinen Kopf. Die erste Zeit schwimmst Du in meinem Kielwasser und ich zeige Dir, was Du wissen musst«, erklärte er mir, als er die Tür öffnete und mit uns die ganze Horde eintrat.

Johnny schleppte mich als erstes zum Vorarbeiter, einem Eindruck erweckenden Mann in den Fünfzigern. Sein grauer Vollbart, das vom Wetter gegerbte Gesicht und ein fester Blick aus keineswegs altersschwachen Augen versprühten echte Autorität und flößten mir Respekt ein. Ich dachte, dass man es besser vermeiden sollte, sich mit diesem Fahrensmann auf Kollisionskurs zu begeben. Dieser Haudegen schien so energiegeladen, dass er wohl jeden Gegner zum Kentern bringen konnte. Noch nie hat mich ein Mensch auf den ersten Blick derart beeindruckt, obwohl er noch nicht einmal etwas gesagt hatte. Seine Stimme würde mein Bild von ihm noch vervollständigen, wie ich gleich erfahren sollte.

»Guten Morgen, junger Mann«, sagte er, als ich ihm gegenüberstand und er mich einige Sekunden lang schweigend angesehen hatte.

»Guten Morgen. Ich heiße Freddy Borrmann. Ich will Schlosser werden«, gab ich selbstbewusst zurück und hatte sehr schnell Spaß daran gefunden, seinem festen Blick nicht einen Deut auszuweichen, was ihm sehr gefallen hatte, wie er mir später einmal erklärte.

»Das ist prima. Hilfe können wir gut gebrauchen!«

»Ach ja, mein Name ist Hein Petersen. Ich bin hier der erste Vorarbeiter und wenn Du etwas brauchst, meldest Du Dich bei mir. Ich hoffe, Du bist ein pünktlicher und fleißiger Junge. Dann kommen wir prima miteinander aus. Jetzt bekommst Du erst einmal Dein Werkzeug und bleibst diesem ewig grinsenden Johnny auf den Fersen«, sagte er mit tiefer Stimme in ruhigem Ton und reichte mir seine kräftige Hand, von der ich nur allzu gern gewusste hätte, was sie schon alles anheben, umreißen oder beiseite wuchten musste. Ganz sicher hatte sie auch den einen oder anderen zwischenmenschlichen Konflikt souverän für sich entschieden.

»Johnny, Du kümmerst Dich um Freddy, wie wir es verabredet haben, sonst ziehe ich Dir die Hammelbeine lang«, fügte er noch hinzu und buffte den Gemeinten sehr freundschaftlich gegen den Oberarm.

»Aye aye, Käpt'n. Wird gemacht«, tönte Johnny und schon waren wir draußen auf dem Werftgelände unterwegs.

Johnny stellte mich zunächst allen Kollegen vor und ich war erleichtert, darunter keinen von denen zu entdecken, die mich auf der Elbe so eingeschüchtert hatten. Vermutlich arbeiteten diese auf den Werftanlagen.

Im Gerätelager erhielt ich einen recht schweren Koffer, in dem sich mein ganzes Werkzeug befand und den ich in den kommenden Jahren ständig mit mir herumschleppen würde.

»Geh vorsichtig damit um«, mahnte mich Pit Assmussen, der Lagerverwalter.

»Wenn aber trotzdem mal etwas kaputt oder verloren geht, kommst Du vorbei. Wir werden dann schon sehen, wie wir den Kahn von der Sandbank ziehen«, sagte er weiter und gab mir einen freundlichen Klaps auf die Schulter.

Danach war ich mit Johnny auf dem Betriebsgelände unterwegs. Er zeigte mir alle wichtigen Gebäude, was ich wo bekam und wer mir wie helfen konnte. Ich passte auf wie ein Schießhund, um nur ja nichts zu verpassen und hatte am Mittag den Eindruck, mich doch ganz gut orientieren zu können. Als es zwölf schlug, trafen sich alle, die nicht in den Werften oder auf Schiffen unterwegs waren, in der Kantine zum Mittagessen. Hein Petersen ergriff das Wort, stellte mich noch einmal allen vor und ich sagte mir, dass ich es doch ganz gut getroffen hatte. Die Arbeiter waren durchweg aufrechte Geister, auch wenn ich jetzt der jüngste war und alle Aufgaben zu erledigen hatte, die keiner von ihnen machen wollte. Dazu gehörte beispielsweise das Aufräumen des Umkleideraums und das Abwaschen des Kaffeegeschirrs nach den Pausen. Das würde so lange gehen, bis ein neuer käme, der jünger wäre als ich. Das hieß für mich, dass ich eine ziemlich lange Zeit der Büttel dieser Horde wäre, was sich aber für mich noch positiv auswirken sollte.

»Die allerwichtigste Deiner Aufgaben ist es, nach Feierabend ausreichend Bier und vielleicht einen Kurzen bereitzustellen, selbstverständlich auch zu servieren. Darin verstehen die Jungs keinen Spaß. Wenn hier Schluss ist, treffen wir uns alle noch auf einen Schluck. Das ist Kult und ein wichtiges soziales Ereignis, das die Gemeinschaft festigen soll. Schreib es Dir hinter die Ohren. Ich zeig Dir gleich, wo alles steht und wenn die Vorräte zu Ende gehen, musst Du für Nachschub sorgen«, erklärte Johnny.

»Okay. Aber wer bezahlt das alles«, wollte ich zuletzt wissen.

»Da mach Dir mal keine Sorgen. Die bezahlen alle sofort! Aber nur, wenn alles in Ordnung war!«

»Also bin ich neben meiner Schlosserausbildung auch noch eigenständiger Kneipier?«

»Wenn Du es so sehen willst!«

Später übergab mir Johnny die Restbestände und die Geschäftskasse des Schankbetriebs. Am Nachmittag half er mir noch einmal, den Wirt zu spielen und anschließend, beginnend mit dem Abwaschen der Gläser, war ich mit dem Laden auf mich allein gestellt.

Was für ein Mist. Wie werde ich diese Nummer möglichst schnell wieder los, ging es mir durch den Kopf, als ich später mit der Barkasse über die Elbe Richtung Heimat fuhr.

Da es offensichtlich keinen Ausweg gab, überlegte ich mir etwas anderes, das ich schon am nächsten Tag ausprobierte. Zu Hause erzählte ich meiner Mutter davon. Als sie zunächst darüber lachte, bot sie mir aber gleich an, für den folgenden Feierabend ein paar Bouletten für meinen Kneipenbetrieb zu braten. Gesagt getan. Mamas Frikadellen waren schon immer die besten und so servierte ich tags darauf der gesamten Belegschaft ein paar dieser leckeren Dinger, die ich mir natürlich gut bezahlen ließ, ohne jedoch meine Kollegen dabei übervorteilen zu wollen. Die Jungs aufs Glatteis locken, war in Ordnung, aber fair musste es schon bleiben. Insgesamt machte ich satte zehn D-Mark Gewinn, war hoch erfreut, dass alles weggeputzt wurde und der erste Versuch meiner Idee so gut funktioniert hatte. Fortan stand immer eine neue Fuhre

Bremsklötze, wie Mutters Feischklopse genannt wurden, für den nächsten Tag bereit, wenn ich von der Arbeit kam. Mutter hatte Spaß an der Aufgabe, wir teilten uns das Geld und die Jungs murrten, wenn sie einmal auch nur eine Boulette zu wenig bekamen.

Das allein konnte es jedoch noch nicht gewesen sein. Da musste mehr passieren, dachte ich mir.

In den folgenden Monaten war ich mit Johnny auf verschiedenen im Hafen vor Anker liegenden Schiffen aus aller Herren Länder unterwegs, um die ein oder andere Reparatur durchzuführen. Ich passte genau auf, lernte viel und kam während der Arbeit völlig unbeaufsichtigt auch in die abgelegensten Bereiche dieser übel heruntergekommenen Seelenverkäufer. Ich hatte meinen Monatslohn einige Male bekommen und sehr schnell festgestellt, dass ich so auf keinen grünen Zweig kommen würde. Nach Abschluss der Lehre sollte es ebenfalls nicht deutlich besser werden, auch wenn die Arbeit sehr anstrengend und schmutzig war.

»Da rackert man sich auf diesen Dreckskähnen die Knochen wund, leistet gute Arbeit und wird schlechter als schlecht bezahlt.«

»Ich sag Dir eins. Nur die Schlosserei und auch diese asiatischen Dschunkenkapitäne machen ihren Schnitt auf unsere Kosten«, sagte Johnny, als ich mich einmal mit ihm darüber unterhielt.

Ich erwähnte ja schon zu Beginn meiner Geschichte, dass man für verschiedene Handlungen, die einem ansonsten niemals in den Sinn kämen, nur die richtige Motivation braucht, um von seinen eigentlichen Überzeugungen abzuweichen. Johnnys Worte waren an dem Tag meine Motivation. Er hatte auf den Punkt gebracht, worüber ich mich so sehr grämte.

In den dunklen und nur schwer zugänglichen Winkeln einiger Schiffe war ich schon mehrfach auf dort abgelegte Schmuggelware mit sehr unterschiedlichsten Gütern gestoßen. Diebstahl war aber nie eine Option für mich gewesen, sodass ich nichts davon angerührt hatte. Jetzt aber, da mir klar wurde, dass ich von den Eigentümern der Schmuggelware ausgenutzt wurde und sie mit ihren dubiosen Waren zusätzliche Geschäfte machten, betrat ich mit vorsichtigem Schritt das erste Mal die strafbare Schattenseite der Gesellschaft. Aus dem Versteck, das mir am nächsten Tag auffiel, entnahm ich kurzerhand zwei Flaschen feinsten

Whiskey und eine weitere Buddel irgendeines chinesischen Gesöffs, sodass das Fehlen von drei Flaschen bei der dort gelagerten Menge auch gar nicht auffallen konnte. In meinem Werkzeugkoffer war ausreichend Platz und so baute ich in den folgenden Wochen ein beachtliches Lager auf.

Unweit unserer Schlosserwerkstatt hatte ich einmal im Erdreich neben einem Schuppen zufällig einen kleinen, gut ausgemauerten Hohlraum gefunden, der schon seit ewigen Zeiten im Verborgenen gelegen haben musste. Als ich während einer Pause einmal an die frische Luft gegangen war, vernahm ich beim Auftreten ein seltsam dumpfes Geräusch, bückte mich, fand eine schwere Eisenplatte, hob sie hoch und warf einen Blick in dieses Versteck. Darin fand ich einen alten, total verrosteten Wehrmachthelm, ein paar vergammelte Kleidungsstücke und ein langes Messer. Erst später, nachdem ich unter Anleitung und Aufsicht eines erfahrenen Schlossers den starken Rost vorsichtig entfernt und mit viel Aufwand den ursprünglichen Glanz der Waffe wieder zum Leben erweckt hatte, erzählte mir mein Vater während seines nächsten Besuchs, dass das ein Offiziersdolch der Kriegsmarine war, der ungefähr aus dem Jahr 1938 stammen musste. In diesen Dingen kannte er sich aus. Ich habe die

Waffe oft und lange in den Händen gehalten und darüber nachgedacht, wem er wohl gehört hatte und warum er in dem geheimen Schlupfwinkel versteckt worden war. Offensichtlich aber kannte niemand dieses verborgene Refugium in der Erde, denn sonst wäre zumindest der Dolch nicht mehr vorhanden gewesen.

Das soll auch so bleiben, dachte ich mir, reinigte diesen Kleinod und funktionierte ihn zu meinem geheimen Getränkelager um. Beim täglichen Feierabendausschank servierte ich immer wieder mal ein leckeres Tröpfchen, übertrieb es aber nicht damit, um unnötiges Aufsehen zu vermeiden.

»Mein Vater fährt zur See und bringt das Zeug immer von seinen Reisen mit«, ließ ich einmal ganz nebenbei und emotionslos als Erklärung für den regelmäßigen Nachschub fallen, was man mir auch kommentarlos abnahm, denn alle kannten die Seefahrt und alle kannten meinen alten Herren.

Insgesamt machte ich während der folgenden zwei Jahre, in denen kein jüngerer Lehrling bei uns angeheuert wurde und ich meinen Schankbetrieb unangefochten führte, einen feinen Reibach. Da ich die eine oder andere Flasche natürlich mit ordentlichem Aufschlag auch außer Haus absetzte, kam mit der Zeit ein recht ansehnliches Sümmchen zusammen und es gefiel mir zusehends, mein Geld zu mehren. Oft, wenn ich allein war, hielt ich mein dickes Geldbündel in den Händen und zählte das kleine Vermögen nach. Ich hatte längst Blut geleckt und immer wieder meinen Gedanken aufgenommen, dass ich nicht bis in alle Ewigkeit als Schlosser arbeiten und mich kaputt machen wollte. Allerdings war mir damals keineswegs klar, wohin die Reise meines noch so jungen Lebens einmal gehen sollte, wusste aber, dass sich das schon irgendwann herausstellen würde. Meinen Verdienst sparte ich also weitestgehend auf und steckte das Geld zu Hause unter meine Matratzen, dort, wo der Dolch lag, der in meiner Geschichte noch eine wichtige Rolle spielen sollte. Aber ich gönnte uns, meiner Mutter und mir, auch etwas Luxus. Nur zur Erinnerung. Wir befanden uns in den zu Ende gehenden sechziger Jahren des vergangenen Jahrhunderts. Da war man schon mit wenig zufrieden und richtig reich war ich durch meine kleinen Geschäfte und den Schnapsbetrieb auch nicht wirklich geworden. Mal eine schicke Bluse für Mama, häufiger ein Stück Fleisch vom Markt und am Sonntag ein Ausflug ins Hamburger Umland oder mit dem Zug an die See.

Was die Schlosserei anging, hatte ich mich in diesen zwei Jahren richtig gemausert. Aufmerksam hörte ich meinen Kollegen zu, wenn sie mir etwas erklärten, war sehr fleißig und häufiger auch zu kleineren Arbeiten allein auf irgendwelchen Kuttern im Hafen unterwegs. Natürlich vergaß ich keinesfalls den Lagerbestand meins Geschäfts und blieb dabei, immer nur ein paar Flaschen, Zigarettenstangen oder andere Beute zu klauen, sodass es die Eigentümer der Verstecke selbst nicht sofort merken konnten. Wenn sie erst wieder auf See waren, konnte es mir ohnehin egal sein. Außerdem dachte ich mir, wem sie überhaupt etwas erzählen wollten, wenn ihnen was auffiele. Sei es drum. Meine unauffälligen Beutezüge waren eine todsichere Nummer. Bedingt durch die Arbeit, die oftmals schweren Gegenstände, die es zu wuchten galt, reifte ich auch körperlich deutlich sichtbar. Mit inzwischen achtzehn Jahren war ich ein kräftiger, recht muskulöser junger Kerl geworden, der einen festen Platz in der Arbeitsgemeinschaft gefunden hatte. Ich mochte die Jungs und sie mochten mich. Wir gingen rau aber herzlich miteinander um, waren bald schon eine eng verschworene Truppe, hielten zusammen und verließen uns aufeinander. Ich hatte immer erwartet, dass sie auch mich in irgendeine kleine Falle locken würden, um mich ihren seltsamen Aufnahmeritualen zu unterziehen, von den Johnny anfangs erzählt hatte. Es passierte aber nichts. Vermutlich wollte sich die wilde Horde den Service beim fröhlichen Feierabend, wie wir unsere häufig bis in den späten Abend dauernde kleine Bier- und Schnapsrunde nannten, nicht versauen, denn genau das war mein Plan, wenn sie mich hochgenommen hätten.

Mit gehangen, mit gefangen. Ein Gruppenmechanismus, dem auch ich unterlegen war. Damit will ich nichts anderes sagen, als dass auch ich mit der Zeit begann, das ein oder andere Glas Alkohol zu trinken. Wenn man dazugehören wollte, musste man mitmachen, ob man wollte oder nicht. Ein paar Mal stürzte ich richtig ab, achtete aber darauf, dass es nicht zu viel wurde, da ich zu Hause von meinem Vater oft erleben musste, was der Suff auslösen konnte. Die Mischung aus Aggressivität und Alkohol waren keine guten Partner. Mir klangen Mutters Worte noch immer im Ohr, dass auch ich zumindest ein paar Gene meines Alten in mir trug. Aus diesem Grund stemmte ich mich entschieden dagegen, so zu reagieren wie er. Zumindest versuchte ich es. Nach ein paar Gläsern wirkte die Welt immer so leicht, sobald man aber zu viel intus hatte, war es aufgrund des ausgeschalteten, benebelten Bewusstseins mit dem sich gegen sein Inneres wehren vermutlich nicht mehr weit her. Von daher hielt ich das Trinken in Grenzen, was mir aber schon sehr bald einmal nicht wirklich gelingen sollte.

Hein Petersen, unser Vorarbeiter, war ein alter Fahrensmann. Schon seit frühester Kindheit war er zur See gefahren und hatte den Krieg auf einem Walfänger im Nordpolarmeer erlebt, wie er an einem Freitagabend erzählte, als wir mal wieder alle beisammen saßen und uns auf das Wochenende freuten. Ich hatte erst ein paar Tage, nachdem ich zu arbeiten angefangen hatte, mitbekommen, dass er nur noch ein Bein hatte. Das andere war unterhalb des Knies gekappt, wie er es mit seinen eigenen Worten beschrieb. Ich habe ihn aus Respekt nie danach gefragt und inständig gehofft, er würde die Geschichte einmal von sich aus erzählen.

An diesem Abend war es dann soweit. Neben vielen spannenden Erlebnissen erfuhren wir, dass sie bei einer Brise von deutlich über zwölf, so seine Worte, einen riesigen Pottwal am Haken hatten, den sie an Bord winden mussten.

»Ich stand einfach nur zum falschen Zeitpunkt an einer blöden Stelle. Jedenfalls ächzte unser Schiff schon eine ganze Weile in den unglaublich mächtigen Wogen hin und her, hoch und runter. Ein Halteseil riss plötzlich, gab ein Rad der großen Winde frei, das wiederum sauste herunter, kappte ein unter enormer Spannung stehendes Seil, an dem das tonnenschwere Tier hing, trennte es auf und eines der abgerissenen Enden peitsche mir über das Bein!«

Eine Pause setzte ein. Wie gebannt schauten wir den alten Seebären an und warteten ungeduldig auf die Fortsetzung. Für mich war das Warten kaum noch zu ertragen.

»Und dann?«, fragte ich ungeduldig für alle anderen.

»Ich fiel lang hin und dachte mir im ersten Moment nichts. Bei dem Seegang verlierst Du schnell mal den Horizont aus den Augen. Das passiert allen!«

»Und?«, bohrte ich weiter.

Nachdenklich schwieg er abermals ein paar Sekunden und atmete tief durch, als erlebte er diesen Moment noch einmal.

»Ganz einfach. Als ich wieder hoch wollte, ging das irgendwie nicht. Also rief ich meine Kameraden, die mir zwar zu Hilfe kamen aber sofort und unter lautem Gelächter zu hänseln anfingen und mich fragten, ob ich am Vorabend zu tief ins Glas geschaut hatte. Das Miteinander auf See war rau, aber herzlich. Wir konnten uns immer aufeinander verlassen. Es war ungeschriebenes Gesetz. Niemand wurde bei Schwierigkeiten hängen gelassen. Auch dann nicht, wenn man mal jemanden nicht mochte oder gar Streit miteinander hatte. Allerdings verstummten die Jungs sogleich, denn als sie mich hochhoben, rutschte der abgetrennte Unterschenkel aus meinem Hosenbein. Es floss kein Blut und da war kein Schmerz ... noch nicht. Der körperliche Niedergang kam erst einige Minuten später. Das Schlimmste aber wusste ich sofort. Für mich würde es ab diesem Tag keine Seefahrt mehr geben. Schluss war es mit dem Walfang und den Wochen mit diesen saufenden und grölenden Klabautermännern, die allesamt meine Freunde waren.

Schweigen in der Schlosserei. Das hatte ich noch nie erlebt. Alle hielten die Klappe, blickten einander an und wussten nicht, was sie jetzt sagen sollten.

»Das ist lange her, Jungs. Ich habe mich längst an das öde Landleben gewöhnt. Also. Lasst uns noch einen heben und dann geht es ab nach Hause!«

Ich mochte diesen Hein Petersen von ganzem Herzen. Er war so voller Leben, Herzlichkeit, Erfahrung und Zuversicht. Er war ganz sicher kein Mensch, der vor irgendetwas oder irgend jemandem kapitulierte. Aufgeben wäre für ihn eine Kunst gewesen, mit der er nichts am Hut hatte. Mit einem Wort, er war beeindruckend.

Welche Kraft mochte diesen erstaunlichen Mann durchs Leben geführt haben und weitergehen lassen, wenn er mal auf dem Boden lag und im Krebsgang unterwegs war, ging es mir durch den Kopf.

Dieser Abend war aber auch einer der Tage, an dem ich einen Schluck über den Pegel getrunken hatte, da mich die Erzählung dieser spannenden Geschichte von Anfang an gefangen hielt und mich auch danach einfach nicht loslassen wollte. Von daher kippte ich beim Zuhören so manchen Schnaps hinunter. Im Nachhinein war der Rausch ganz sicher gut, wie gleich zu erzählen sein wird. Allerdings erfuhr ich auch sehr bald, zu welchen Handlungen ich in der Lage war und wie rücksichtslos ich sein konnte. Später bekam ich ob dieser Erkenntnis manchmal Angst vor mir selbst.

Zunächst ließen wir uns, da zu so später Stunde keine Barkassen mehr unterwegs waren, von einem Schlepper zu den Landungsbrücken übersetzen. Ich mochte die kühle Abendluft und spürte während der Fahrt den wohltuenden Wind in meinem Gesicht. Der Schnaps hatte mir ganz schön zugesetzt, denn alles schien zu wanken und auch die Lichter und das St. Pauliufer selbst wollten beim besten Willen nicht stillhalten. Von den Landungsbrücken hatte ich noch gut zwanzig Minuten des Fußwegs, bis ich das heimische Stiegenhaus betrat. Ich freute mich, dass ich mich bald in die Koje hauen konnte. Dann hörte ich es bereits im Flur, noch bevor ich meinen Fuß auf die erste Treppenstufe gesetzt hatte, dass mein alter Herr wieder vor Anker gegangen war und für Tumult sorgte. Ich hoffte inständig, dass er Mutter nichts getan hatte. Es war mir unmöglich zu verstehen, was er in seinem Suff gerade lauthals herumblökte, doch war mir dieser äußerst aggressive Tonfall genauestens bekannt. Die Tür war nur angelehnt und so betrat ich von meinem Alten unbemerkt das verwüstete Wohnzimmer. Zwei Stühle waren umgefallen, ein paar Schubladen aus den Schränken gerissen und deren Inhalt auf dem Fußboden. Geschirr lag in Scherben überall verteilt, das Sofa stand quer vor dem Fenster.

Soweit war er bislang nie gegangen, dachte ich.

Doch sollte ich gleich sehen, dass diese Verwüstung nur der Anfang seines Wutausbruchs gewesen war.

»Sieh da. Der Werte Herr kommt auch schon nach Hause«, fauchte mich mein Vater ordentlich besoffen mit roten, aufgerissenen, wütenden Augen und verwaschener Aussprache an.

Noch gelangweilt stand ich mit den Händen in den Taschen vor ihm, betrachtete diesen heruntergekommenen Säufer von oben herab und empfand tiefste Verachtung für ihn.

»Wieso. Ich komme von der Arbeit. Dann bin ich immer erst um diese Zeit hier«, gab ich in gelassenem Ton zurück und stand mit den Händen in den Taschen an den Türrahmen angelehnt vor ihm.

Ich hatte ihn schon lange nicht mehr gesehen und stellte erfreut fest, dass ich inzwischen einen ganzen Kopf größer und vom Körperbau deutlich kräftiger war als er.

»Drauf geschissen«, war seine giftige Antwort und erst jetzt bemerkte ich den Feuerhaken in seiner linken Hand.

»Wo ist Mama«, fragte ich besorgt, weil sie immer zu Hause war und das Abendessen fertig hatte, sobald ich Heim kehrte.

»Dieses Flittchen! Geht wohl fleißig anschaffen, wenn ich auf See schwer arbeite und Euer bequemes Dasein ermögliche!«

Er hielt das Bündel Geld in seinen Händen, das ich auf der Werft verdient und unter meiner Matratze versteckt hatte. Ein kurzer Blick in mein kleines Zimmer offenbarte, dass er wie ein Vandale auch dort gewütet hatte.

»Das ist mein Geld. Mutter weiß davon nichts!«

»Wer es glaubt, wird selig. Jetzt ist es meins«, sagte er und wollte es in seine Tasche stecken.

»Wo ist Mutter«, fragte ich nun deutlich angespannter und entschlossen nach.

»Und das Geld rückst Du wieder raus. Das ist nicht Deines!«

»Hört, hört. Der Rotzlöffel wird aufmüpfig. Kaum ist er trocken hinter seinen Ohren, wagt er sich aus dem Gebüsch. Hast Du keinen Respekt vor Deinem Vater«, dröhnte es mir entgegen und einen Moment schüchterte er mich durch sein energisches Auftreten tatsächlich gehörig ein, obwohl ich mit bereits geballten Fäusten vor ihm stand.

Innerlich spürte ich eine heftige Anspannung. Einerseits wollte ich mich nicht noch einmal von ihm verdreschen lassen, andererseits wirkten die Mahnungen meiner Mutter, dass Gewalt niemals eine Lösung sein konnte und ich immer nach anderen, besseren Alternativen suchen sollte. Dann wüteten wieder seine Worte, dass Mama ein Flittchen sei und anschaffen gehen würde in mir. Doch die Wut gewann mehr und mehr die Oberhand in meinen Gedanken und ich kämpfte mit mir, ob ich tatsächlich die Hand gegen meinen Vater erheben sollte. Das war eine letzte, aber gewaltige Hürde in mir, die sofort an Bedeutung verlor, als ich meine Mutter hinter dem Sofa reglos auf dem Boden liegen sah.

»Was ist mir ihr. Was hast Du ihr angetan, Du dreckiges Schwein?«, platzte es mit ungeahnter Wucht aus mir heraus.

Ich wartete erst gar nicht, sondern beugte mich zu ihr herunter, berührte sie vorsichtig an der Schulter und sprach:

»Mama. Hörst Du mich? Wach auf, bitte, wach auf!«

Sie rührte sich nicht. Blut kam aus einer Platzwunde an der Schläfe und mich durchfloss eine Woge heftigster Furcht, als ich sah, dass sich ihre Finger bewegten und sie ganz leise von weit fort wimmernd, wie ein kleines Mädchen im kalten Wintersturm meinen Namen rief. Ich begann zu weinen. Die pure Verzweiflung breitete sich rasend schnell in mir aus und dann brauchte ich nur noch Sekunden. Ich stand auf. Entschlossen, extrem wütend und vollkommen rücksichtslos. Jetzt war es so weit. Keine Furcht und auch nicht der stärkste moralische Zweifel konnte mich noch aufhalten. Da stand er. Mein Vater. Mein ärgster Feind, der das, was mir im Leben das Wichtigste war, so schwer verletzt hatte. Als ich mich aufrichtete, setzte er gerade eine Flasche Schnaps an seinen Mund und fuchtelte mit dem Feuerhaken herum, von dem das Blut heruntertropfte. Es war das Blut meiner Mutter.

»Du dämliches, feiges Miststück«, waren die letzten Worte, die ich jemals an ihn richten sollte, als ich mich auf ihn stürzte.

Voller Adrenalin spürte ich weder den Hieb mit dem Feuerhaken, noch den Schmerz, den der verzweifelte Schlag meines Vaters freisetzte, als ich am linken Oberarm getroffen wurde. Mit dem letzten Schritt, den ich auf ihn zusprang, riss ich meinen rechten Arm hoch und schlug ihm die Faust mit aller Kraft mitten ins Gesicht. Es krachte einmal laut und bevor er sich mit beiden Armen eine Deckung aufbauen konnte, rammte ich ihm einen linken Haken auf die Leber. Sofort brach er schwer schnaufend zusammen und sackte auf die Knie. Immer noch beherrschte mich das Bild meiner schwer verletzten Mutter und war vermutlich die zu Beginn meiner Geschichte erwähnte Motivation, die mich nicht von dem sich unter Schmerzen krümmenden Mann abwenden ließ, sondern in mir eine geradezu animalische Brutalität weckte. Entgegen aller Moral, den besiegten Gegner vor weiteren Angriffen zu verschonen, griff ich nach dem Hemd meines Vaters, zog ihn etwas hoch und schlug nochmals mit der rechten Faust zwei bis dreimal zu, so heftig ich nur konnte. Dann ließ ich ihn einfach fallen, sodass sein schwer pumpender Körper zu Boden krachte und reglos liegen blieb. Der ganze Kampf hatte etwa eine Minute gedauert.

Als ich jetzt vor ihm stand, spürte ich, wie mich sofort eine wohltuende Ruhe und seltsame Zufriedenheit durchströmte. Die über Jahre aufgestaute Wut gegen ihn war von jetzt auf gleich verschwunden. Da war kein Gefühl des Sieges oder der Überlegenheit. Es war mehr wie eine innere Ausgewogenheit, als ob etwas wieder im Lot wäre.

Ich wandte mich von ihm ab und meiner Mutter zu, um ihr zu helfen, als ich hinter mir eine verängstigte, zittrige und dünne Stimme vernahm.

»Freddy, ich habe einen Krankenwagen gerufen und die Polizei wird auch gleich kommen«, sagte unsere Nachbarin, Frau Müller.

»Vielen Dank«, gab ich ihr zurück.

»Das haben Sie sehr gut gemacht. Mama braucht dringend einen Arzt. Sie ist sehr schwer verletzt und ich kann ihr allein nicht mehr helfen!«

»Hier ist eine Decke, damit sie wenigstens nicht frieren muss«, sagte sie und kam zu mir, um mir behilflich zu sein.

»Das sieht ja schrecklich aus. Wie kann ein Mensch nur so etwas tun. Man gut, dass Du noch rechtzeitig nach Hause gekommen bist«, sprach sie leise zu mir.

»Was war denn überhaupt passiert«, fragte ich nach.

»Ach. Es war wie immer, wenn Dein Vater nach Hause kam. Du kennst das ja selbst. Heute war er nur zehn Minuten vor Dir aufgetaucht und die Brüllerei ging unvermittelt los. Als Deine Mutter nach Hilfe rief, bin ich gleich runter und über die Straße in die Wirtschaft. Die haben ein Telefon und ich habe sofort die Polizei gerufen. Es waren leider keine Gäste da, die hätten helfen können!«

Als wir uns um meine Mutter kümmerten, kam mein Vater langsam zu sich, rappelte sich schmerzerfüllt auf, versuchte sich zu orientieren und flüchtete, als er einigermaßen gehen konnte, aus der Wohnung. Unsere Blicke trafen sich ein letztes Mal und er hatte begriffen, dass er hier besser nicht mehr auftauchen sollte. Das Geldbündel fiel ihm aus der Tasche und ich beobachtete, wie es unter den Wohnzimmerschrank rollte. Also hielt ich meinen Alten nicht weiter auf und folgte ihm auch nicht, denn sonst wäre es vermutlich noch viel schlimmer ausgegangen. Ich konnte langsam wieder denken und wollte es nun anderen überlassen, ihn zu schnappen und einzusperren. Es dauerte anschließend nicht mehr lange, bis der Rettungsdienst und die Polizei fast gleichzeitig eintrafen. Der Arzt bat mich zur Seite und sagte:

»Lass es gut sein. Wir machen das jetzt!«

Ich folgte seinen Anweisungen, trat ein paar Schritte zur Seite und beobachtete, wie er mit sicheren Handgriffen seine Arbeit erledigte. Schnell war die blutende Wunde am Kopf gestillt und ein schützender Verband angebracht. Ich schöpfte langsam Vertrauen, denn der Mann wusste offensichtlich sehr genau, was er tat. Meine Mutter gab keinen Laut von sich und bevor ich nachfragen konnte, sagte mir der Arzt:

»Sie ist ohnmächtig und im Moment ist das auch gut, denn sie spürt jetzt keinen Schmerz. Ihr Kreislauf bleibt aber stabil!«

»Wird sie wieder gesund«, fragte ich ängstlich wie ein kleiner Junge.

»Wir versuchen alles. Sie kommt sofort und mit Blaulicht ins Hafenkrankenhaus. Dort ist sie sehr gut aufgehoben!«

»Wann kann ich sie sehen?«

»Gib uns bis Mitternacht Zeit. Dann kannst Du vorbeikommen und zumindest mit dem Arzt sprechen!«

»Danke«, sagte ich zuletzt und begleitete meine Mutter noch bis zum Krankenwagen.

Im Wohnzimmer wartete die Polizei auf meine Rückkehr. Die beiden Schutzmänner von der Davidswache wollten minutiös wissen, was zu welchem Zeitpunkt genau passiert war und befragten, nachdem ich ihnen alles geschildert hatte, auch Frau Müller, die den Sachverhalt mit ihren ausführlichen Beobachtungen vervollständigte.

»Haben Sie vielleicht eine Ahnung, wohin Ihr Vater geflüchtet sein könnte«, wollte der ältere Wachtmeister, ein kräftiger, sehr souverän wirkender Mann, von mir wissen.

»Leider nicht. Der kennt auf dem Kiez Gott und die Welt und steckt sicherlich bei einem seiner Kumpane. Weit weg kann er aber nicht sein, da ich ihm ordentlich zugesetzt habe und er richtig Schmerzen hatte, als er sich aus dem Staub machte. Durchaus möglich, dass ich ihm ein paar Rippen gebrochen habe!«

»Und wie stark war er angetrunken?«

»Der fährt schon sein Leben lang zur See und kann wirklich einen Stiefel vertragen. Glauben Sie mir, der hat den Laderaum richtig vollgetankt. Trotzdem aber redet er klar und rennt herum, wie jeder andere auch. Lediglich an seiner zügellosen Aggressivität kann man feststellen, wie voll er wirklich ist. Na ja, und der heutige Abend zeigt, dass er bis an die Reling voll ist.«

»Gut. Wir geben sofort eine Fahndung raus. Sollten wir ihn doch noch erwischen, melden wir uns wieder. Sobald er hier aufkreuzt, rufen Sie bitte umgehend durch. Wir sind in der Nähe auf Streife und gegebenenfalls sofort hier.

»Das können Sie sich abschminken. Der kommt nicht mehr zurück. Ich könnte auch für nichts garantieren. Das weiß er nur zu genau. Wenn Sie ihn in den nächsten Stunden nicht mehr packen, haut er sowieso ab. Der heuert auf dem nächsten Dampfer an und wird Deutschland künftig meiden wie die Pest!«

»Verstehen kann ich Sie persönlich ja gut, aber machen Sie sich nicht unglücklich. Rufen Sie an, den Rest machen wir. Der geht auf jeden Fall in den Bau!«

»Okay. Ich halte mich zurück, aber der kommt nicht mehr! Kann ich denn die Wohnung aufräumen oder muss ich alles so liegen lassen?«

»Nein, nein. Die Sachlage ist klar. Hier kann wieder klar Schiff gemacht werden«, sagte der Polizist, verabschiedete sich und verschwand mit seinem Kollegen im Peterwagen (so nannte man damals die Polizeifahrzeuge) in Richtung Reeperbahn.

»Ob sie den noch schnappen?«, fragte die Nachbarin.

»Nee. Der ist schon über alle Horizonte!«

»Aber wenn Dein Vater doch noch mal hier auftaucht!«

»Machen Sie sich keine Sorgen. Das passiert nicht!«

»Soll ich Dir beim Aufräumen helfen«, fragte die freundliche Frau.

»Das wäre wirklich sehr nett«, gab ich zurück und nach einer guten Stunde war wieder alles in Butter auf dem Kutter, alles im Lot auf dem Boot.

Mutters Blut aufzuwischen hatte mich doch zuletzt sehr viel Überwindung gekostet. Sie tat mir so leid und ich konnte ihr nicht richtig helfen, als sie so schwer verletzt am Boden lag.

Unbemerkt hatte ich die Geldrolle unter dem Schrank hervorgefischt und wieder in die Tasche gesteckt. Bald also bedankte ich mich bei Frau Müller, schloss die Wohnungstür ab und ging zum Krankenhaus. Dabei lief ich auch auf der Reeperbahn herum und hoffte, den Alten irgendwo zu entdecken, jedoch vergeblich.

Tatsächlich hatte auch die Polizei seiner nicht mehr habhaft werden können und es kam, wie ich es schon erwähnte. Ich sah meinen Vater niemals wieder.

Es war etwa dreiundzwanzig Uhr, als ich das Krankenhaus betrat und mich an der Information erkundigte, wo ich meine Mutter finden konnte. Die freundliche Dame beschrieb mir der Weg und beantwortete meine bangen Fragen mit dem Hinweis, dass sie nicht sagen konnte, wie die Notbehandlung verlaufen war. Auf der Station würde man mir aber sofort helfen.

Es dauerte anschließend noch eine gute halbe Stunde, die ich zu warten hatte und die ich auf dem um diese Zeit leeren Flur der Chirurgie verbrachte. Man hatte mich informiert, dass meine Mutter noch im Operationssaal lag und der sie behandelnde Arzt umgehend zu mir käme, sobald sie versorgt wäre.

»Sie sind Herr Borrmann?«, fragte der Doktor, als er nach einer weiteren Stunde endlich durch die Tür kam.

Er war ein Mann mittleren Alters, groß und von kräftiger Statur. Sein wissender Gesichtsausdruck und seine ganz Körperhaltung vermittelten eine gehörigen Portion Selbstbewusstsein und Kompetenz. Mir war sofort klar, dass er genau wusste, was er in den vielen schwierigen Situationen als Mediziner zu tun hatte und dass Mutter bei ihm gut aufgehoben war.

»Ja. Wie geht es ihr. Wird sie wieder gesund?«

»Das kann man zu diesem Zeitpunkt noch nicht sagen. Ihre Mutter hat einen heftigen Schlag gegen die Schläfe bekommen, der offensichtlich mit einem harten Gegenstand ausgeführt wurde!«

»Mein Vater hatte sie mit einem Feuerhaken geschlagen«, erwähnte ich und erzählte in kurzen Worten, was geschehen war.

»Wie kann man so etwas nur tun«, sagte der Doktor.

»Um es kurz zu machen. Die Wunde am Kopf haben wir versorgt. Sehr viel Blut hat sie aber nicht verloren. Darum müssen wir uns also nicht sorgen. Allerdings hat die Wucht des Hiebes einen Schlaganfall ausgelöst, den wir so weit unter Kontrolle bringen konnten. Ich vermag im Moment aber nicht zu sagen, was davon zurückbleiben wird. Das wird sich in den kommenden Wochen zeigen. Jetzt liegt sie erst einmal im künstlichen Koma und spürt nichts. Sie schläft sehr tief und ihr Körper kann sich ganz auf die Heilung konzentrieren!«

»Und wann wacht sie wieder auf?«

»Auch das müssen wir abwarten. Geduld müssen Sie jetzt haben!«

»Kann ich denn im Moment etwas für sie tun?«

»Na klar. Wir gehen jetzt zu ihr und Sie können einen Moment ihre Hände halten. Aber bitte ganz leise, sehr vorsichtig und auch nur zwei Minuten. Ihre Mutter braucht absolute Ruhe!«

Es schockierte mich, sie in Binden eingehüllt und an elektrische Geräte angeschlossen in diesem Zimmer zu sehen. Ich bekam kein Wort heraus und blickte hilfesuchend zu dem neben mir stehenden Doktor. Dieses Bild, die Wut auf meinen Vater und die Furcht des Verlustes würde ich niemals in meinem Leben vergessen. Egal, was mit Mutter passiert, ich wollte alles für sie tun, damit sie wieder gesund würde.

»So. Jetzt ist es gut. Nun muss ich Sie aber bitten, zu gehen«, forderte mich eine ins Zimmer eintretende Krankenschwester freundlich aber bestimmt auf.

»Gehen Sie nach Hause. Morgen zur Mittagszeit können Sie wiederkommen. Aber auch dann kann die Besuchszeit nur kurz sein!«

Wie ferngesteuert ging ich langsam und auf Umwegen durch die nächtlichen Straßen nach Hause. Einsamkeit und Furcht erfüllten mich. Eintausend Gedanken gingen mir durch meinen brummenden Kopf und quälten mich die ganze Nacht. An Schlaf war überhaupt nicht zu denken. Lange saß ich still am Fenster und schaute nachdenklich in die beleuchtete, von Leben erfüllte Stadt hinaus.

Ich hatte Kuddel ganz aus den Gedanken verloren. Jetzt, als in unserer Wohnung wieder Stille herrschte, raschelte es unter meinem Bett und mit leisem, verstörtem Mauzen schlich er vorsichtig über die Bettdecke, schnupperte sanft an meiner Nase, hauchte ein kaum hörbares Miau in die Dunkelheit, kuschelte sich an mich und nickte bald ein. Für mich war allerdings auch in den kommenden Tagen überhaupt nicht an Erholung zu denken.

Die täglichen Besuche im Krankenhaus waren wenig ermutigend und fanden ihren Tiefpunkt, als meine Mutter nach zehn Tagen aus dem Schlaf ins Leben zurückgeholt wurde.

Als ich an jenem Tag das Krankenhaus betrat, ließ man mich erst gar nicht ins Krankenzimmer, sondern brachte mich direkt zum Doktor, was mich unvermittelt in heftige Unruhe versetzte.

»Was ist denn passiert«, fragte ich.

»Ihre Mutter ist inzwischen wieder wach«, sagt er und behielt seinen nachdenklichen Gesichtsausdruck bei, was mich zusehends irritierte.

»Das ist doch prima«, rief ich erfreut, blieb aber angespannt und wartete, was jetzt noch kommen würde.

»Nun. Ich will offen sein und Ihnen ohne Umschweife sagen, was los ist. Der Hieb, den ihre Mutter gegen den Kopf bekommen hatte, löste den Schlaganfall aus. Das hatte ich bereits erwähnt. Leider haben sich meine Befürchtungen bestätigt. Um es kurz zu machen. Ihre Mutter hat sehr schwerwiegende Schädigungen an ihrem Gehirn erlitten und wird auf längere Zeit auf Ihre Hilfe angewiesen sein. Bis sie das Gehen wieder erlernt hat, muss sie sich im Rollstuhl fortbewegen und bedarf bei fast allen Aufgaben des Alltags Hilfe. Da das Sprachzentrum arg in Mitleidenschaft gezogen wurde, wird sie sich nur schwer verständlich machen können.

Das wird alles mit der Zeit besser, aber machen Sie sich eines bewusst. Sie wird nie wieder die sein, die sie einmal war!«

Ich sackte deprimiert in meinem Sessel zusammen und brachte kein Wort mehr heraus. Da war kein Gefühl, kein Gedanke, lediglich ein stumpfes Dröhnen und das vernebelte für Stunden mein Bewusstsein. Es brauchte ein paar Tage, bis ich mich gefangen hatte. Nun übernahm ich die volle Verantwortung für das Wohlergehen meiner Mutter, die immer für mich da gewesen ist. Jetzt war es an mir, ihr das gleiche zurückzugeben.

Im Krankenhaus erfuhr ich, was es alles zu beachten gab, wurde in den richtigen Handgriffen unterrichtet und bekam eine Liste, was ich alles zu beschaffen und in unserer Wohnung zu ändern hatte. Das war eine Menge, doch als Mutter nach Hause entlassen wurde, war ich guten Mutes, dass ich das alles schaffen würde.

In den folgenden endlosen Wochen, während Mutter zur Rehabilitation war, baute ich unsere Wohnung so weit um, dass sie einigermaßen behindertengerecht war, und freute mich, als sie nach acht Wochen endlich wieder heimkam. Die allein lebende Nachbarin, die mir einmal erzählte, dass Ihr

Mann vor vielen Jahren draußen auf See geblieben war, hatte uns immer und zu jeder Zeit geholfen und stand auch Gewehr bei Fuß, als unser nun völlig neues Leben seinen Rhythmus aufnahm. Sie kochte, wusch die Wäsche und war da, als ich sehr bald meine Arbeit wieder aufnehmen musste.

Der Gesundheitszustand meiner Mutter war und blieb schlecht. Tatsächlich sollte sie niemals wieder allein lebensfähig sein und immer auf meine oder fremde Hilfe angewiesen bleiben. Wir lernten trotz aller Hürden und Herausforderungen stetig, mit der Situation umzugehen und ich konnte langsam die Laute und Regungen meiner Mutter verstehen, erriet, wann sie was wollte und spürte immer mehr, dass das Leben weiterging. Wir würden das schon schaffen.

Wie ich erwähnte, hörten wir von meinem Vater nichts mehr. Er war glücklicherweise wie vom Erdboden oder von der See verschluckt. Allerdings zahlte er auch keinen Pfennig Unterhalt mehr. Von daher bewegten wir uns wie im Sog eines Malstroms auf einen finanziellen Abgrund zu, da ich weiterhin nicht sehr viel verdiente, meine Mutter ihren Serviceanteil für mein kleines Nebengeschäft am Arbeitsplatz nicht mehr beisteuern konnte und meine eisernen Geldreserven rapide zur Neige gingen, denn ich war mit meiner Verantwortung und meinen familiären Aufgaben auf mich allein gestellt. Mutters Rat und Hilfe in vielen Lebenssituationen hatte mir so oft den richtigen Weg gewiesen. Da sie aber kaum noch sprechen und nur sehr schlecht zufassen oder gehen konnte, blieb mir der Zugriff auf diese unerschöpfliche Quelle der Liebe und Weisheit für immer verwehrt. Ich brauchte dringend Geld. Sehr viel Geld. Und nicht nur ein Mal, sondern regelmäßig, denn die Pflege eines Menschen war, ist heute und bleibt auch in Zukunft teuer. Pflegeheime gab es damals bereits, allerdings ließen die wenig modernisierten Unterkünfte im damals noch jungen Sozialstaat sehr zu wünschen übrig. Außerdem hätte ich es niemals übers Herz gebracht, meine geliebte Mutter wegzugeben. Es gab zwar etwas Unterstützung von den Ämtern und auch meine Kollegen hatten etwas gesammelt, doch war das alles nur ein Tropfen auf dem heißen Stein.

Wie groß muss die Not erst werden, bis Moral und Ethik besiegt sind, in den Schatten gestellt und einfach über Bord geworfen werden. Bei mir hat es nicht wirklich sehr lang gedauert. Die finanzielle Situation zu Hause spitzte sich drastisch zu und das Wohlergehen meiner Mutter geriet ins Wanken. Miete, Nahrung, Medikamente, Kleidung und so vieles, was bezahlt werden musste. Auch Frau Müller, die nach wie vor zu uns hielt, konnte ich nicht einfach so ausnutzen und ihre permanente Hilfe als gegeben hinnehmen. Dass es mir nicht gut ging, sah man mir offensichtlich an. Ich aß und schlief kaum, verlor Gewicht und hatte keine Möglichkeit, mich zu erholen.

»Na, wie sieht es zu Hause aus«, wollte Hein Petersen einmal von mir wissen, als wir während der Mittagspause an der Kaimauer saßen und über die Elbe schauten.

»Es geht so«, gab ich wortkarg zurück, wusste aber, dass der Vorarbeiter in seiner unglaublichen Menschenkenntnis sofort erkannt hatte, was meine Worte bedeuteten.

Im Norden redete man auch damals nicht viel und schon gar nicht, wenn es um persönliche Probleme ging. Man raunte vielleicht eine paar Silben über die Lippen und ließ den

Zuhörer anschließend damit allein. Es war egal, ob der andere etwas damit anfangen konnte oder nicht. Aus diesem Grund trat auch nach meiner Antwort eine kleine Gesprächspause ein, während der wir beide wortlos auf den Fluss starrten. Minuten waren vergangen, als Hein sich zu mir wandte.

»Wird schon wieder. Wenn Du Hilfe brauchst, sagst Du Bescheid, hörst Du!«

»Klar. Mach ich«, antwortete ich kurz angebunden tonlos und wir wussten beide, dass ich das nicht tun würde.

Hein stand auf, nahm seine Siebensachen und gab mir einen freundschaftlichen Klaps auf die Schulter, der mir sagte, dass ich nicht allein wäre. Das reichte auch. Mehr war in diesem Moment nicht erforderlich. Ich hörte seinen gleichmäßig ruhigen Schritten zu, als er davonging, und schaute anschließend weiterhin in die Ferne.

»Na, alles Scheiße?«, fragte Hauke Matthiessen, der sich genau dort hinhockte, wo zuvor noch der Vorarbeiter gesessen hatte.

Hauke war okay. Ein Arbeiter, der schon viele Jahre in unserer Schlosserei malochte. Er war vielleicht vierzig Jahre, unverheiratet und kinderlos. Ein verlässlicher Typ, der ohne

Unterlass zu Späßen aufgelegt war und permanent gute Laune verbreitete. Viel wusste ich nicht von ihm, obwohl wir schon häufig zusammen gearbeitet hatten und ich dabei einiges lernen konnte. Über sein Privatleben jedoch hat er sich immer schön ausgeschwiegen.

»So ziemlich«, sagte ich.

»Wie geht es Deiner Mutter?«

»Mal so, mal so!«

»Und Du pflegst sie ganz allein?«

»So gut wie. Unsere Nachbarin hilft mir!«

»Respekt. So etwas macht nicht jeder!«

»Jeder ist mir auch scheißegal. Meine Mutter ist alles, was ich habe!«

»Und die Knete«, wollte Hauke nach einer kleinen Pause wissen.

»Tja. Genau da liegt der Hase im Pfeffer. Alles andere bekomme ich hin, aber bei unserem Verdienst ist nicht viel möglich und meine kleinen Geschäfte werfen nicht genug ab«, gab ich zurück.

»Weißt Du, wie man reich wird«, wagte er sich vorsichtig hinter dem Busch vor.

»Nee. Keine Ahnung. Du?«

»Na ja. Entweder Du erbst, Du spekulierst oder Du klaust!«

»Ist ja toll. Und was soll mir das sagen? Mit dem Erben oder dem Spekulieren hab ich es nicht so. Klauen ist auch nicht mein Ding!«

»Solltest Du mal drüber nachdenken, wenn Du den Kopf über Wasser halten möchtest!«

Er sagte es, stand auf und verschwand.

In den folgenden Tagen gingen mir seine Worte nicht mehr aus dem Kopf. Immer wieder erinnerte ich mich an das Gespräch. Ich brauchte etwas Zeit bis ich begriff, was der Kerl überhaupt von mir wollte. Als mir alles klar war, fragte ich mich, ob ich tatsächlich einen solchen Weg gehen sollte. Krumme Geschäfte Okay. Prügeln war auch kein Problem, aber Diebstahl? Ich zweifelte. Je mehr ich jedoch darüber nachdachte, desto näher kam ich meinen inneren Grenzen. Die Aussicht, schnell an Geld zu kommen war mehr als nur verlockend, auch wenn ich nicht wusste, was ich dafür zu tun hatte.

Eine Woche später. Ich saß erneut am Kai, als Hauke mit den Händen in den Hosentaschen angetrottet kam und sich erneut zu mir setzte.

»Tag, Freddy. Hast Du darüber nachgedacht?«

»Ja, schon. Aber ich weiß nicht so recht!«

»Du möchtest wissen, was Du machen sollst und ob es gefährlich ist?«

»Unter anderem!«

»Was noch?«

»Wenn wir erwischt werden und ich in den Knast muss oder die Arbeit verliere, dann ist alles aus. Das kann ich meiner Mutter nicht antun und würde es mir auch niemals verzeihen!«

»Die Kunst ist es, sich nicht erwischen zu lassen!«

Ich sah ihn einen Moment fragend an und bemerkte nicht, dass ich tief im Unterbewusstsein schon längst kapituliert hatte. Ich wollte jetzt wissen, was überhaupt ablaufen sollte.

»Kannst Du Moped fahren?«

»Klar!«

»Mehr musst Du auch nicht tun!«

»Wie! Verstehe ich nicht!«

»Also hör zu. Was ich Dir jetzt erzähle, bleibt unter uns. Auch, wenn Du zuletzt nicht mitmachst oder wir uns Morgen vielleicht in die Flicken kriegen. Unter den Ganoven gibt es einen Ehrenkodex. Es wird nicht geplaudert und es wird nicht verpfiffen, sonst wird es ungemütlich und ich verspreche Dir, ich komme dann nicht allein!«

Ich war erstaunt über Hauke. Niemals hätte ich eine derart schwarze Seele in ihm vermutet oder gedacht, dass er auf solchen Pfaden unterwegs war. Die Erinnerung an meiner Mutters Worte, dass man einem anderen Menschen immer nur bis vor die Stirn sehen kann, meldete sich in mir. Recht hatte sie, wie so oft.

»Mach Dir keine Sorgen. Ich bin keine Petze. War ich früher nicht und werde es künftig nicht sein«, gab ich zur Antwort.

»Na gut. Wir fahren zusammen auf einem Moped, das bei mir zu Hause steht, an den Stadtrand von Hamburg. Wann und wohin, sage ich Dir, wenn Du dabei bist. Die Supermärkte und all die anderen Geschäfte bringen zu ganz bestimmten Zeiten ihre Tageseinnahmen in Geldbomben zu den Nachttresoren ihrer Bank. Sehr häufig werden diese Dinger von den Verkäuferinnen auf ihrem Heimweg mitgenommen und eingeworfen. Es ist einfach unglaublich, welche Verantwortung den unterbezahlten Angestellten auferlegt wird, damit die Unternehmen das Geld für einen versicherten Geldtransport sparen. Die Banken in den weit abgelegenen Ortsteilen werden so gut wie nicht überwacht. Da ist am Abend wenig los, kaum Menschen unterwegs und auch keine Polizeistreife!«

»Woher weißt Du das?«

»Alles genauestens ausgespäht. Glaubst Du vielleicht, ich will erwischt werden?«

»Also gut. Erzähl weiter!«

»Wir kommen zum genau richtigen Zeitpunkt um die Kurve, Du hältst an, ich springe vom Rücksitz, reiße die Geldbombe an mich und dann machen wir uns auf einem ausgesuchten Fluchtweg, auf dem niemand mit einem Auto folgen kann, aus dem Staub!«

»Aber was ist, wenn keine Frau, sondern ein paar Männer den Nachttresor aufsuchen?«

»Dann habe ich Pech gehabt. Dann bekomme ich was auf die Mütze und muss vor den Kadi! Darum kümmerst Du Dich aber nicht. Sollte es soweit kommen, haust Du einfach ab, bringst das Moped dorthin, wo wir es zuvor abholen und gehst Deiner Wege. Auf gar keinen Fall versuchst Du, mir zu helfen!«

»Das ist ungleich. Für mich ist tatsächlich kaum ein Risiko und Du nimmst alles auf Dich!«

»Das stimmt. Diesen Risikoanteil verrechnen wir anschließend mit der Beute. Egal, was wir an Land ziehen. Ich bekomme neunzig Prozent und Du zehn!«

»Das bedeutet in Zahlen?«

»Dass Du für wenig Aufwand ganz gut Geld kassieren wirst! Tatsächlich kann ich nicht sagen, was wir erbeuten, aber leer sind diese Geldbehälter keinesfalls, sonst würde man sie ja nicht zur Bank bringen!«

»Hast Du das schon mal gemacht«, fragte ich neugierig.

»Ja. Zweimal!«

»Und?«

»Geht Dich einen Kehricht an!«

»Und was machst Du mit der Kohle?«

»Unwichtig. Jeder macht sein Ding. Du Deines und ich Meines«, war Haukes kurze Antwort.

»Noch etwas. Danach wird kein Wort darüber verloren. Auch hier auf der Arbeit sind wir nicht plötzlich die dicken Freunde. Alles bleibt, wie bisher. Hast Du das verstanden!«

»Auch wenn ich noch nicht zugesagt habe. Eines musst Du mir versprechen!«

»Und das wäre?«

»Es kommt niemand zu Schaden. Das wäre nicht fair, wenn einer Verkäuferin die gesamte Verantwortung des Geldtransportes aufgebürdet wird, diese von uns einen auf den Kopf bekommt und am nächsten Tag ihren Arbeitsplatz verliert, weil sie nicht aufgepasst hat. Die wird schon allein wegen des Überfalls ordentlich zu knabbern haben!«

»Versteht sich von selbst. Außer, ich werde angegriffen. Dann muss und werde ich mich befreien!«

»Wie war das bei Deinen ersten Zügen?«

»Ohne Probleme. War jedes Mal ein junges Mädel. Sie gaben mir die Geldbombe ohne Worte sofort heraus!«

Einen Moment sah er mich prüfend an und versuchte herauszubekommen, ob auf mich Verlass war.

»Wie bist Du überhaupt auf mich gekommen. Gab es keinen anderen Copiloten?«

»Ich kenne Deine Situation einigermaßen. Hier wird ja nicht nur gearbeitet, sondern auch gequatscht. Man hört zu, zählt eins und eins zusammen und macht den ersten Schritt!«

»Du brauchst einen Partner, richtig?«

»Stimmt. Die Flucht ist das Problem, wenn ich so etwas allein durchziehe, denn ich muss das Moped erst abstellen und nach dem Klau wieder anwerfen. Das ist mit hohem Risiko behaftet, denn was ist, wenn die Karre nicht anspringt. Ein verlässlicher Kompagnon fehlt tatsächlich. Also überlege es Dir!«

»Mache ich!«

Warum ich mich in den folgenden Tagen überhaupt noch mit dem Für und Wider eines Überfalls beschäftigte, konnte ich später nicht recht verstehen, denn zurückblickend betrachtet hatte ich mich bereits nur wenige Stunden nach dem Gespräch entschieden. Trotzdem ließ ich mir fast eine Woche Zeit, Hauke eine Zusage zu geben. Ich nutzte dazu die Mittagspause, als wir uns wie zufällig vor der Schlosserei über den Weg liefen.

»Geht klar«, sagte ich kurz.

»Wir sehen uns am Abend, neunzehn Uhr, im Windjammer und besprechen alles. Bis dahin kein weiteres Wort mehr«, sagte er und ging seines Weges.

Ich war bereits einer Stunde früher in der alten Seefahrerkneipe auf St. Pauli und trank entgegen aller Gewohnheit ein Bier, um meine Nerven etwas zu beruhigen. Ich trieb zwar weiterhin meinen kleinen Handel mit Spirituosen, trank selbst aber so gut wie nie etwas. Diese inzwischen konsequente Ablehnung hatte ausschließlich nur etwas mit den wilden Ausbrüchen meines Vaters und den Verletzungen meiner Mutter zu tun. Das war ein tiefgreifendes Schlüsselerlebnis für mich gewesen, denn ich hatte gesehen, was der Alkohol mit den Menschen anstellte. Auch ließ ich die Finger von Zigaretten, denn im Rauchen sah ich ebenfalls keinen Sinn. So saß ich also abseits an einem Fensterplatz und beobachtete das Treiben in dieser gemütlichen Spelunke. Ganz schön schräge Typen, zumeist Männer, waren hier unterwegs. Vermutlich hatten sie kein zu Hause und suchten hier so etwas wie familiäre Geborgenheit unter Gleichgesinnten, während sie sich Seefahrergeschichten aus längst vergangenen Tagen erzählten und sich langsam betranken.

Manch einer von ihnen trinkt, um zu vergessen und ein anderer, um sich zu erinnern. Es ist schon seltsam, was das Leben von uns will oder mit uns anstellt. dachte ich.

Pünktlich um sieben Uhr öffnete sich die Eingangstür. Hauke trat ein, lies seinen Blick im Halbrund um den Tresen schweifen und kam zu mir, als er mich entdeckte.

»Eines musst Du Dir sofort merken. Wenn wir neunzehn Uhr sagen, heißt es das auch neunzehn Uhr. Keine Minute früher und auch keine später. Man weiß nie, wer Dich aus langer Weile beobachtet und dabei auf dumme Gedanken kommt!«

»Geht klar«, antwortete ich.

»Hast Du einen Führerschein«, wollte er jetzt von mir wissen.

»Nein. Hab ich nicht«, gab ich zurück.

Damals war meine Welt noch recht eingeengt. St. Pauli, Altona, der Hafen, die Arbeit. Weiter war ich bis auf die Ausflüge mit meiner Mutter noch nicht gekommen und dafür brauchte ich keinen Führerschein, zumal ich mir weder ein Moped noch ein Auto hätte leisten können. Die wenigen Ausflüge an die See hatten Mutter und ich immer mit dem Zug unternommen.

Irgendwann einmal werde ich die Prüfung ablegen, denn dass die Welt noch sehr viel anderes zu bieten hatte als Hamburg, war mir durch Vaters Geschichten und die langen Winterabende mit Landkartenstöbereien schon als kleiner Junge sehr bewusst. Irgendwann würde ich hier ausbrechen, um andere Länder zu sehen, dachte ich.

In diesem Moment spürte ich erstmals tief in mir und auch nur schemenhaft, wie der Hunger nach Ferne aufkeimte.

»Moped fahren kann ich aber ganz gut. Das habe ich schon sehr früh gelernt!«

»Hat Dich die Polizei schon mal erwischt. Ich meine jetzt nicht nur mit dem Moped, sondern auch sonst?«

»Du willst wissen, ob ich bei denen namentlich in irgendeiner Akte stehe oder die sogar ein Foto von mir haben?«

»Genau!«

»Ich bin auf St. Pauli groß geworden. Da lernst Du zuerst, wie Du den Häschern durch die Lappen gehst. Die würden mich niemals bekommen!«

»Immer schön vorsichtig. Die darfst Du nicht einfach unterschätzen. Das sind nicht nur alles Schnarchhaken.

Irgendwann haben sie auch Dich am Schlafittchen. Wirst sehen. Ist dann nur die Frage, was Du angestellt hast. Bei rot über die Straße gelatscht oder jemanden die Gurgel durchgeschnitten!«

»Die Gurgel durchschneiden. Du hast ja Ideen«, sagte ich und konnte nicht ahnen, was mir diesbezüglich nur wenige Jahre später noch begegnen sollte.

Zunächst dachte ich daran, dass es ohnehin meiner Einstellung entsprach, niemanden zu unterschätzen. Durch Haukes Worte nahm ich fortan auch die Polizei in meiner gedanklichen Liste auf.

»Soweit, so gut!«, schloss Hauke die Fragestunde ab

»Kommende Woche Donnerstag, neunzehn Uhr, geht es los!«

»So bald schon?«

Ich erschrak und spürte Nervosität tief in mir aufkommen.

»Was machen wir genau«, wollte ich wissen.

»Wir fahren raus nach Elmshorn. Dort ist ein großes Kaufhaus. Donnerstags haben die lange auf und machen vermutlich einen ordentlichen Umsatz. Ich habe alles schon genau ausbaldowert. Um achtzehn Uhr machen die dicht und exakt eine Stunde später bringt eine Angestellte jeweils zwei

Geldbomben zum Nachttresor. Die letzten Kunden sind dann bereits zu Hause und der Fußgängerverkehr so spät sehr gering. Außerdem liegt der Nachttresor in einem zurückgesetzten Eingang der Bank. Das heißt, dass man schon direkt auf uns zukommen muss, um uns zu sehen. In den zügig vorbeifahrenden Autos bekommt jedenfalls niemand etwas mit!«

»Und was mache ich?«

»Du fährst das Moped!«

Anschließend zeigte er mir eine Karte der Umgebung, erklärte mir die Fluchtwege, wo ich zu warten hatte und was ich wie zu machen habe.

»Du stellst auf keinen Fall den Motor ab, hörst Du. Ich gehe vor, warte an der Ecke der Bank und gebe Dir ein Zeichen. Dann habe ich die Frau mit dem Geld in der Tasche im Blick und ich brauche dann exakt fünfzehn Sekunden, um ihr die Tasche abzunehmen. Fünfzehn Sekunden, nicht mehr und nicht weniger. Wenn Du also auf null heruntergezählt hast, stehst Du genau an der Ecke und hast den ersten Gang eingelegt. Sobald ich aufgesprungen bin, gibst Du Gas!«

Anschließend zeigte er mir den Fluchtweg noch etwas genauer.

»Warum fahren wir hier durch den Park«, wollte ich wissen.

»Sollten wir wider Erwarten von einem Auto verfolgt werden, haben wir auf der Straße keine Chance. Durch den Park aber führt ein Fahrradweg, der für Autos unerreichbar ist. Den hat man durch ein Eisengitter nur für Fußgänger und Fahrradfahrer passierbar gemacht. Da passen wir auch noch gut durch. Musst nur etwas aufpassen. Wenige Meter danach geht es etwa einhundert Treppen hinunter. Dass wir uns da ja nicht auf die Klappe legen!«

Hauke sah mich mahnend an.

»Keine Sorge. Das waren meine ersten Fahrübungen. Treppen rauf und runter. Manchmal mit fünf Leuten drauf. Ist echt ein Kinderspiel«, antwortete ich selbstsicher.

»Gut. Dann ist hoffentlich alles so weit klar«, sagte er zufrieden und verbrannte seine Karte im Aschenbecher, um anschließend auch die Asche zu zerkleinern.

In den Tagen darauf trafen wir uns in einer kleinen Nebenstraße nahe des Elbtunnels, wo er mit einer Zündapp auf mich wartete. Ich hatte keine Ahnung und würde es auch nie erfahren, woher er das Ding hatte oder wo es untergestellt war. Tatsächlich gingen wir uns auch später immer aus dem

Weg, es sei denn, dass wir gemeinsam etwas vor hatten. Zunächst drehte ich ein paar Runden allein. Hauke wollte unbedingt meine Fahrsicherheit sehen. Wenig später saßen wir zusammen auf dem Krad und probten schon mal den Weg nach Elmshorn, stoppten die Fahrzeit und fuhren die Route in den nächsten Tagen noch zwei Mal. Einmal samstags, spät am Abend und tags darauf am frühen Morgen. Die Zündapp war umfangreich frisiert. Keine Ahnung, was daran verändert wurde, aber sie ging richtig vorwärts. Ich glaube kaum, dass uns ein normales Auto hätte einholen können.

»Täusch Dich nicht. Die Polente kennt die Schleichwege viel besser als jeder andere. Das zusätzliche Problem ist, dass sie wie die Mücken von allen Seiten kommen, sich über Funk verständigen können und bewaffnet sind«, hörte ich Haukes eindringliche Worte.

Es war Donnerstag, siebzehn Uhr. Wieder der Treffpunkt in Altona.

»Habe noch mal getankt und alles überprüft. Mit dem Moped passiert nichts. Das ist top. Die Straßen sind auch trocken. Müssen wir noch was bereden?«

»Nein. Alles in deutscher Hand. Von mir aus kann es losgehen«, sagte ich und verspürte in diesem Moment keinerlei Unruhe.

Jetzt zahlte sich die sehr intensive Vorbereitung aus, denn ich wusste genau, was mich erwartete und was ich wann zu tun hatte.

Wir kamen genau nach Zeitplan in Elmshorn an. Etwas abseits der Bank setzte ich Hauke ab, fuhr noch eine vorgeplante Runde, um nicht durch unnötiges Herumstehen mit laufendem Motor neugierige Blicke auf mich zu lenken und sah meinen Kumpanen an der zuvor vereinbarten Ecke stehen, als ich in Sichtweite am rechten Fahrbahnrand der Nebenstraße erneut anhielt. Hauke stand völlig unauffällig und entspannt an der Gebäudewand und warf, eine Zigarette rauchend, von Zeit zu Zeit einen unauffälligen Blick in Richtung des Nachttresors. Es war jetzt kurz vor achtzehn Uhr, dunkel, Straßenbeleuchtung, viele Autos auf der Hauptstraße und, wie es Hauke vorausgesagt hatte, auffällig wenige Menschen zu Fuß unterwegs. Ich hatte vielleicht eine Minute dort gestanden und so getan, als suchte ich etwas in meiner Jacke, als ich das vereinbarte Zeichen bekam. Hauke kratzte sich am rechten Ohr, schlug den Kragen hoch und verschwand.

Fünfzehn, vierzehn, dreizehn, zwölf ...., bei zehn fuhr ich kontrolliert und sicher an, bei null stand ich genau dort, wo ich stehen sollte, als ich einen lauten Aufschrei hörte.

»Hilfe, Überfall! Hilfe! Gib mir meine Tasche zurück, Du Lump! Hilfe!«

Die junge Frau schrie, so laut sie nur konnte. Hauke schubste sie noch einmal zur Seite, sodass sie auf dem Hosenboden landete und uns genügend Zeit zur Flucht verschafft hätte, wenn nicht dieser ältere, augenscheinlich sehr kräftige Bauarbeiter aus dem Gebäude gekommen wäre. Ich sah, wie er Hauke überlegen von hinten zu fassen bekam und zu Boden drückte. Er wollte sich gerade über ihn beugen und hätte ihn mit vermutlich nur einem Schlag außer Gefecht gesetzt, wenn ich nicht entgegen unserer Absprache das Moped mit laufendem Motor im Leerlauf abgestellt hätte, um noch rechtzeitig einzugreifen. Der Arbeiter bemerkte mich in genau dem Augenblick, als ich nur noch zwei Schritte hinter ihm zum Schlag ausholte. Indem er sich umdrehte, traf ihn meine Rechte am Kinn und riss ihn in derselben Sekunde zu

Boden, wo er für einen Moment benommen liegen blieb. Hauke sprang auf und drohte der mit weit aufgerissenen Augen verdutzt dreinschauenden Frau mit eindrucksvoller Geste, in dem er sich mit bissiger Miene und fest geballten Fäusten einen Schritt auf sie zubewegte. Sie ergriff die Flucht und erst nach einigen Metern schrie sie erneut um Hilfe. Der Rest war wieder Routine. Mit zwei Sätzen aufs Moped, an der Einmündung rechts abbiegen, fünfhundert Meter weiter, dann nach links, ein kurzes Stück geradeaus, in den Park und weg waren wir. Unterwegs klopfte Hauke mir ein paar Mal freundschaftlich auf die Schulter und bedankte sich. Bald hielt ich wieder in Altona und wir standen neben dem Krad.

»Meine Herrn. Das hätte böse enden können. Danke, dass Du mir geholfen hast, obwohl wir es anders verabredet hatten!«

»Neben allen Absprachen hat man ja auch noch so etwas wie Ehre im Leib. meinst Du nicht?«

»Stimmt. Ich hätte Dich auch nicht hängen lassen. Also. Danke noch mal!«

»Was machen wir jetzt mit dem Geld«, wollte ich nun wissen.

»Vertraust Du mir«, fragte Hauke.

»Klar!«

»Wir verschwinden jetzt von der Straße. Du gehst nach Hause und morgen um siebzehn Uhr sehen wir uns wieder in der Seemannskneipe. Dann bekommst Deinen Anteil. Ist das Okay?«

Ich überlegte einen Moment, warf aber die wenigen Zweifel über Bord und gab ihm die Hand.

»Zwei Dinge noch. Du bekommst fünfzig Prozent wegen vorhin und die Geldbomben haben ganz schön Gewicht!«

Er gab mir einen freundschaftlichen Klaps auf die Schulter und ich ging meiner Wege.

Als ich so allein durch die abendlichen Straßen lief, zwickte mich die Moral. Ich dachte an die junge Frau und den Bauarbeiter.

Wie es den beiden jetzt wohl gehen mochte? Nun. Er wird es sicher überstehen, beruhigte ich mich und sprach mich vor meinem inneren Gericht frei, wodurch sich sehr bald auch meine Bedenken beruhigten.

Außerdem wusste ich, was mich gleich zu Hause erwartete. Der Zustand meiner Mutter bewegte mich in meinem Leben am meisten und extrem nachhaltig. Das rechtfertigte zumindest vor mir selbst alles, was ich heute getan hatte.

Als ich gegen einundzwanzig Uhr zu Hause ankam, saß die Nachbarin mit meiner Mutter am Tisch im Wohnzimmer. Frau Müller las aus einem Buch von Joachim Ringelnatz vor, als ich durch die Tür trat.

»Ich glaube, dass sie immer besser versteht. Man darf nur nicht aufgeben. Vorhin hat sie tatsächlich ganz leise gelacht«, berichtete sie mir.

»Das wäre wirklich schön«, antwortete ich und wusste, dass das nicht stimmen konnte.

Ich bewunderte die freundliche Frau für ihre unendliche Geduld. In ihrer langen Einsamkeit des Alleinlebens hatte sie jetzt ganz offensichtlich ihre Berufung gefunden und sich in den Kopf gesetzt, meiner Mutter den Weg zurück ins Leben zu ebnen. Eine wunderbare Haltung und eine große Hilfe. Wann immer ich verhindert war, konnte ich sie ansprechen. Niemals ließ sie mich hängen.

Kuddel war alles so ziemlich egal. Er besetzte wie gewohnt zu ganz bestimmten Tageszeiten seine ausgewählten Schlummerplätze und war bald wieder der alte. Des nachts lag er immer auf meinem Bett. Ich wollte das zwar nicht, aber wenn ich schlief, nutzte er kurzerhand seine Chance. Der Schlaf war aufgrund des Überfalls extrem unruhig. Immer wieder erwachte ich aus hektischen, aufreibenden Träumen. Am Morgen stand ich wie immer sehr früh auf, kümmerte mich um meine Mutter, versorgte seine Majestät Kuddel, saß bei einem Kaffee am Tisch und las in der Zeitung, bis Frau Müller klingelte. Da stand es gleich auf der ersten Seite und ich erschrak, als mir die großen Lettern entgegensprangen.

Überfall in Elmshorm. Zwei bislang unbekannte Täter haben am Nachttresor vor einer bereits geschlossenen Bank eine Frau angegriffen, zwei Geldbomben entwendet und anschließend einen zufällig des Weges kommenden Bauarbeiter, der der jungen Frau zu Hilfe kommen wollte, hinterrücks niedergeschlagen.

Es folgten noch einige nichtssagende Ausführungen und ein Zeugenaufruf. Offensichtlich hatte die Polizei keine konkreten Anhaltspunkte oder wollte in der Öffentlichkeit nicht mehr sagen. Ich stolperte über die Redewendung der bislang unbekannten Täter. Vielleicht hatte uns doch jemand erkannt oder das Kennzeichen des Mopeds abgelesen. Vielleicht wollte man die bisherigen Erkenntnisse über weitere Zeugen nur noch bestätigen lassen, um uns anschließend zu verhaften. Aber was hatte ich mir eigentlich gedacht. Es war doch klar, dass unser Klau in der Zeitung stehen würde.

»Das Nummernschild können die ruhig ablesen«, sagte mir Hauke in der Mittagspause.

»Die Karre ist doch gar nicht zugelassen, das Kennzeichen habe ich frei erfunden und selbst gemacht. Damit kommen die nicht weiter. Na, und der Rest ist ein momentanes Rauschen im Walde. Morgen jagen sie wieder ein anderes Schwein durchs Dorf und schon sind die Schlagzeilen von heute vergessen. Die Polente weiß rein gar nichts. Der Text ist genauso, wie jeder andere Artikel geschrieben ist. Also. Immer schön mit der Ruhe. Ich habe Dir Deinen Anteil in Deinen Schrank gelegt. Kannst Dich freuen. Es hat sich wirklich gelohnt!«

»Mein Schrank ist doch aber verschlossen?«

»War er auch und ist es wieder. Was glaubst Du, mit wem Du es zu tun hast?«

»Und was hast Du mit den leeren Geldbehältern gemacht?«

»Die sind auf Tauchfahrt am Elbgrund. Die findet niemand mehr. Aber lass uns mit der Quatscherei aufhören, sonst schöpfen die anderen noch Verdacht!«

»Okay«, sagte ich, ging in die Umkleide und fand in meiner Jackentasche ein ordentliches Geldbündel.

Ich wagte nicht, die Beute an Ort und Stelle zu zählen. Dazu verdrückte ich mich auf die Toilette und staunte nicht schlecht, als sich zweitausendfünfhundert Mark in kleinen Scheinen durch meine Finger zwängten.

»Für so viel Geld hätte ich lange Arbeiten müssen«, ging es mir durch den Kopf und doch wusste ich, dass ich lediglich etwas Zeit gewonnen hatte. Bald schon würde ich vor der gleichen Hürde stehen und musste zusehen, dass weitere Kohle an Land kommt.

Diese Sorge erledigte sich aber eine Woche später von selbst, denn Hauke raunte mir auf dem Heimweg im Vorbeigehen eine kurze Info zu.

»Heute, zwanzig Uhr, Windjammer!«

Um es kurz zu machen. In den folgenden Monaten tauchten wir in unterschiedlichen Stadtteilen auf, überfielen, klauten und verschwanden jedes Mal unerkannt im Häuser- und Straßenmeer der Großstadt. Die Polizei schrieb immer das gleiche, wir aber hörten von niemandem etwas.

Ich war inzwischen völlig auf der schiefen Bahn, ein Dieb, ein Räuber. Immer wieder stand ich vor mir selbst, machte mir Vorwürfe über meine Entwicklung. Die Rechtfertigung mit der heimischen Situation währte dabei immer nicht sehr lang. Insgesamt ging und geht es nicht allein um das Begehen der Straftaten, sondern auch darum, mit sich selbst zurechtzukommen, die inneren Konflikte auszuhalten.

Wir arbeiteten sehr bald so routiniert, dass ich an den Tagen nach unseren Kaperfahrten nicht einmal mehr die Zeitung las. Ich musste für mich feststellen, dass ich mit meiner Moral inzwischen so tief gesunken war und meinte meine Seele damit beruhigen zu können, dass ich das ja nur für meine Mutter tat. Wie ein Alkoholiker sagte ich zu mir selbst, dass ich jederzeit damit aufhören könnte, wenn ich es nur wollte. Das nahm ich mir auch vor, sobald ich meine

Mutter versorgt wusste. Man findet eben immer eine Ausrede für all das, was man tut oder unterlässt.

Jeden Überfall bereiteten wir akribisch vor und ließen auch die kleinste Kleinigkeit nicht außer Acht. Hauke und ich verhielten uns am Arbeitsplatz zwar weiterhin anonym, freundeten uns aber so miteinander an, dass er mir einige geheime Dinge anvertraute. Beispielsweise gewährte er mir Zutritt zu einem kleinen, geradezu unauffindbaren Schuppen nahe des evangelischen Friedhofs, in dem er das Krad und verschiedene andere Dinge versteckt hielt, die man nicht unbedingt in seiner Wohnung finden müsste, sollte man ihm tatsächlich einmal auf die Schliche kommen.

»Davon wissen nur Du und ich. Das muss auch für immer so bleiben«, gab er mir eindringlich zu verstehen, wusste aber inzwischen, dass er sich in jeder Situation zu einhundert Prozent auf mich verlassen konnte. Er zeigte mir, wo der Schlüssel versteckt lag. Dafür hatte er auf der Rückseite des unscheinbaren, verwitterten Gebäudes in der Mitte der Außenwand einen Klinkerstein gelöst. Man musste schon genau wissen, wo man suchen musste, um den Schlüssel zu entdecken. Andernfalls gab es keine Chance, ihn zu finden. In der Anfangszeit musste ich immer noch die

Steinreihen genau abzählen, um den losen Stein zu finden. Das ganze Versteck war so gut, dass hier niemand Verdacht schöpfen oder etwas Verdächtiges finden würde. Der Eingang war mit einer fetten Eisentür versperrt und das einzige Fenster gut vergittert. Wer hier hinein wollte, der musste es schon mit Gewalt versuchen und auf blauen Dunst hin würde das vor allem die Polizei nicht tun.

»Wir machen folgendes. Wenn einer von uns beiden hier war, stellt er immer diesen Eimer auf den Kopf«, sagte er und wies auf einen stark verrosteten Behälter, der etwas abseits unauffällig vor einer Pumpe stand.

»Sollte etwas nicht stimmen, wenn Du beispielsweise hier warst und meinst, es wäre jemand am oder im Schuppen gewesen, stellst Du ihn einfach anders herum hin. Jeder von uns kann dann als Spaziergänger weitergehen, wenn uns vielleicht die Polizei auf der Spur ist oder jemand anderes hier herumschnüffelt. Aber das ist unwahrscheinlich. Trotzdem. Sicherheit zuerst!«

»Wird gemacht!«

Im Inneren zeigte er mir noch ein paar weitere, sehr geniale Verstecke, die auch niemand finden würde, wenn er drinnen herumstöberte.

Ich nutzte für meine Zwecke einen geradezu unsichtbaren Hohlraum in der Wand und deponierte dort sehr bald schon ein paar ordentliche Klamotten, eine Perücke, einen künstlichen Vollbart, eine eher unauffällige Brille und Bargeld.

Irgendwann war mir im Zuge unserer Überfälle die Überlegung durch den Kopf gegangen, dass ich einmal eine schnelle Verkleidung gebrauchen könnte und hatte mich fortan nicht mehr losgelassen.

Das alles sollte sich viel später noch als wirklich schlaue Idee erweisen. Tatsächlich würde mir dieser spontane Tapetenwechsel noch einmal entscheidend helfen, doch zunächst war es erst einmal nur eine sehr abstrakte Vorsichtsmaßnahme.

Genauso verhielt es sich mit neuen Reisedokumenten.

Wenn man auf der gesellschaftlichen Schattenseite unterwegs ist, könnte es durchaus einmal dazu kommen, dass man unverzüglich das Land möglicherweise auch für immer verlassen muss, überlegte ich mir.

Ich hielt es für wichtig, gleich zwei Reisepässe zu besorgen. Einen mit einem unauffälligen, stinknormalen deutschen Namen, denn ich auf der Flucht verwenden wollte und der von der Polizei im Zuge einer Fahndung nach mir leicht mit anderen Bürgern gleichen namens verwechselt werden konnte. Der andere wäre dann für meine neue Existenz im Zielland, von dem ich allerdings noch überhaupt keine Vorstellung hatte. Ich wusste in meinen zu diesem Zeitpunkt noch romantisch verklärten Ganovengedanken nur zu genau, dass es weit fort sein würde und zog erstmals und ganz beiläufig Südamerika in Betracht.

Bei der Beschaffung der Dokumente hatte mir glücklicherweise mein alter Schulfreund Fietje geholfen, der inzwischen das Metier eines Fälschers meisterlich beherrschte. Wir hatten nach der Schulzeit nicht mehr sehr viel miteinander zu tun gehabt, uns aber trotzdem nie ganz aus den Augen verloren. Wir wussten immer, wie wir uns finden konnten und so war es für mich ein Leichtes, an perfekte Ausweise zu kommen.

»Moin, alter Junge«, sagte ich ihm, als ich durch die Hintertür einer unauffälligen Hafenkneipe trat.

»Freddy, Du oller Schwerenöter. Wie geht es Dir? Schön Dich zu sehen?«

»Och, eigentlich ganz gut«, sagte ich und erzählte ihm, was sich in letzter Zeit in meinem Leben ereignet hatte, vor allem aber die Geschichte mit einer Mutter.

»Das tut mir wirklich leid«, gab er zur Antwort.

»Bekommst Du das finanziell auf die Reihe? Ich meine, einen Menschen zu pflegen ist sicherlich sehr teuer und in der Schlosserei wirst Du nicht reich.«

»Geht so«, erwiderte ich und beabsichtigte, meine Ausflüge ins kriminelle Abseits zu verschweigen.

Fietje schaute mich für einen Moment schweigend und nachdenklich an, sagte aber kein Wort. Ich vermutete, dass er von selbst darauf gekommen war. Ich schätzte es sehr, dass er kurzerhand unser Gespräch in eine andere Richtung lenkte.

»Warum bist Du zu mir gekommen? Wie kann ich Dir helfen? Was kann ich für Dich tun?«, fragte er.

»Ich brauche zwei Pässe!«

»Gleich zwei?«

»Frag nicht so dusselig. Bekommst Du das hin?«

»Ob ich das hinbekomme? Was denkst Du von mir, wer ich bin? Ich freue mich, dass Du den Weg zu mir gefunden hast und nicht zu irgendeinem Blender in der Szene gegangen bist!«

»Was brauchst Du genau?«

»Also, einen deutschen Reisepass, ausgestellt auf den Namen Hein Müller und einen südamerikanischen!«

»Wie willst Du dort heißen?«

»Vielleicht Enrique Velascez!«

»Das könnte für Brasilien oder Venezuela passen. Auf welches Land soll ich ihn ausstellen?«

»Venezuela«, sagte ich spontan, denn das Land hat mich irgendwie immer interessiert, als ich früher mit meiner Mutter im Atlas gestöbert hatte. Da ich die pechschwarzen Haare und auch die gesunde Hautfarbe meines Vaters geerbt hatte, würde mich auf der anderen Seite des Atlantiks jeder für einen Einheimischen halten, sobald ich noch etwas Sonne getankt hätte.

»Also gut, wird gemacht. Gib mir zwei Wochen, dann sind sie fertig. Kostet aber eine Kleinigkeit, denn ich muss ein paar Leute bezahlen!«

»Geht klar und vielen Dank, dass Du mir hilfst.«

»Ist doch Ehrensache«, sagte er geradezu beiläufig, als ich mich bereits zur Tür wandte.

»Freddy!«, hörte ich ihn und drehte mich nochmal um.

»Pass auf Dich auf und wenn Du Hilfe brauchst, melde Dich bitte.«

Wir sahen uns nur wenige Sekunden schweigend an, dann drehte ich mich wortlos ab und ging meiner Wege.

Es ist wirklich gut einen solchen Freund zu haben, dachte ich und wusste, dass er niemals etwas verraten würde.

»Wo hast Du denn die her? Die sehen ja total echt aus?«, sagte ich zu ihm, als ich die Pässe später abholte.

»Die sind auch echt. Ich kenne da jemanden, der unlängst dem Einwohnermeldeamt einen Besuch außerhalb der Geschäftszeiten abgestattet, einen großen Karton Reisepassrohlinge und die erforderlichen Stempel geklaut hatte. Die gesamte Lieferung habe ich ihm mit Kusshand abgenommen. An so etwas kommst Du nicht alle Tage! Den venezuelanischen Ausweis haben wir vor längerer Zeit einem Seemann geklaut, der besoffen in irgendeiner Ecke der Reeperbahn seinen Rausch ausgeschlafen hatte. Die sind also beide echt und niemand wird sie bei Vorlage anzweifeln!«

»Das ist mir klar. Wenn ich einmal etwas zurückgeben kann, lass es mich wissen. Was immer möglich ist, werde ich tun!«

Fietje nahm nur eine kleine Kostenpauschale von mir an, bat mich aber eindringlich, sowohl die eingetragenen Personalien als auch die Daten der Visastempel zu lernen, damit ich sie gegebenenfalls auswendig herunterbeten konnte und wann ich die im Dokument aufgeführten Reisen in die verschiedenen Länder gemacht hatte. Wir quasselten noch eine kleine Weile, versprachen, bald einmal zusammen ein Bier trinken zu gehen und gaben uns zuletzt die Hand.

Was unsere Überfälle anging, wollten Hauke und ich bald schon eine Pause einlegen. Die Gefahr, dass die Polizei die Banken intensiver überwacht und uns vielleicht doch noch erwischt, erschien uns zunehmend größer. Außerdem hatte ich inzwischen eine ordentliche Summe zur Seite gelegt und würde so einige Monate gut durchhalten.

Aus mir war inzwischen ein echter, ziemlich skrupelloser Ganove geworden, denn meine anfänglichen Gewissensbisse verspürte ich schon seit einiger Zeit überhaupt nicht mehr.

Ich ging weiterhin meiner Arbeit pünktlich nach, war fleißig und in der Schlosserei längst anerkannt. Das Leben mit meiner Mutter lief in anstrengenden, aber geordneten Bahnen. Wenn ich nicht mehr vom Leben gewollt hätte, wäre eigentlich alles in Ordnung. Doch das war es nicht. Ich sagte schon zu Beginn meiner Geschichte, dass ich hier irgendwann ausbrechen musste. Ich konnte und wollte nicht bis ans Ende meiner Tage auf den Schiffen und sonst wo im Hafen herumschrauben und -schweißen, um von Zeit zu Zeit irgendwelche mittelmäßigen, kleinkalibrigen Raubüberfälle zu starten. Mit einem Wort, ich wollte mehr. Sehr sehr viel mehr. Dachte inzwischen auch an größere Beutezüge, an das ganz große Geld.

Einmal zuschlagen und dann abtauchen und die Welt auf der anderen Seite des Gesetzes verlassen, waren meine Überlegungen.

Da Hauke und ich erst mal vor Anker gegangen waren, musste ich nach einiger Zeit zusehen, dass etwas anderes passierte. Unsere Aktionen gefielen mir ohnehin nicht mehr, weil die nicht allzu große Beute einbrachten, einfach in keinem gesunden Verhältnis zum tatsächlichen Risiko standen. Würde man uns künftig bei nur einem Diebstahl erwischen, müssten wir auch für die vorangegangenen Überfälle in den Bau. Dafür nahmen wir entschieden zu wenig ein. Und wenn sie uns packten, was würde dann mit meiner Mutter. Nicht auszudenken. Das durfte nicht passieren. Im Knast sitzen und nicht wissen, was mit ihr wird. Das wäre nicht zu ertragen. Also begann ich, etwas ganz Anderes zu planen.

Ich hatte Hauke immer sehr genau zugehört und fühlte mich inzwischen in der Lage, eigenes anzugehen. Fest stand aber, dass ich allein arbeiten wollte. Keine Absprachen, keine Rücksichtnahmen und kein Risiko, verraten zu werden. Wenn etwas falsch laufen würde, wäre es allein meine Schuld. Damit würde ich umgehen können. Die Suppe für die Blödheit oder den Verrat eines anderen auszulöffeln, kam für mich einfach nicht in Frage. Genauso wenig das Teilen der Beute.

Ein oder ein paar richtige Dinger, satt abkassieren und dann weg hier, ging es mir immer wieder durch den Kopf, als ich einmal sinnierend an der Hafenmauer saß und den an mir vorbeifahrenden Schiffen auf der Elbe nachsah.

Zu diesem Zeitpunkt war keinesfalls abzusehen, dass ich nie wieder mit Hauke auf Kaperfahrt gehen würde.

Zunächst aber passierte etwas völlig anderes, dass meinen aufgewühlten Gedankengang unterbrach, mein Leben auf einen Schlag radikal und nachhaltig verändern sollte. So etwas passiert einfach ohne Vorankündigung und in völlig unbedeutenden Momenten. Das kann niemand einfach so herbeizaubern, aber auch nicht erklären. Plötzlich geht die Tür auf und alles ist anders.

Meine Pforte hieß Charlotte, stand plötzlich hinter mir und hatte lange braune Haare, war etwa dreiundzwanzig Jahre alt und fragte mich mit sehr freundlicher Stimme, ob sie sich zu mir setzen dürfte. Ich drehte mich mit großen Augen verdattert um, denn ich hatte hier, wo ausschließlich die rauesten Gesellen Hamburgs unterwegs waren, noch nie eine so nette Stimme gehört.

Was für ein hübsches Mädchen, ging es mir durch den Kopf, als ich sie so vor mir stehen sah.

»Aber klar«, antwortete ich Sekunden später etwas verlegen und bot ihr einen Platz neben mir an.

»Was schaust Du Dir hier an«, sagte sie und holte sich eine Zigarette aus ihrer Jackentasche.

»Die Schiffe, die Elbe, die Wolken. Alles, was sich so tut!«

»Aha«, war ihre nichtssagende Antwort.

Vermutlich verstand sie nicht, warum ich hier saß und einfach nur durch die Gegend schaute.

»Wer bist Du? Was machst Du hier?«

»Ich bin die Enkeltochter von Hein Petersen. Eigentlich komme ich aus Bayern und wohne jetzt bei meinem Großvater!«

»Und warum?«

»Neugierig bist Du aber nicht, was?«

»Na, Du hast es gerade nötig!«

»Stimmt auch wieder. Also. Ich studiere einige Semester Wirtschaftswissenschaften!«

»Wofür ist das gut«, wollte ich jetzt wissen.

»Ich würde gern einmal in ein anderes, warmes Land auswandern und mich dort selbstständig machen. Etwas ganz Neues, Eigenes aufbauen, die Welt sehen, etwas verändern. Hier wird man doch rammdösig. Immer das gleiche. Ewig schlechtes Wetter. Ein unaufhörlicher Dauerlauf im Hamsterrad. Nicht mit mir. Nach dem Studium haue ich ab!«

»Und wohin?«

»Keine Ahnung. Südamerika. Vielleicht Venezuela. Mal sehen, was sich bietet und was alles passiert!«

Ihre Worte klangen für mich wie eine Verheißung. Sollte dieses hübsche Ding tatsächlich so ticken wie ich. Ich beschloss, ihr auf den Zahn zu fühlen und hakte nach. Dabei gab ich mich etwas gleichgültig, eher uninteressiert.

»So etwas sagt man doch nur, weil es sich vielleicht toll anhört. Aber es ist nicht wichtig, was wir den lieben langen Tag so von uns geben, sondern was wir wirklich tun. Und genau das ist etwas völlig anderes!«

»Warte es nur ab. Ich werde es allen schon beweisen. Ich tue immer, was ich sage. Zumindest versuche ich, meine Träume zum Leben zu erwecken!«

Sie unterstrich ihre Worte mit ernstem Blick und stemmte beim Reden mit klarem Ton ihre zierlichen Hände in die schlanken Hüften. Es gefiel mir, was da an meine Ohren drang und wie es gesagt wurde. Keine Frage, das Mädchen hatte einen Plan und ernste Absichten in ihrem Leben. Zu meinem Bedauern aber ging die kleine Diskussion und meine Mittagspause recht schnell vorbei. Ich hätte dem kleinen Vortrag noch lange zuhören können.

»So. Ich muss jetzt wieder«, hörte ich Charlotte sagen, als sie ihre Zigarette geraucht und die Kippe mit zwei Fingern gekonnt in die Elbe geschnippt hatte.

»Geht mir ähnlich. Die Arbeit ruft!«

Im ersten Moment hatte ich eigentlich nur ganz beiläufig über dieses Gespräch nachgedacht, stellte aber einige Stunden später auf dem Heimweg fest, dass ich während des Nachmittags ohne Unterbrechung an Charlotte gedacht hatte. Sie war wirklich nicht auf ihr loses Mundwerk gefallen, wusste, was sie wollte und hübsch war sie ebenfalls. All diese Gedanken und Eindrücke ließen mich auch am Abend nicht mehr los und als ich viel später im Bett lag, erzählte ich dem neben mir schlummernden und schnurrenden Kuddel von meinen aufregenden Tageserlebnissen, was diesen irgendwie nicht wirklich interessierte. Vermutlich war er in der ruhigen Stimmung seines (unseres) kleinen Schlafzimmers, dem warmen, weichen Bett und meinen Worten sehr schnell eingeschlafen.

Wovon dieser kleine Tunichtgut wohl gerade träumt, dachte ich, als ich dem tiefenentspannten Stubentiger beim Schlafen zusah.

Sein leises Schnurren ließ in meiner Seele Ruhe einkehren und bald schloss auch ich die Augen und nahm das Bild des niedlichen Gesichts dieses hübschen Mädchens mit in den Schlaf.

Tags darauf saß ich zur Mittagszeit erneut an der Kaimauer und hoffte, dass Charlotte wieder ihren Großvater besuchen würde. Und tatsächlich sollte ich mich nicht irren. Nach etwa fünfzehn Minuten sah ich sie entspannt aus der Schlosserei kommen.

»Na, hast Du schon auf mich gewartet?«, wollte sie neugierig und grinsend von mir wissen.

»Oder war es vielleicht anders herum«, gab ich ihr lächelnd zurück.

»Eingebildet bist Du aber nicht oder irre ich mich?«

»Dass ich nicht lache!«

Beide ließen wir die Fragen unbeantwortet. Auch das folgende Gespräch dauerte bis zum Ende meiner Pause und war schon ein Stück weit vertrauter als tags zuvor. Diesmal aber ließ ich sie nicht so einfach gehen und lud sie am Abend ins Kino ein. Dann tat sie einigermaßen gut gespielt mit leichtem Grinsen, als würde sie erst noch überlegen müssen, sagte aber gleich mit einem wissenden Augenzwinkern zu.

Bald rief die Arbeit erneut nach uns und der Nachmittag kroch gefühlt viel zu langsam dahin.

Abends holte ich sie pünktlich zu Hause ab und Hein Petersen blickte erstaunt aus seinen Augen, als ich um neunzehn Uhr an seiner Tür klingelte.

»Hab ich mir doch gleich gedacht, als ich Euch zwei miteinander an der Hafenmauer sah. Du bist mir ein Bursche. Kaum ist das Mädel zu Hause weg, läuft sie Dir über den Weg. Das kann ja nichts Gutes werden«, sagte er lachend und zwinkerte mit einem Auge.

»Na, komm schon rein. Sie ist gleich fertig. Hat den ganzen Nachmittag von Dir gefaselt. Wird Zeit, dass Ihr loskommt. Ich kann es nicht mehr hören, aufgedreht, wie sie ist!«

»Stimmt überhaupt nicht«, kam es von irgendwo her aus der Wohnung.

»Ich war total entspannt und habe nur gesagt, dass ich heute ins Kino gehe!«

»Ja, aber mindestens eintausend Mal und noch vieles andere dazu«, neckte Hein.

Dann kam sie um die Ecke. Mir blieb der Atem im Halse stecken und ich muss geglotzt haben, wie der Mäuserich, der vor einer Schlange steht oder wie ein Puter, wenn es blitzt. Jedenfalls war sie so zurecht gemacht noch viel viel hübscher.

»Na? Sehe ich okay aus? Nimmst Du mich so auch mit?«

»Äh, klar. Und einen Knüppel auch!«

»Wieso einen Knüppel!«

»Na, um die vielen Kerle zu verscheuchen, die hinter Dir herglotzen werden!«

»Das erwarte ich auch von Dir und wenn Du Dich wieder eingekriegt hast, können wir los!«

Hein lachte laut.

»Auf der Arbeit war er noch nie so verlegen« sagte er, um mir sogleich freundschaftlich auf die Schulter zu klopfen.

»Also. Jetzt raus mit Euch. Und Freddy, bring mir das Mädchen pünktlich und vor allem heile zurück, sonst gerbe ich Dir das Fell!«

»Mache ich, versprochen!«

Charlotte hakte sich bei mir unter und schon schlenderten wir durch die abendlichen belebten Straßen zum Kino. Natürlich hatten wir eine Menge zu erzählen und ich fühlte mich äußerst wohl, mit einem Mädchen unterwegs zu sein.

Durch meinen sehr ausgefüllten Tag und die damit verbundene Verantwortung mussten diese ganz persönlichen Dinge immer zurückstehen. Natürlich interessierten mich die Mädels und selbstverständlich hatte ich mich früher schon einmal verabredet. Bislang aber fühlte ich mich, als wäre ich in einem Malstrom unterwegs, aus dem es kein Entrinnen gab. Aber glücklicherweise hat das Schicksal seine eigenen Regeln und ich mit Beginn dieses Abends keinerlei Interesse, mich dagegen zu wehren. Charlotte wirkte auf mich wie ein Zentralgestirn, dessen grelles Licht alles um sich herum überstrahlte und ich fühlte mich, als sank ich schwerelos immer tiefer in einen großen, warmen Honigteich, aus dem mich hoffentlich niemand retten würde. Ich lauschte dem angenehmen Singsang ihrer weichen, weiblichen Stimme, die in meinen Ohren klang, wie wunderbare Musik. Hinter ihrer unaufgeregt neugierigen und liebenswert frechen Art erkannte ich aber auch etwas Erwachsenes, Weibliches, das mich in den Bann zog. Zu gern hätte ich gewusst, was meine Nähe in ihr auslöste. Allerdings erfuhr ich davon zu diesem Zeitpunkt absolut nichts, denn zunächst wurde ich mit unendlich vielen Fragen bombardiert.

»Wo bist Du aufgewachsen?«

»Wo wohnst Du?«

»Hast Du Geschwister?«

»Was machst Du in Deiner Freizeit?«

Ich erspare es mir an dieser Stelle, den ganzen, geradezu unendlichen Katalog aufzuzählen. Ich antwortete ihr und spürte, wie sie sich das Mosaik eines Bildes über mich zurechtlegte und Stück für Stück zusammensetzte. Allerdings hielt ich mich mit meinen familiären Beschreibungen zurück, denn ich wollte Mutters und meine Zweisamkeit für mich behalten. Zumindest in diesem Moment. Charlotte hatte meine diesbezüglichen zögernden Antworten sehr wohl registriert, fragte anständigerweise aber nicht weiter nach. Diese Sensibilität machte mir das Mädchen noch sehr viel sympathischer.

»Was willst Du später einmal machen? Möchtest Du in Hamburg bleiben und immer im Hafen arbeiten?«

»Um Gottes willen, nein. Irgendwann muss ich weg hier. Auf ewig für andere den Buckel krumm machen, ist nicht so mein Ding. Ich kann Dir aber nicht sagen, wohin mich das Leben einmal locken will und wann das sein wird. Sicher ist nur, dass ich in die Welt hinaus muss!«

»Und Du? Wie steht es mit Dir? Familie, Kinder, Reihenhaus«, wollte ich von mir ablenken.

»Also. Kinder und Familie bestimmt, aber ein Spiesserleben steht nicht auf meinem Plan. Ich studiere nicht aus langer Weile und habe ja schon mal erzählt, dass ich sehr gern in ein warmes Land auswandern würde, um etwas auf die Beine zu stellen. Vielleicht eine Rinderfarm oder Pferde auf einer großen eigenen Ranch züchten. Jetzt ist aber erst einmal die Uni angesagt. Alles Weitere wird sich finden. Also ähnlich wie bei Dir!«

»Ist aber sicherlich teuer!«

»Ich bin nicht aus Zucker und es muss nicht alles von Anfang an da sein. Selbst aufbauen, etwas mit den eigenen Händen schaffen. Dann hast Du den nötigen Respekt vor Deiner Arbeit und dem Erreichten!«

»Stimmt. Aber ohne Geld geht es einfach nicht!«

»Ich spare ja auch schon, obwohl ich nicht wirklich viel übrig habe. Aber lass mich das Studium beenden. Danach geht es voran!«

Es gefiel mir, wie sie bereits in jungen Jahren ihren kunterbunten Lebensplan entwickelte und versuchen wollte, ihren Träumen irgendwann Leben einzuhauchen, sobald die

Zeit kommen würde. Im Kino hielt sie dann endlich mal ihre schnatternde zuckersüße Klappe und schaute sich aufmerksam schweigend mit weit aufgerissenen Augen den Film an. Damals war Love Story, das tieftraurige Melodram zweier Studenten, in aller Munde und ich zufrieden, den richtigen Film ausgesucht zu haben.

Als wir viel später langsam nach Hause trödelten, gestand sie mir ihre Furcht vor derartigen Enttäuschungen.

»Gegen Krankheiten kann man zuletzt ja auch nichts tun, aber eine Trennung, weil man sich streitet oder jemand anderen besser findet, muss doch nicht sein!«

»Und wie willst Du das verhindern?«

»Ganz einfach. Ich suche mir den richtigen aus, der auch so denkt und fühlt wie ich und dann hoffe ich, dass alles gut geht!«

Es trat eine leise, nachdenkliche Pause ein.

»Also, auf mich wird man sich immer verlassen können. Das steht fest. Dieses Vertrauen fordere ich nicht einfach ein. Ich will es mir verdienen«, erzählte Charlotte weiter, nachdem sie zuvor ihre Haltung gedanklich noch einmal überprüft hatte.

»Es gibt für einen Mann nichts Schöneres als eine Frau an seiner Seite, auf die er sich verlassen kann«, gab ich ihr zur Antwort und versuchte so zu dokumentieren, dass ich auf dem selben Dampfer unterwegs war wie sie.

Vor der Wohnungstür ihres Großvaters drehte sie sich zu mir und bedankte sich für den Abend.

»Es war sehr schön. Was meinst Du, sollten wir das vielleicht wiederholen?«

»Nee«, sagte ich und ließ meine Antwort für einen Moment unkommentiert stehen.

Erschrocken, verwundert und ungläubig starrte sie mich an.

»Wie machen was anderes. Immer Kino wäre doch doof, oder?«

»Das stimmt«, lachte Charlotte laut und entspannte sich sofort.

»Was hältst Du von Samstagabend. Da ist Hamburger Dom. Wir könnten so lange Karussell fahren, bis uns übel wird und danach gibt es Zuckerwatte für die schlanke Linie!«

»Abgemacht. Du holst mich ab?«

»Gleiche Zeit wie heute?«

»Na klar!«

»Okay. Ich werde pünktlich sein!«

»Das wäre nett. Ich mag Pünktlichkeit«, sagte Charlotte und ging zur Haustür.

Noch einmal drehte sie sich um und zwinkerte mir mit einem Auge zu.

Was für ein Mädchen und was für ein Abend, dachte ich, als ich meinen Heimweg fortsetzte.

Es war inzwischen weit nach Mitternacht, als ich in unserer Wohnung ankam. Kuddel saß in der Fensterbank und bewachte Mutter, die nach wie vor reglos in ihrem Sessel saß und mit leerem Blick an die Wand des Wohnzimmers starrte. Doch völlig emotionslos war ihre ferne Welt vermutlich nicht, denn sie konnte einfach kein Auge zu machen, wenn ich nicht nach Hause kam. Also brachte ich sie vorsichtig zu Bett und blieb, nachdem ich sie zugedeckt hatte, noch einen Moment bei ihr, um mit ein paar Worten von Charlotte zu erzählen. Ich hoffte, dass sie mich hörte, verstand und wusste, dass ich ein Mädchen kennengelernt hatte. Das war bestimmt etwas, was sie sich für mich gewünscht hatte. Als auch ich wenig später in meinem Zimmer lag, hatte der Kater seinen Aussichtspunkt im warmen Wohnzimmer aufgegeben und lag nun genüsslich schnurrend auf meiner Bettdecke. In meinen Träumen und Gedanken der nächsten Tage zogen Südamerikabilder durch meine Gedanken und ich fand zusehends Gefallen daran. Ich dachte häufig und lange an Charlotte und spürte die aufwühlenden aber wohltuenden Veränderungen in mir.

Wenn ich heute in meinem Leben zurückblicke, hatte ich mich vielleicht schon bei unserer ersten Begegnung im Hafen in sie verliebt. Und bei ihr war es ganz genauso, wie sie mir später oft erzählt hatte. So etwas braucht jedoch etwas Zeit und für uns brachen alle Dämme, als wir Tage nach unserem Kinoabend auf dem großen Volksfest waren.

Die Kirmes war gerade an Samstagen stark besucht. Vergnügungssüchtige schoben sich angeheitert und lachend durch die Gassen zwischen den vielen Buden. Ein buntes und lautes Riesenspektakel und wir zwei mittendrin. Damit wir uns in der Menge nicht verlieren konnten, hatte sich Charlotte bei mir untergehakt und wir probierten bis nach Mitternacht ausnahmslos jedes Fahrgeschäft aus, keines der unzähligen Angebote von Leckereien ließen wir unversucht und tatsächlich wurde mir später etwas flau im Bauch. Schwindelig von den vielen Fahrgeschäften kam Charlotte beim Verlassen der Achterbahn einmal aus dem Tritt, verlor das Gleichgewicht und fiel mir in die Arme. Als ich sie auffing, hielt sie einen Moment inne, sah mich mit weichem Blick an und gab mir einen langen Kuss.

»Los, weiter. Wir sind noch nicht fertig«, sagte sie anschließend, fasste mich an der Hand und zog mich in die Menge.

Es wurde bereits hell am Himmel, als wir uns auf den Heimweg machten.

»Noch Lust auf den Fischmarkt«, fragte ich sie.

»Sehr gern, aber bitte nicht mehr heute. Ich bin wie erschlagen und brauche unbedingt mein Bettchen«, bekam ich zur Antwort.

Langsam und zufrieden schlenderten wir weiter und ich lieferte Charlotte wohlbehalten zu Hause ab.

Montags nahm mich Hein Petersen nach Feierabend zu Seite und sagte, dass er sich mit mir unterhalten müsste.

»War es denn schön auf dem Jahrmarkt«, begann er das Gespräch.

»Ja. Es ist aber leider etwas spät geworden«, gab ich abwartend und vorsichtig zurück.

»Charlotte war am Sonntag völlig platt«, sprach er nach einer kleinen Pause weiter.

»Das lag an mir. Ich habe sie ……. «, begann ich, unser spätes Heimkommen zu verteidigen, wurde aber mitten im Satz unterbrochen.

»Mach Dir deswegen bloß keine Sorgen. Ihr seid erwachsen und könnt machen, was Ihr wollt. Es spricht ja für Dich, dass Du meine Enkelin zu verteidigen versuchst. Das ist aber nicht nötig. Außerdem hat sie den ganzen Sonntag unaufhörlich von Dir und Eurem Abend herumgequasselt. Nein. Was ich von Dir will, ist etwas ganz anderes!«

»Ich verstehe nicht ganz«, fragte ich neugierig nach.

»Treib mich nicht so. Ich muss mich erst einmal sortieren, weil ich Dir etwas erzählen möchte«, sagte Hein.

»Und was?«

»Also. Es geht darum. Charlotte ist ein hübsches und sehr begabtes Mädchen!«

»Das habe ich schon mitbekommen«, versuchte ich die neuerliche Pause zu füllen.

»Halt Deine vorlaute Klappe und hör mir endlich mal zu. Du bringst mich ja völlig durcheinander«, sagte der Vorarbeiter.

»Ich will Dir nichts anderes sagen, als dass sie auch ein kleines Früchtchen ist, die es zuweilen faustdick hinter den Ohren hat!«

Ich sah in fragend an.

»Nun. Zu Hause in Bayern trieb sie sich immer wieder mit ziemlich obskuren Typen herum, kiffte und versackte nächtelang in dubiosen Kneipen und Bars. Jetzt ist sie hier und ich habe für sie die Verantwortung. Nun weiß aber niemand besser als ich, dass die Versuchungen in Hamburg nicht unbedingt weniger geworden sind, als in ihrem bayrischen Provinznest. Was ich von Dir will ist, dass Du auf sie achtest. Ich käme in des Teufels Küche, wenn sie hier auf die schiefe Bahn geriete!«

»Klar. Mache ich ganz bestimmt«, log ich ihn an, denn er konnte ja nicht wissen, dass ich eher schlimmer war, als diese süddeutschen Freilandeier und seit geraumer Zeit auf dunklen Pfaden herumschlich. Im Grunde war es mir schleierhaft, warum ich mich selbst so in die eigene Tasche log, hatte mich meine Mutter doch immer Rechtschaffenheit und Anstand gelehrt. Es war ein wirklich heißes Unterfangen, auf das ich mich einließ, denn seine Worte verstand ich einerseits als Bitte, wie ein Luchs auf das Wohl seiner Enkelin zu achten und anderseits als eindringliche Mahnung. Mir war klar, dass er mir nicht nur den Magen ausheben würde, sollte dem Mädchen in meinem Beisein etwas zustoßen oder sie von mir zu gefährlichen Ufern gelockt werden. Trotzdem. Mein Herz schlug immer heftiger für dieses Mädchen und das Visier schärfen würde ich auf jeden Fall, denn ein Leid geschehen sollte ihr in meiner Nähe tatsächlich nichts und insoweit sagte ich doch nicht ganz die Unwahrheit. Insgeheim aber war ich nicht wirklich erschrocken über das, was mir Hein Petersen erzählte. Vielmehr nahmen mir seine Schilderungen eine gewisse Furcht, denn sehr bald würde Charlotte auch mehr über mich erfahren wollen und müssen. Ich hoffte, dass sie sich angesichts der Wahrheit dann nicht erschrocken umdrehen und davonlaufen würde. Da ich jetzt einen kleinen Einblick in ihre recht abwechslungsreiche Biografie hatte, war ich zunehmend der Überzeugung, dass sie die richtige für mich war.

»Also gut. Dann haben wir einen Deal?«, fragte Hein nach und reichte mir die Hand, sah mich aber eindringlich an.

»Deal«, sagte ich nach kurzem Überlegen und schlug ein.

»Bevor ich es vergesse. Vielleicht ist es möglich, dass ich eine kleine Gehaltserhöhung für Dich durchdrücken kann!«

»Das wäre prima«, gab ich inzwischen in der Tür stehend zurück und wusste, dass das nur ein kleiner Tropfen auf einen viel zu großen und deutlich zu heißen Stein sein würde.

In den folgenden Wochen erzählte ich Charlotte nach und nach meine Geschichte, verschwieg aber meinen Aktivitäten abseits der Rechtmäßigkeit. Sie selbst machte auch kein Geheimnis aus ihrer Jugend, erzählte von ihren aufmüpfigen Freunden aus Süddeutschland, von unzähligen durchzechten Nächten mit Kiff und Suff und erklärte mir, dass sie lediglich auf der Suche nach einem Seelenverwandten gewesen war.

»Was soll ich mit irgendeinem biederen Schoßhund, der mich vermutlich nur langweilen würde«, sagte sie dazu.

»Und Du glaubst, ich wäre nicht so?«

»Ich habe Augen im Kopf, die Ohren wasche ich mir regelmäßig und denken kann ich auch. Nein. So bist Du nicht. Das wusste ich sofort!«

Sie ging schon sehr bald in unserer Wohnung ein und aus, eroberte im Handumdrehen auch Kuddels Herz, freundete sich mit der Nachbarin an und wurde schnell ein Teil unserer kleinen Familie. Es war rührend, wie Charlotte sich um meine kranke Mutter kümmerte. Ich gewann den Eindruck, als hätte sie nie etwas anderes gemacht. Ihr war klar, dass ich in der Schlosserei nicht sehr viel verdiente, fragte aber nicht, wie ich den Haushalt und die aufwendige Pflege finanzierte. Mir selbst war bewusst, dass ich in Kürze auch diese Hürde überwinden und sie in den düsteren Teil meines Lebens einweihen musste. Ich hatte keine Ahnung, wie ich das wohl anstellen sollte, denn welches Mädchen würde sich auf einen solch schrägen Typen einlassen. Meine große Angst war, dieses wunderbare Wesen wieder zu verlieren. Zu sehr gehörten wir schon zusammen, zu vertraut war das wunderbare Miteinander. Für den Moment beschloss ich also, dieses Kapitel von mir zu verschweigen und im Verborgenen zu lassen.

An manchem Abend lagen wir oft nebeneinander und träumten uns bis spät in die Nacht auf die andere Seite der Welt, erzählten uns gegenseitig von fernen, warmen Ländern und entwickelten nach und nach den gemeinsamen Traum, einmal in Venezuela Rinder oder Pferde züchten zu wollen. Danach sprachen wir nur noch über unsere Hazienda, malten uns aus, wie sie aussehen sollte, was wir in unserem

Luftschloss wo hin bauten und wussten, dass wir auf derselben Welle durchs Leben schwimmen wollten. Zumindest, während wir träumten, erschien unser Plan recht real.

Diese Gedanken brachten mich sehr schnell wieder an den Punkt zurück, den ich vor einiger Zeit und nur vorübergehend hinter mir gelassen hatte. Mein kleines, zusammengeklautes Vermögen war nämlich fast aufgebraucht und ich musste sehr bald die Anker lichten. Dann spürte ich es wieder. Oder besser, ich spürte nichts. Nämlich nicht das geringste, was mit Ethik oder Moral, mit einem schlechten Gewissen oder zu vielen Zweifeln zu tun hatte. Da machte sich inzwischen einfach nur kühle Überlegung in mir breit, wie ich sie von Hauke gelernt hatte und wie sie meinem Wesen entsprach. Später aber meldete sich dann aber doch mein Gewissen.

Wie weit bist Du eigentlich schon von dem Jungen entfernt, der Du mal warst. Keinerlei Rücksichtnahme vor fremden Eigentum oder Bedenken, Straftaten zu begehen. Angst fehlt Dir inzwischen völlig und jegliche Moral hast völlig über Bord geworfen, waberten wilde Gedankenfetzen durch meinen Kopf, die sich immer wieder schnell vertreiben ließen, weil ich mir einredete, dass ich ja nur noch ein oder zwei mal richtig zuschlagen wollte.

Tagelang überlegte ich also, schnell an viel Geld zu kommen. Von dubios betrügerischen Finanzgeschäften beispielsweise hatte ich absolut keine Ahnung. Das Dealen mit Drogen war einerseits zu langwierig und andererseits nicht mein Ding. So zog ich verschiedene krumme Geschäfte in Betracht, fand aber nichts, was wirklich mit nur wenig Aufwand ordentlich Kohle brachte. Nach langem Hin und Her beschloss ich zuletzt, eine Bank zu erleichtern. Doch wie müsste ich das anstellen. Das hatten schon viele versucht und sind gescheitert. Warum also sollte ausgerechnet ich um die Ecke kommen und dabei erfolgreich sein? Ganz einfach. In dem ich mich mit Verstand an die Sache machte, nüchtern plante und nichts überhastete.

In den folgenden Wochen las ich also in verschiedenen Büchern und Zeitungen von solchen Überfällen, sah mir Krimis, aber auch sehr aufmerksam die damals noch junge Sendung Aktenzeichen XY im Fernsehen an, stellte dabei fest, dass die meisten Überfälle viel zu plump ausgeführt worden waren. Da war oft zu wenig Intellekt, keine Raffinesse. Die meisten Diebe trugen eben nur ein einfaches Strickmuster und Habgier in sich. Klar, wenn sie schlauer gewesen wären, hätten sie ja auch nicht klauen müssen. Der Film Die Gentleman bitten zur Kasse, der in diesen Jahren häufiger im Fernseher lief, zeigte mir, wie man einen großen Coup anging, aber auch, dass nach erfolgreichem Beutezug unbedingt Disziplin und Stillschweigen erforderlich war. Ich wurde nachhaltig darin bestärkt, ganz allein zu arbeiten, um nicht durch die Blödheit eines vielleicht drittklassigen Mittäters aufzufliegen und erwischt zu werden. Der Einzige, der gegebenenfalls als echte Verstärkung infrage kommen konnte, war Hauke. Doch meine Absicht war eine ganz andere. Es baute sich also ein recht komplexes Szenario vor meinem geistigen Auge auf. Ich wollte richtig fette Beute machen, durfte aber keinesfalls erwischt werden, durfte nicht den kleinsten Fehler machen und musste alles vor meinen beiden Mädels, Mutter und Charlotte, geheim halten. Und doch. Eines nachts kam mir eine Idee, von der ich noch nirgends etwas gelesen oder gesehen hatte und die mich sofort begeisterte. Meine sehr umfangreichen Studien hatten zwar etwas gedauert, wurden jedoch eine gute Gebrauchsanleitung. Ich erfuhr aus den verschiedenen Medien, auf welchen verrückten Wegen so viele Diebe an Geld oder

Wertgegenstände zu gelangen versucht hatten, konnte ihre Tatvorbereitungen nachlesen und erfuhr, aus welchen Gründen sie gescheitert waren. Alles wurde haarklein in den Zeitungen und im Fernseher berichtet. Damit noch nicht genug. Wenn die Polizei den einzelnen Verbrechern auf die Schliche gekommen war, lieferte man vor aller Öffentlichkeit prompt viele eingeleitete polizeiliche Sofortmaßnahmen, wann, wo und wie man den Tätern auf die Spur gekommen war. Ich hatte alles nur zusammentragen und auswerten, das Für und Wider gegen einander stellen und alles brauchbare für mich herausfiltern müssen. Ein Stück weit konnte ich in Erfahrung bringen, wie die Polizei arbeitete und welche technischen Möglichkeiten sie zur Verfügung hatte. Ich starrte bis weit nach Mitternacht in die Dunkelheit unseres Schlafzimmers. Vor lauter Grübeln kam ich einfach nicht zur Ruhe und beobachte Charlotte, wie sie neben mir lag und tief schlummerte. Der schnurrende Kater, dieser kleine, miese Vaterlandsverräter, hatte mich inzwischen so gut wie aufgegeben und schleimte sich bei meiner Freundin ein, in dem er sich in ihre Arme kuschelte. Dieser beruhigende Anblick entspannte mich zusehends, ließ mir einen warmen, wohligen Schauer über den Rücken laufen und entlockte mir ein Lächeln.

Okay, sagte ich nach einiger Zeit zur mir einem klaren, geistigen Szenario folgend. *So wirst Du es versuchen. Das arbeitest Du jetzt genauestens aus!*

Wieder betrachtete ich in der bereits einsetzenden Morgendämmerung das lustige Stillleben neben mir.

»Was ich tun werde, mache ich für uns, für unsere Idee und für meine Mutter«, sagte ich ganz leise in die Dunkelheit und küsste dieses junge, hübsche Gesicht neben mir.

Die Sparkasse befand sich weit draußen. Ich musste die Bramscher Chaussee hinauf Richtung Flughafen fahren und dann noch eine knappe halbe Stunde weiter in einem kleinen Ort am Stadtrand von Hamburg. Ich hatte lange gebraucht, das richtige Geldinstitut zu finden, denn die Anforderungen aus dem Ergebnis meiner Planungen hatten es in sich. Bald war ich immer wieder an verschiedenen Tagen, an denen ich entweder Urlaub hatte oder eine Krankheit vorschob, allein in und um Hamburg unterwegs gewesen. Zumeist nahm ich die U-Bahn, benutzte die Straßenbahn oder den Linienbus. In unserem zuvor erwähnten und noch immer aktivem Versteck, dem Schuppen nahe des Friedhofs, entdeckte ich in einer Ecke ein geradezu übel aussehendes Fahrrad, das Hauke früher einmal aus der Elbe gefischt hatte.

»Klar kannst Du das haben. Es muss aber noch repariert werden. Ich bin einfach noch nicht dazu gekommen«, sagte er mir, als ich ihn fragte.

Wir beide hatten nie wieder über das Thema Geldbomben klauen gesprochen, ließen einfach die Zeit vergehen und unsere Überfälle in den Hintergrund treten. Alles im Leben hat seinen Platz und seine Zeit und die unserer Zusammenarbeit war schlicht und einfach vorbei. Wir blieben aber Freunde und wenn es erforderlich geworden wäre, hätten wir uns gegenseitig geholfen. Das hat sich aber nie ergeben. Als wir unsere gemeinsamen Aktivitäten beendet hatten, nahmen wir den Ermittlungen der Polizei jeglichen Nährboden. Das soll nichts anderes bedeuten, als dass man uns nie auf die Schliche kam. Mein neuer Weg hingegen beschäftigte mich derart, dass ich schon einige Zeit nicht mehr an die Raubüberfälle gedacht hatte.

Nach wenigen Tagen Arbeit war das Fahrrad fast wie neu und fortan radelte ich durch die große Stadt. Das hatte zwei ganz entscheidende Vorteile. Niemand konnte mich wiedererkennen, dass ich irgendwann mit einem öffentlichen Verkehrsmittel in diese oder jene Richtung unterwegs gewesen bin und da das Fahrrad eine ganze Weile U-Boot in der Elbe gespielt hatte und nach der Reparatur völlig anders aussah, würde niemand irgendwann Eigentumsrechte geltend machen. Das brachte mich auf die geniale Idee, meinen Drahtesel auch als Fluchtfahrzeug zu verwenden.

Vor der Bank tauchte ich in den folgenden Wochen zu ganz unterschiedlichen Zeiten immer wieder und auf, um herauszubekommen, zu welchem Zeitpunkt ich wie am besten vorgehen sollte. Dazu veränderte ich immer wieder mein Aussehen und entwickelte nach und nach eine gewisse Vorliebe für derartige Verkleidungen. Ich hatte bereits erzählt, in unserem Schuppen in einem kleinen Hohlraum hinter der Wand eine Perücke und ein paar weitere Kleidungsstücke versteckt zu haben. Diese Klamottensammlung erweiterte ich Stück für Stück und war sehr bald in der Lage, mich binnen kürzester Zeit zumindest optisch in eine völlig andere Person verwandeln zu können.

Die Hauptgeschäftszeit, so mein schneller Entschluss, kam nicht infrage. Zu viele Menschen, Tageslicht und die Wahrscheinlichkeit, dass zufällig eine Polizeistreife in dieser Gegend unterwegs war. Es musste entweder vor dem Öffnen oder dem Schließen der Bank erfolgen, wobei sich der Nachmittag von selbst aus meinem Plan katapultierte. Meiner Überlegung nach würde in den Kassen der Bank zum Feierabend hin deutlich weniger Geld vorgehalten. Folglich musste es der frühe Morgen sein. Wie aber sollte das gelingen, wenn alle Türen noch verschlossen waren. Nach langem Beobachten und Überlegen half mir zuletzt die Geschichte des Trojanischen Pferdes weiter.

Eben durch die Hintertür, dachte ich mir und spähte auch diese Möglichkeit aus.

Es war zufällig ein Donnerstag, als ich in der Dunkelheit eines Herbstmorgens aus einiger Entfernung die Rückseite des Gebäudes beobachtete, um die Anzahl der hier arbeiteten Beschäftigten in Erfahrung zu bringen. Es waren insgesamt sechs Personen. Etwa eine Stunde vor Geschäftsöffnung kam ein älterer Mann mit einem Pkw, der sein Fahrzeug auf dem kleinen Parkplatz hinter der Bank abstellte. Er schloss als erster die fast im Dunkel liegende Tür auf und verriegelte sie von innen. Ich vermutete, dass das der Zweigstellenleiter gewesen sein musste. Wenig später kamen in kurzen Abständen fünf weitere Angestellte. Drei Frauen, zwei davon in ihren Autos und zwei Männer. Alle klopften an der Tür und es dauerte bei allen fast genau zwanzig Sekunden, bis ihnen von innen geöffnet wurde. Dann bewegte sich nichts mehr. Ich nutzte die Zeit, um mich nach geeigneten Fluchtmöglichkeiten umzuschauen und stellte fest, dass der kleine Bankparkplatz von einem Palisadenzaun eingegrenzt wurde. In diesem Zaun gab es einen gänzlich unbeleuchteten Durchgang, der in die dahinter beginnende Neubausiedlung führte, in der es offensichtlich noch keine vollständige Straßenbeleuchtung gab. Um diese Zeit war dort offensichtlich noch niemand unterwegs. Das schien mir ideal. Später untersuchte ich diese Möglichkeit und kam zu dem Entschluss, mein Fahrrad hinter dem Zaun abzustellen und mich von dort aus auf die Bank zuzubewegen. Gerade wollte ich aufbrechen, um mir in Ruhe Gedanken bezüglich des Hintereingangs zu machen, als plötzlich eine junge Frau eilig und zu Fuß auf den Personaleingang zulief. Sie klopfte an die Tür, die abermals nach etwa zwanzig Sekunden geöffnet wurde. Ich wollte herausfinden, ob die Angestellte vielleicht verschlafen hatte und nur einmal zu spät kam, oder ob das möglicherweise die Regel war. Und tatsächlich. Immer donnerstags kam besagte Frau als letzte zur Bank. Jedes Mal war sie zu spät dran, klopfte an der Tür, wartete einen Moment und verschwand nach dem Öffnen der Tür im Gebäude. Ich dachte, dass es dafür einen Grund geben musste. Vermutlich brachte sie ihr Kind vorher noch zur Schule oder in den Kindergarten. Das war für meine Absichten aber weitestgehend egal. Für mich reichte die präzise Regelmäßigkeit ihrer Verspätung, die ich mir zunutze machen wollte. Ganz zuletzt blieb noch die Frage, wann ich starten sollte und das war jetzt recht einfach. Es würde ein Donnerstag sein, an dem es um diese Zeit noch dunkel war. Also noch in diesem Herbst oder Winter. Der Donnerstag musste auf einen Monatswechsel fallen, da ich der Überzeugung war, dass die Bank dann das meiste Geld vorhielt. Dann sollte frost- und schneefreies Wetter herrschen, da ich mit dem Fahrrad zum Tatort fahren und später von dort aus flüchten wollte. All diese Komponenten passten, bis auf den Unsicherheitsfaktor Wetter bereits auf den letzten Tag im November, genau vier Wochen später.

Es war nasskalt an diesem Tag, als ich zum Schuppen am Friedhof fuhr, um mich startklar zu machen. Dort angekommen, präparierte ich zunächst das mit schwarzer Farbe unauffällig lackierte Rad, in dem ich den Rahmen mit rotem Klebeband auffällig veränderte. Anschließend holte ich eine blonde Perücke und einen gruselig ungepflegten Vollbart zum Ankleben aus dem Versteck und zog eine hüftlange Wendejacke an, deren hellgraue Farbe ich nach außen brachte. Nach dem Überfall würde ich bei geeigneter Gelegenheit in sekundenschnelle auf die schwarze Innenseite wechseln. Als ich soweit war, radelte ich zu sehr früher Stunde einigermaßen gemütlich los. Ich musste leise sein, um Charlotte nicht zu wecken, denn ich hatte ihr noch immer nichts von meinem anderen Ich erzählt und umfangreiche Grundsatzdiskussionen vor einem Überfall konnte ich nun wirklich nicht gebrauchen. Als sich die Haustür hinter mir schloss nahm ich mir vor, am nächsten Tag mit ihr über alles zu sprechen. Das man mich erwischen konnte, zog ich zu keinem Zeitpunkt in Erwägung. Hätte ich nach meiner Entscheidung auch nur einen Moment an einem Plan gezweifelt, wäre nichts daraus geworden. Ich hätte das Unternehmen schlichtweg ausfallen lassen. So aber trat ich hinaus an die kühle Luft und radelte los. Die Bewegung und die nächtliche Kälte tat mir richtig gut. Verhinderte ich doch auf diese Weise, dass die langsam in mir aufkommende Unruhe zu stark wurde.

Wenn ich etwas nicht in mir haben will, ist es Nervosität, sagte ich mir und strampelte tüchtig weiter.

Nach etwa zwei Stunden rollte ich durch die abgelegenen Straßen der erwähnten Siedlung und achtete darauf, dass ich möglichst niemandem über den Weg lief. Sobald um diese Zeit doch schon jemand auf den Beinen wäre, wollte ich rechtzeitig ausweichen und einen Umweg fahren. Aber meine Bedenken waren vollkommen überflüssig, denn alles lief glatt. Mir war keine Menschenseele begegnet und dann erreichte ich auch schon den Parkplatz vor der Bank. Das Rad lehnte ich vorausschauend in Fluchtrichtung an einen Zaun und versteckte mich am Durchgang zum Gebäude in einer lichtlosen Ecke und wartete. Dann kam nach wenigen Minuten auch schon der Mann mit dem Schlüssel und ich begann, die Zeit zu stoppen. Wie zuvor beobachtet, trudelten die Angestellten ein, klingelten an der gut beleuchteten Eingangstür, die Sekunden später von innen geöffnet wurde.

Es ist genau so, wie Du es beim Ausbaldowern beobachtet und gemessen hast, überlegte ich mit einem leichten Grinsen im Gesicht, denn ich freute mich, dass es bis zu diesem Zeitpunkt keinerlei Probleme gegeben hatte.

Jetzt würde es noch fünfzehn Minuten dauern, bis die Nachzüglerin eintrudelt und damit begannen meine eigenen Aktivitäten. In meiner Hosentasche befanden sich vierzig Pfennig, die ich für zwei wichtige Telefonate benötigte. Ohne mein Gesicht zu verdecken bewegte ich mich unauffällig über den Parkplatz auf eine von innen hell beleuchtete öffentliche Telefonzelle zu. Meine Absicht war es, dass alle Zeugen, sofern es welche geben sollte, der Polizei gegenüber einen Mann mit langen, blonden Haaren und ungepflegtem Bart in hellgrauer Jacke beschreiben und so die Angaben der Bankangestellten bestätigen würden.

Ich begab mich also in die Telefonzelle und wählte die eins eins null.

»Hier ist Polizei. Wie kann ich Ihnen helfen?«

»Guten Morgen. Ich wollte einen sehr schweren Verkehrsunfall an der Außenalster melden. Da gibt es mehrere Verletzte!«, sagte ich mit verstellter Stimme und legte einfach auf.

Dann wählte ich den Notruf erneut.

»Hier ist die Polizei. Wie kann ich Ihnen helfen?«

»Kommen Sie schnell. Hier findet gerade ein Banküberfall statt!«

»Wo genau ist das und wer sind Sie?«

Ich nannte erneut mit verstellter Stimme eine zuvor ausgesuchte Adresse in Harvestehude, bat um schnelle Hilfe und legte auf. Vollkommen entspannt ging ich zurück in mein Versteck und lachte erneut in mich hinein, als ich nur Sekunden später in der Ferne mehrere Martinshörner der Polizei hörte, die sehr schnell in die entgegengesetzte Richtung meiner Bank rasten. Genau das war meine Absicht. Zwar konnte ich nicht davon ausgehen, dass man alle verfügbaren Funkwagen dorthin entsandt hatte, aber vollkommen auszuschließen war das nicht. So versuchte ich mir für meine Flucht etwas Freiraum zu schaffen. Wenn nämlich mein Überfall gemeldet würde, stünden den Einsatzkräften vielleicht nur wenige, möglicherweise aber keine Streifenwagen zur Verfügung. Jetzt hielt ich Ausschau nach der letzten Angestellten, die auch nicht lange auf sich warten ließ.

Nun wird es ernst. Wenn Du abbrechen willst, dann musst Du es jetzt machen. Dies ist Deine letzte Chance, ging es mir durch den Kopf.

Diese Gedanken ließ ich aber nur für den Bruchteil einer Sekunde zu, denn selten in meinem Leben war ich so entschlossen wie in diesem Moment. Als die Frau auf die Eingangstür des Personals zuging, schlich ich mich hinterrücks unbemerkt an sie heran, stand unmittelbar hinter ihr, als sie die Klingel betätigte, hielt mit meiner linken Hand ihren Mund zu und drückte ihr eine täuschend echt aussehende Spielzeugpistole an den Kopf.

»Wie heißt Du?«

»Sabine!«

»Sabine. Und wie weiter?«

»Sabine Heller.«

Dann sagte ich,

»Also, Sabine. Es wird Dir nichts passieren, wenn Du das tust, was ich Dir sage.«

»Bleib einfach ruhig. Nicht schreien. Wenn Du ruhig bleibst, bin ich in wenigen Sekunden verschwunden. Ich werde Dir nichts tun!«

Vom ersten Schreck einigermaßen erholt nickte sie kurz und bemühte sich, alles richtig zu machen. Allerdings spürte ich ihre körperliche und nervliche Anspannung sehr deutlich, als ich sie hinter ihr stehend an mich drückte. Dann öffnete eine Frau die Tür und erschrak beim Erkennen der Situation. Bevor sie jedoch etwas von sich geben konnte, mahnte ich, Ruhe zu bewahren. Sie hielt sich mit weit aufgerissenen Augen den Mund zu, als wollte sie denn inneren Zwang eines lauten Hilferufs unterdrücken. Ich ließ ihr ein paar Sekunden Zeit. Dann warf ich meinen Rucksack durch die Tür und drohte:

»Sieh zu, dass der in zwei Minuten voller Geld ist, ansonsten kracht es! Das gilt auch, wenn Ihr die Polizei ruft. Also. Lass die Tür auf und beweg Dich. Du hast exakt zwei Minuten. Keine Sekunde länger!«

Sofort rannte sie los und ich hörte aufgeregtes, halblautes Wortgetuschel im Inneren der Bank. Sogleich kam der Chef und wollte selbstbewusst das Wort ergreifen, verstummte jedoch unvermittelt, als er die Dramatik der Situation erkannte.

»Machen Sie hin. Folgen Sie den Forderungen dieses Mannes!«, rief er seiner Kollegin mit bestimmten Worten zu.

Ich staunte über mich selbst, denn mich brachte absolut nichts aus der Ruhe. Hundertmal bin ich genau diesen Moment, der der gefährlichste und doch wichtigste meines Unternehmens war, durchgegangen und alles lief so, wie ich es mir ausgedacht hatte. Besonders meine Geisel und auch die anderen taten mir leid, aber es würde niemandem etwas geschehen, doch das wusste zu diesem Zeitpunkt nur ich.

Gemeinsam würden sie die Ereignisse dieses Tages schon überstehen, dachte ich mir.

Dann ging alles ganz schnell. Die Frau mit dem Geld kam zurück, reichte mir den prall gefüllten Rucksack und ich forderte sie auf, die Tür von innen zu verschließen.

»Tun Sie ihr bitte nichts. Sie hat Ihnen nichts getan,« bat mich der Zweigstellenleiter, als sich der Türflügel nur zögerlich bewegte.

»Mach Dir keine Sorgen. Ich habe keine schlimmen Absichten. Also. Tür zu!«

Dann war alles ruhig und ich wandte mich meiner wie Espenlaub zitternden Geisel zu.

»Wir gehen jetzt nur noch ein kleines Stück über den Parkplatz, ich schaue kurz in den Rucksack, ob auch alles okay ist und dann lasse ich Dich auch schon laufen. Du gehst aber nicht durch die Hintertür in die Bank, sondern benutzt den Haupteingang. Hast Du das verstanden?«

Die arme Frau nickte heftig und hatte fürchterliche Angst. Sie tat mir aufrichtig leid, aber es musste alles so ablaufen. Eine andere Möglichkeit hatte es nicht gegeben. Als ich sie wenig später losließ, sah sie mich wie erstarrt aus ungläubig dreinblickenden Augen an.

»Du kannst jetzt gehen. Aber direkt zum Haupteingang, verstanden!«

Langsam und schüchtern ging sie ein paar Schritte rückwärts, mochte ihr Glück noch immer nicht fassen, drehte sich um und lief eilig davon.

Mit wenigen Schritten verschwand ich aus dem Lichtkegel der Parkplatzbeleuchtung, schwang mich auf mein Rad und radelte los. Da der erste Teil meines Fluchtweges bergab verlief, wollte ich gerade in einen großen Gang schalten und bei ruhigem Treten auf eine ordentliche Geschwindigkeit kommen, als etwas geschah, was man besser überhaupt nicht planen kann. Seit diesem Tag glaubte ich entgegen meiner sonstigen Überzeugungen an das Schicksal.

Als ich von dem kleinen Weg, der von der Bank wegführte, nach links auf eine Straße abbiegen wollte, versperrten mir zwei maskierte Typen den Weg und ich glaubte im ersten Moment, dass es sich um Einsatzkräfte der Polizei handelte.

Wie sind die Dir auf die Schliche gekommen? Das kann doch nicht wahr sein. Du hast alles vollkommen richtig und planmäßig richtig gemacht und doch erwischen sie Dich?, jagten meine Gedanken in Sekundenbruchteilen durch den Kopf und meinen Puls schoss augenblicklich in die Höhe.

Doch stellte sich gleich heraus, dass ich mich geirrt hatte und das Schicksal auf meiner Seite war. Ich stoppte also mein Rad, stellte meinen linken Fuß auf den Boden, hielt den rechten zum sofortigen Weiterfahren auf dem Pedal und fragte die beiden maskierten Typen, indem ich meine angespannte Nervosität zu unterdrücken suchte:

»Was wollt Ihr? Kann ich Euch irgendwie helfen?«

»Wer bist Du und wo kommst Du her?«, fragte mich der größere Kerl von beiden mit drohendem Unterton.

»Ich komme von zu Hause und will zur Arbeit!«

»Und was hast Du schönes in Deinem Rucksack?«

So ein Mist. Das sind Ganoven und wenn die Dir den Rucksack abnehmen, war alles vergebens. Dann machen die ein denkbar gutes Geschäft. So einen Reibach, nur weil sie einen Radfahrer gestoppt haben. Jetzt kommt es drauf an. Jetzt musst Du sie überzeugend vollquatschen und ihnen tüchtig auf den Nerv gehen, sagte ich mir, holte tief Luft und legte los.

»Kommt Jungs, ich bin ohnehin schon zu spät und Ihr geht mir auf den Pinsel, weil Ihr zu so früher Stunde an diesem abgelegenen Ort meine Arbeitskleidung inspizieren und mir mein Frühstück abnehmen wollt. Das kann doch nicht wirklich Eure Absicht sein. Für so einen Scheiß habt Ihr Euch doch nicht wirklich so zurecht gemacht?«

»Sie an, sieh an. Unser Freund wird frech«, meldete sich jetzt der andere.

»Aber Du hast recht. Du verziehst Dich jetzt einfach und wenn Dich jemand fragt, hast Du uns nie gesehen, kapiert?«

»Das versteht sich von selbst. Ich sage nichts. Zu niemandem. Ihr habt mein Ehrenwort!«

»Okay, dann mach Dich aus dem Staub, sonst überlegen wir uns das noch anders!«

Ich spielte den Verängstigten, sodass diese Trottel für den Moment ein Gefühl der gekonnten Einschüchterung und Überlegenheit empfinden konnten. Im Normalfall hätte ich so etwas nicht mit mir machen lassen, wäre ich abgestiegen und ihnen an die Gurgel gegangen. Ich war aber sehr schnell der Überzeugung, dass sie die Bank ausrauben wollten, die ich gerade erleichtert hatte. Von daher sollten sie sich bestärkt und für den Moment in Sicherheit wiegen. Also setzte ich meine Fahrt fort und trat die ersten Meter ordentlich in die Pedale, um von diesen Idioten wegzukommen. Als ich nach wenigen Metern ordentlich Fahrt aufgenommen hatte und für die zwei im Dunkel der Straße verschwunden war, konnte ich mich vor Lachen kaum halten, denn ich ahnte, was mit etwas Glück nur wenige Minuten später passieren würde. Dessen ungeachtet hielt ich mein Fahrrad unter einer ausgesuchten Brücke an, wechselte unbeobachtet die Innenseite meiner Wendejacke nach außen, entfernte die Klebebänder vom Fahrradrahmen, nahm die Perücke und den Bart ab, stopfte meine Verkleidung in meinen Rucksack und fuhr weiter. Das Ganze dauerte nur wenige Sekunden, sodass jetzt ein vollkommen anderer Radfahrer unter der Brücke hervorkam. Sollte mich im Umfeld der Bank tatsächlich jemand gesehen haben, würde man aufgrund der Beschreibung keinesfalls auf mich kommen. Gerade, als ich wieder Tempo aufgenommen hatte, hörte ich das Martinshorn eines Polizeifahrzeuges, das ganz sicher zur Sparkasse unterwegs war. Gleich darauf folgten weitere Einsatzfahrzeuge und ich stellte mir vor, dass die zwei Dumpfbacken mit ihren Masken, sollten sie tatsächlich in das Geldinstitut eingedrungen sein, jetzt richtige Probleme hatten. Ich wurde mit jedem zurück gelegten Meter ruhiger, hatte den sechsten Gang eingelegt und rollte mit ordentlichem Tempo bergab Richtung Bramscher Chaussee.

Jetzt muss nur noch ordentlich Kohle in meinem Rucksack sein, sagte ich mir mit einem breiten Grinsen im Gesicht.

Ich rief mir die Bilder vom Parkplatz in Erinnerung und wusste genau, dass ich ordentlich dicke Pakete mit Hundertern gesehen hatte und war mir sehr sicher, dass ich einen richtigen Coup gelandet hatte.

Bald erreichte ich die Hütte am Friedhof. Dort stellte ich das Fahrrad ab und versteckte meine Verkleidungsutensilien. Jetzt wieder vollkommen ruhig, öffnete ich meinen Rucksack erneut und betrachtete die Beute.

»Meine Güte, was für ein Fang. Das müssen zigtausend sein. Das hat sich mal so richtig gelohnt.«, sagte ich leise vor mich hin.

Dann musste ich mich mit Macht aus der Euphorie lösen, zog den Reißverschluss zu und machte mich mit dem Geld auf zur Arbeit.

Du musst jetzt ganz ruhig bleiben. Dass Geld wird versteckt. Du nimmst immer nur ein paar Scheine heraus und gehst weiterhin sparsam damit um. Es wird nichts Auffälliges gekauft, es wird nichts davon zu jemand anderem erzählt. Wenn Du das so durchziehst, brauchst Du vielleicht nie wieder etwas strafbares anstellen, mahnte ich mich eindringlich zur Disziplin und Besonnenheit.

Als ich in der Schlosserei ankam, machte ich mich bald auf zu meinem Versteck mit dem Dolch, um dort das Geld zu deponieren. In dieser Abgeschiedenheit zwischen den alten Gebäuden holte ich in aller Seelenruhe die Pakete aus meinem Rucksack, zählte das Geld und verstaute die Beute trocken und sicher. Als ich fertig war, holte ich tief Luft und blies sie leise pfeifend wieder aus.

»Einhundertzwanzigtausend D-Mark. Ich mag es kaum glauben. Damit komme ich eine ganz lange Zeit hin. Das ist einfach unglaublich«, kamen mir meine eigenen Worte über die Lippen.

Ich brauchte einen Moment, um mich zu beruhigen und nahm anschließend meine Arbeit wieder auf. Den ganzen Tag lauschte ich dem Radio, hörte aber nichts von einem Überfall. Das ging so auch am Abend, als ich mit Charlotte beim Essen saß. Als ob an diesem Tag nichts besonderes in Hamburg passiert wäre. Genauso verhielt ich mich auch, ließ mir nichts anmerken und benahm mich wie immer. In der Nacht schlief ich schlecht und Charlotte hielt meine Hand, als ich nicht nur einmal schweißgebadet aufwachte.

»Was ist mit Dir los?«, fragte sie mich ängstlich, als ich gegen drei Uhr putzmunter auf der Bettkante saß.

Sicherlich glaubte sie, dass ich krank wäre. Ich aber wusste es besser, denn der Ablauf des Überfalls meldete mich bei jedem Versuch des Einschlafens aufs neue und ich kam einfach nicht zur Ruhe.

Am Morgen dann stand es in der Zeitung und die Meldung gestaltete sich so, wie ich es gehofft hatte. Die Überschrift lautete:

Zwei Bankräuber auf frischer Tat verhaftet!

Am gestrigen Morgen kam es in einer Sparkasse am Rande der Stadt Hamburg kurz vor der Geschäftsöffnung zu einem Überfall, bei dem zwei maskierte Täter durch die alarmierte Polizei noch am Tatort festgenommen werden konnten. Da die Beute von über Einhunderttausend D-Mark und auch die bei der Tatausführung benutzte Handfeuerwaffe, die von den Angestellten zweifelsfrei in den Händen des Räubers gesehen wurde, trotz intensiven Nachforschungen noch nicht aufgefunden werden konnte, gehen die Ermittlungsbehörden von der Beteiligung eines dritten, flüchtigen Täters aus. Diese Vermutung beruht insbesondere auf den Angaben der Angestellten, die übereinstimmend von einem mittelgroßen, kräftigen Mann mit langen blonden Haaren und ungepflegtem Vollbart gesprochen haben, der sich an der Eingangstür des Personals eine Beschäftigte der Bank als Geisel genommen und das Geld erpresst hatte. Der Verdächtige trug eine hellgraue Jacke. Die festgenommenen Täter schweigen weiterhin und machen keine Angaben zu ihrem Komplizen. Ein Phantombild des Flüchtigen wird in der Morgenausgabe dieser Zeitung erscheinen.

Das hat gesessen, dachte ich für mich und grinste übers ganze Gesicht. *Die zwei sagen nichts, weil es nichts zu sagen gibt. Wer sollte ihnen eine solche Story, wie sie tatsächlich geschehen war, wohl abnehmen? Kein Ermittler käme auf die Idee, dass die Bank zur gleichen Zeit von unterschiedlichen Tätern, die sich nicht kannten, zweimal beklaut werden sollte und die zu spät kommenden Diebe ihren Vorgänger auf dessen Flucht auch noch antreffen, anhalten und ungeschoren weiterfahren lassen. Das war viel zu unrealistisch. Da würde doch ein Mittäter, den man nicht verrät, viel besser ins polizeiliche Ermittlungskonzept passen.*

Die beiden werden für mich in den Bau gehen und sich richtig ärgern, denn sie waren zum Zeitpunkt unseres Gesprächs vollkommen ahnungslos, wie dicht sie sich am Jackpott befanden. Ihnen wird längst klar sein, dass ich der gesuchte Räuber war und die Kohle in meinem Rucksack hatte, als sie mich davonradeln ließen. Mir war es allerdings schnuppe. Niemand hatte jetzt auch nur im Ansatz eine Chance, den wahren Täter zu finden, denn die von allen Beteiligten beschriebene Person gab es so nicht mehr. Keiner weiß etwas von meinem wirklich Namen oder Aussehen und wohin ich abgehauen war. Ich werde nie wieder etwas von dieser Sache

hören und bin ein gemachter Mann. Halt Dich an Deinen Plan,
bleibt vorsichtig, rede mit niemandem und dann ist alles
geritzt. Oh, wie ich das Schicksal liebe, dachte ich mir.

Auch Charlotte hatte den Artikel gelesen und wirkte anschließend verändert. Mir fiel ihr plötzliches Schweigen auf und auch das Lachen war verschwunden.

»Das ist ein Überfall, wie er alle Tage stattfindet. Das musst Du nicht zu ernst nehmen. Es ist doch niemand zu Schaden gekommen und die Bank ist versichert. Was soll es also?«, sagte ich beiläufig, versuchte sie zu trösten und auf andere Gedanken zu bringen.

Dann verabschiedete ich mich von ihr und meiner Mutter, ging zur Arbeit und verdrängte fürs erste sowohl den Überfall als auch Charlottes seltsames Verhalten. Als ich jedoch am Abend Heim kam, schien sie mir noch immer reichlich durcheinander. Sie schaute mich mit strengem Blick an.

»Was ist mit Dir? Du warst heute Morgen schon so seltsam?«

»Ich dachte immer, Vertrauen wäre das Fundament unserer Zweisamkeit«, kam es schüchtern und leise aus ihrem Munde.

»Das ist es auch, meine Liebe«, gab ich ihr erstaunt zurück und versuchte zu ergründen, was sie derart bewegte.

»Warst Du das mit dem Überfall? Ich warne Dich, lüg mich jetzt bloß nicht an!«, platzte es ohne lange Umschweife in einigermaßen scharfem Ton aus ihr heraus.

Ich stand da, wie vom Blitz getroffen. Wie um Himmels willen konnte es ihr gelingen, mich mit der Sache in Verbindung zu bringen. Meine Kehle war wie zugeschnürt und ich vermochte keine Silbe zu reden.

»Glaubst Du, ich bekomme das nicht mit, wenn Du mitten in der Nacht aus dem Haus schleichst?«

Das allein konnte sie noch längst nicht auf den Überfall gebracht haben, denn mir hätte ja auch unwohl gewesen sein können, sodass ich an die frische Luft wollte. Was also war der Schlüssel zu ihrem Vorwurf, überlegte ich angestrengt.

»Na, fehlen Dir die Worte? Warum sagst Du nichts? Ich sehe doch, dass ich richtig liege. Also, raus mit der Sprache!«

Sie hatte vollkommen recht. Ich wusste nicht, was ich sagen sollte und dann legte sie ihre Karten auf den Tisch.

»In der vergangenen Nacht hast Du im Schlaf geredet wie ein Wasserfall. Geld her und solche Sachen. Ich tue Dir nichts. Pack die Kohle in den Rucksack. Soll ich mehr erzählen? Ich war praktisch dabei, so genau hast Du geschwatzt. Du erinnerst Dich doch, dass ich Dich beruhigt habe, als Du immer wieder schweißgebadet hochgeschreckt bist, oder?«

»Ich meine, das ist doch Vertrauen und Zuneigung, wenn ich bei Dir bin und auf Dich aufpasse, sobald es Dir nicht gut geht. Oder wie siehst Du das?«

»Stimmt«, brachte ich unter Aufbietung aller Kräfte leise und mühsam über die trockenen Lippen.

Ihre Worte hatten mich wie ein Pfeil ins Herz getroffen und ich versank vor Scham in Grund und Boden. Zumindest kam es mir so vor. Bevor ich mich aus meinem brackigen Emotionssumpf heraushangeln konnte, hatte sich Charlotte umgedreht und war ins Schlafzimmer gegangen. Ich konnte sie nur zu gut verstehen und wagte es auch am späten Abend nicht, ihr zu folgen und mich zu ihr zu legen. Bis weit nach Mitternacht quälte ich mich auf dem Küchenstuhl herum und war froh über Kuddels Gesellschaft. Es mochte drei Uhr gewesen sein, als sich die Schlafzimmertür öffnete, meine Freundin in die Küche kam und sich auf meinen Schoß setzte.

»Waren es wirklich einhunderttausend D-Mark?«

»Nee!«

»Sag schon. Wieviel hast Du geklaut?«

»Ich verweigere die Aussage. Schließlich muss ich mich als Ganove nicht selbst belasten!«

»Gut. Dann gehe ich wieder schlafen und Du bleibst hier!«

»Okay. Ich packe aus. Einhundertzwanzigtausend Mäuse!«

Charlotte schwieg und überlegte. Dann, nach einigen Sekunden.

»Und wenn sie Dich erwischen? Ich meine, was wird aus Deiner Mutter und mir? Ich finde es ja erstaunlich, dass Du selbst soweit gehst, um Deine Mutter zu pflegen, denn darum wird es Dir tatsächlich gegangen sein. Aber kann man dafür so etwas wahnsinniges tun? Ist das Leid Deiner Mama eine Rechtfertigung für strafbares Handeln? Nach meinem Dafürhalten nicht!«

Das war der Moment, in dem ich ihr bis zum Morgengrauen alles haarklein erzählte. Meine langen Recherchen, die umfangreichen Planungen, die Typen vor der Bank, die dann als Täter festgenommen wurden und jedes kleine Detail. Als ich fertig war, schnaufte sie tief durch.

»Das ist echt verrückt. Besonders, dass die beiden Räuber Dich fahren ließen und nun bei der Polizei hocken und nichts sagen, weil sie schlicht und einfach nichts wissen. Sie brummen jetzt ihre Strafe ab für etwas, dass sie zwar anstellen wollten, aber deutlich einfacher hätten haben können. Jetzt bin ich mir sicher, dass Dir die Behörden niemals auf die Schliche kommen können. Das ist einfach unglaublich. Wo hast Du das Geld?«

»In einem Versteck auf unserer Werft. Das habe ich bereits vor einiger Zeit entdeckt. Da waren Sachen aus dem Krieg drinnen. Von daher wird es wohl niemand kennen.«

»Ist es sicher dort?«

»Absolut!«

»Gut. Dann lass uns schnell Deine Mutter versorgen. Danach legen wir uns noch eine Stunde aufs Ohr. Ich bin todmüde!«

Beim Frühstück gab es zunächst kein anderes Thema. Wir besprachen alles noch einmal, beleuchteten alle möglichen Sichtweisen und kamen immer wieder zu dem Schluss, dass die Polizei nie und nimmer auf mich kommen konnte. Die detaillierte Planung, die perfekte Durchführung und die erwischten Räuber. Nichts deutete im Entferntesten auf den wirklichen Täter.

»Von dem Geld muss ich allerdings noch dreitausend Mark abzwacken.«

»Wofür wollte Charlotte wissen.«

»Die Kassiererin tut mir so leid. Die fürchtete wirklich um ihr Leben. Sie konnte ja nicht ahnen, dass ich nur eine Spielzeugpistole in den Händen hielt und ihr niemals etwas getan hätte.«

»Das ist wirklich aufmerksam von Dir, aber wie willst Du ihr das Geld zukommen lassen?«

»Sie hatte mir ihren Namen gesagt, als ich sie danach fragte, weil ich sie in den Sekunden, in denen ich auf das Geld wartete, beruhigend auf sie einreden wollte. Im Telefonbuch wird ihre Adresse stehen, sodass sie einen anonymen Brief mit dem Geld bekommt. Ob sie es der Bank zurückgibt, ist dann ihre Sache. Aber sie wird sich das genau überlegen und erkennen, dass niemand etwas von einem solchen Brief ahnen kann. Ich denke, kein Mensch erwartet von einem Räuber eine solche Geste.«

»Stimmt, sagte Charlotte. Und vielleicht vergisst sie auf Grund dessen auch den ein oder anderen Täterhinweis.«

Der Überfall verschwand schnell wieder aus der Tagespresse und nach einem guten halben Jahr las ich, dass die beiden Maskenmänner zu jeweils vier Jahren Haft verurteilt wurden, die sie in einem Knast außerhalb Hamburgs abzusitzen hatten. Die Strafe fiel in diesem Fall besonders hoch aus, weil sie sich beharrlich weigerten, Angaben zu ihrem Mittäter zu machen und die Beute aus diesem Grund weiterhin verschwunden blieb.

Die Täter erzählten laut Pressebericht die Situation vor der Bank, bis der Richter diesem Geschwafel in die Parade fuhr und sagte, dass sie ihren flüchtigen Kumpanen nicht verraten, weil sie ihren Beuteanteil nach der Haft abbekommen wollen. Das sei der einzig wahre Grund, warum dem Gericht solche Märchen aufgetischt wurden.

Ich stellte mir ihre vollkommen aussichtslose Situation in der Haftanstalt vor. Die beiden konnten sich nach ihrer Entlassung nicht einmal rächen, da sie keine Ahnung von der wahren Identität des eigentlichen Täters hatten.

Am Abend nach der Tat quatschten wir abermals weiter bis tief in die Nacht.

»Ehrlich gesagt hätte ich nie gedacht, dass Du zu so etwas fähig bist, sagte Charlotte. Ein Langweiler warst Du von Anfang an nicht, aber eine Bank überfallen?«

»Das hätte ich von mir auch nicht geglaubt, aber Du kennst die Umstände. Ich hoffe, das Geld reicht jetzt und ich muss das nicht noch einmal tun.«

»Das kommt drauf an«, warf Charlotte ein.

Freddy schaute auf, runzelte die Stirn und fragte:

»Was meinst Du?«

»Lass uns doch mal über Venezuela sprechen.

Ich erinnerte mich an die Worte von Hein Petersen, der ihm aus den Jugendjahren seiner Enkelin erzählt hatte. Ganz Offensichtlich ging es ihr ähnlich wie mir selbst. Grundsätzlich ist sie ein ordentliches Mädchen, doch wenn es die Umstände erforderten war sie durchaus bereit, auch Grenzen zu überschreiten.

An diesem Abend begannen wir, unseren Traum vom Auswandern Flügel zu verleihen. Wir malten uns aus, wie so eine Rinderfarm in Südamerika aussehen könnte und was es sonst noch alles zu beachten gab. Mit fortschreitender Stunde wurden diese Fantastereien immer konkreter. Tags darauf saßen wir vor dem Atlas und suchten nach geeigneten Orten.

Bald stießen wir auf einen Küstenort mit dem klangvollen Namen Ciudad Vacacional nordwestlich von Caracas. Dann sahen wir uns schweigend an und gelangten beide gedanklich zu der Überzeugung, dass dort unsere gemeinsame Zukunft liegen sollte. Dieser Entschluss trug allerdings noch etwas anderes in sich, denn uns fiel in diesem Moment unsere gegenseitige Seelenverwandtschaft auf. Wir mussten uns auch später im Leben nie lange über wichtige Fragen unterhalten oder gar streiten. Jeder sagte lediglich, was es zu sagen gab und zusammen fanden wir immer einen Ausweg aus Problemen oder was es sonst noch zu regeln gab. Allerdings wurde ich etwas nachdenklich und still, als Venezuela auserkoren war.

»Was bedrückt Dich?«, fragte Charlotte.

Meine Mutter, wollte ich gerade sagen, als Charlotte mich unterbrach:

»Noch ist es nicht soweit. Jetzt sind wir hier und planen. Vorrangig ist auch erst einmal Deine Mutter. Südamerika wird unsere Zukunft.«

Tage später kreuzte ich erneut bei Fietje auf und bat ihn, mir noch einen Pass für Charlotte zu beschaffen.

»Lerne ich sie noch kennen, bevor ihr abhaut?«, wollte er wissen.

»Das alles wird noch einen Moment dauern, denke ich, aber sobald sich eine Möglichkeit ergibt, machen wir was zusammen, okay?«

»Geritzt«, sagte Fietje und wurde dann geheimnisvoll, in dem er seine Stirn nachdenklich in Falten legte und nicht sagte, was ihn gerade beschäftigte.

»Was ist los«, wollte ich wissen.

»Was bedrückt Dich?«

»Nun. Ich denke, dass Du für Euer Vorhaben sicher noch Kohle gebrauchen kannst.«

Ich sagte in diesem Moment nichts und überlegte, ob das geklaute Geld für eine sicherlich noch länger dauernde Pflege meiner Mutter und anschließend für einen Neuanfang in Venezuela reichen würde und hatte so meine Zweifel.

»Warum fragst Du?«, wollte ich wissen.

»Ein guter Freund von mir plant da eine größere Fangfahrt und braucht noch einen verlässlichen Partner. Mehr weiß ich Moment nicht. Ich wollte Dich schon vor Tagen anrufen, denn Du wärst sicher der richtige und wie ich hörte, soll bei dem Fischzug richtig was herumkommen.«

»Und was soll das sein, was da in Planung ist?«

»Ich meine etwas von einem Überfall gehört zuhaben, mehr weiß ich aber nicht.«

Ich überlegte, verwarf die Idee, griff sie sogleich wieder auf und kam nicht wirklich zu einem Ergebnis.
Dann unterbrach Fietje meine Unentschlossenheit und sagte:

»Ich gebe Dir einfach mal den Namen und Erreichbarkeit. Wenn Du soweit bist, melde Dich einfach bei ihm und sag, dass Du von mir kommst. Dann weiß er bescheid.«

»Okay, wie heißt er?«

»Hannes Jensen. Geh mal in den Klabautermann auf der Reeperbahn und frag am Tresen nach ihm.«

Dieser Name war mir nicht unbekannt, denn in der Vergangenheit, wenn mich mein Vater mit auf Streife nahm, wie er unsere nächtlichen Ausflüge durch das Hamburger Rotlichtviertel nannte, gingen wir zuweilen auch in dieser Kneipe vor Anker. Allerdings brauchte es noch etwas Zeit, bis ich mich entschloss, diesen Weg tatsächlich zu gehen. Charlotte war der einzige Mensch, dem ich vertraute und das wollte ich auch mit aller Entschlossenheit tun. Folglich wollte ich erst mit ihr über alles sprechen, mich vergewissern, ob sie diesen Weg mit mir gehen würde.

Kaum war ich zu Hause angekommen, erzählte ich ihr ausführlich von meinen Plänen und beobachtete, wie sie mir still und aufmerksam zuhörte. Sie unterbrach mich nicht, stellte keine Fragen, sah mir aber mit festem Blick in die Augen.

»Wann und wie willst Du das machen?«, wollte sie wissen, als ich zu reden aufhörte.

»Ich weiß noch nicht. Mein Freund Fitje hat mir lediglich diesen Tipp gegeben und die Adresse, wo ich mich für weitere Informationen melden soll. Ich habe bei ihm übrigens einen neuen Pass für Dich bestellt.«

»Wie, einen neuen Pass?«

»Für Venezuela natürlich. Du bekommst eine völlig neue Identität. Wenn wir hier die Zelte abbrechen, dann darf uns niemand mehr irgendwo auf der Welt finden.«

»Bekomme ich mit den gefälschten Papieren keine Probleme?«

»Nein. Absolut nicht. Alles was von Fitje kommt, hält jeder Überprüfung stand. Es dauert aber noch ein paar Wochen, bis alles fertig ist.«

»Und wo bewahren wir die Unterlagen auf. Ich meine, die können wir doch nicht einfach hier so in den Schubladen herumliegen lassen?«

»Nein. Natürlich nicht. Ich habe Dir ja schon mal erzählt, dass es da ein Versteck gibt, das ich Dir zeigen werde. Dort liegen auch meine Papiere, meine beziehungsweise jetzt unsere Reichtümer und ein paar andere wichtige Sachen. Das hat den geschmeidigen Vorteil, dass wir ungehindert an alles herankommen, sobald ich in das Visier der Polizei geraten sollte. Zum Versteck, alles einsacken und ab durch die Mitte. Auf nimmer Wiedersehen!«

In den folgenden Wochen sprachen wir immer häufiger von diesem Unternehmen und planten auch für den Fall, dass die Aktion in die Hose gehen könnte.

»Sollte es so kommen, weißt Du erst einmal von überhaupt nichts. Das werden Dir die Bullen so einfach nicht abnehmen, aber zuletzt müssen sie Dir beweisen, dass Du eingeweiht warst und das können sie nicht. Du tust einfach erschrocken über alles und bringst Deine Verzweiflung zum Ausdruck.«

»Warum soll der Überfall jetzt schon starten. Ich meine, Deine Mutter können wir keinesfalls mitnehmen und wer soll sie pflegen, wenn wir abhauen?«

»Soweit es im Moment absehbar ist, scheint es eine ordentliche Menge Kohle zu geben. Das heißt, wir haben möglicherweise genug, um meine Mutter zu pflegen und wenn die Zeit gekommen ist, redet niemand mehr von dem Raub. Soll heißen, wir können in aller Ruhe die Tür hinter uns schließen, kreuzen quer durch Europa, verwischen unsere Spuren und sind dann weg. Wenn alles klar geht, ist das meine letzte Aktion und ich brauche so etwas nie wieder tun. Selbst wenn sie mich erwischen und ich in den Bau muss, sitze ich die Zeit ab und bin wieder draußen, bis wir uns aus dem Staub machen. Das Geld finden die niemals. Aber sei gewiss. Ich werde alles sehr genau planen. Das wird schon funktionieren.«

Meine Nächte wurden wieder deutlich unruhiger, denn je weiter mein Entschluss für den Überfall reifte, desto häufiger meldete sich meine dunkle Seite in mir. Seitdem meine Alter von der Bildfläche verschwunden war, ging es mir zwar besser, aber ganz verschwunden war das aufwühlende

Echo in mir nicht wirklich. Jetzt aber, wo sich meine Gedanken um eine weitere Straftat drehten, hörte ich es des nachts immer häufiger und es schien mich aufzufordern, endlich aktiv zu werden. Erst später wurde mir klar, dass es deutlichen Anteil an meiner erneuten Straffälligkeit hatte. Ohne dieses Echo wäre aus der ganzen Sache vielleicht gar nichts geworden. Von alldem aber erzählte ich Charlotte nichts. Ich wollte nicht, dass sie mich für verrückt hielt und sich Sorgen um mich machte, denn etwas Verrücktes hatten meine innersten Regungen selbst für mich. Wie sollte es erst auf andere Menschen wirken wenn ich versuchte, es irgendwie zu erklären.

Tage später tauchte ich nach der Arbeit im Klabautermann auf, setzte mich ans Fenster, bestellte ein Bier und schaute hinaus. Seit meiner Kindheit hatte sich auf der Reeperbahn vieles verändert. Es war noch immer eine recht schmuddelige Gegend, aber da war so gut wie kein Seemann mehr zu sehen. Das ganze raue Flair aus den frühen sechziger Jahren war längst verschwunden. Natürlich taumelten weiterhin betrunkene, heimatlose Gesellen durch die Straßen und stänkerten die neugierigen Touristen an, prügelten sich und wurden von der Polizei zur Davidswache gebracht. Es war noch immer etwas los auf der Reeperbahn und in den Clubs der Großen Freiheit, aber das Publikum hatte sich geändert. Alles war für mich anonymer und fremder geworden. Doch das war nur mein persönlicher Eindruck.

Ich hatte bereits mein zweites Bier getrunken, jedoch unterlassen, irgend jemanden nach Hannes Jensen zu fragen.

Wenn Du mal jemanden aus dem Untrgrund sprechen willst, geh niemals in irgendeine Kneipe und frag nach ihm oder ihr. Geh einfach hin und warte ab. Nichts wird beim ersten Mal passieren. Du musst einfach Geduld haben und so oft dort auftauchen, bis Du angesprochen wirst, hatte mir mein Vater vor Jahren auf einem unserer nächtlichen Streifzüge erzählt, als wir ausgerechnet im Klabautermann saßen.

Und genauso verhielt ich mich, denn so schlimm, wie der Alte war, er wusste genau, wie die Reeperbahn funktionierte und er sollte recht behalten. Auch wenn sich diese Gegend rein äußerlich gewandelt hatte, war sie unter der Oberfläche doch dieselbe geblieben. Die Polente war noch immer die Feinde und wer hier nicht her gehörte, wurde ausgenommen. Die einheimischen Seelen aber hielten zusammen wie eh und je. Also ging ich in den folgenden Tagen allabendlich in diese

Kneipe. Ich weiß nicht, woran sie es mir angesehen hatte, aber am fünften Abend brachte mir die Wirtin unaufgefordert ein Bier, setzte sich zu mir an den Tisch und fragte:

»Na, mien Jung. Wie kann ich helfen?«

»Hannes«, sagte ich kurz, knapp und recht leise, damit niemand etwas hören konnte.

»Und warum?«, wollte sie wissen

»Fietje!«, sagte ich ebenfalls knapp und leise.

Beim Klang dieses Namens hellte sich ihr fragender Gesichtsausdruck deutlich auf. Mein alter Schulfreund schien in diesem Teil der Gesellschaft ein echtes Standing zu haben, denn von diesem Augenblick an sprach sie spürbar vertraulicher zu mir.

»Ah ha«, antwortete sie kurz und schien zu wissen, wer ich war.

»Freddy?«, fragte sie kurz.

Ich nickte zustimmend. Offensichtlich war mein Kommen vom Zauberer der falschen Pässe längst angekündigt.

»Komm Morgen um Mitternacht«, sagte sie, erhob sich und ging wieder ihrer Arbeit nach.

Tags darauf kam ich auf die Sekunde genau zur Geisterstunde durch die Tür, setzte mich an meinen Tisch und bekam umgehend ein Bier vor die Nase. Die Wirtin sagte beim Abstellen des Glases:

»Du trinkst einen Schluck und gehst dann zur Toilette.«

Ich hielt mich an ihre Aufforderung, erhob mich wenig später von meinem Stuhl, bewegte mich am Tresen vorbei und kam durch einen ziemlich dunklen Flur. Auf dem Weg zum Pissoir öffnete sich auf halbem Weg plötzlich eine kaum sichtbare Tür. Ein übel aussehender Preisboxertyp mit mächtigen Schultern musterte mich und nickte mit seinem Kopf Richtung des Raumes in dem er stand. Also ging ich hinein und saß Sekunden später vor einem freundlichen, älteren und wohlbeleibten Mann, der sich erhob und lächelnd zu mir sagte:

»Du wolltest mich sprechen?«

»Ich komme auf Empfehlung von Fietje!«

»Ich weiß.«

»Wenn Sie das wissen ist ihnen auch klar, warum ich hier bin.«

»Lass mal das blöde Sie. Ich bin Hannes und außerhalb dieses Raumes erwähnst Du niemals meinen Namen, hast Du verstanden?«

»Klar, sagte ich.«

Ich kannte Hannes aus den Erzählungen meines Vaters und hatte ihn auch vor Jahren ein paar Mal gesehen, wenn wir von Zeit zu Zeit am Kai des Klabautermanns anlegten. Da es bei mir aber mit zu viel Vertrautheit nicht weit her war, behielt ich das für mich. Der Alte hatte erzählt, dass der Mann vor mir ein vollkommen ausgekochter Hund war. Vordergründig freundlich, geradezu nett und in der Tiefe seiner verrotteten Seele rücksichtslos und brutal.

»Zuletzt schreckt der Mann vor nichts zurück und verzeiht nie. Doch was er sagt, ist in Stein gemeißelt. Er betrügt Dich nicht und hilft Dir, wo er nur kann. Bis zu dem Moment, wo Du mit ihm die Klingen kreuzt, ist auf ihn absoluter Verlass. So sind sie hier alle. Also, merk es Dir. Bescheiß die Leute nicht, denn sie knipsen Dir bei nächster Gelegenheit ohne mit der Wimper zu zucken die Lichter aus, versenken dich in der Elbe oder werfen dich ihren Hunden zum Fraß vor.«

Das waren Erinnerungen, für die ich meinem Vater unendlich dankbar war, denn schließlich musste ich noch eine Weile in dieser Welt überleben und würde noch erfahren, wie wertvoll Hannes Jensen für mich werden sollte. Ich hatte es zu diesem Zeitpunkt nicht gespürt, aber dieser Mann und ich wurden richtige Freunde.

In diesem Moment ging es aber um etwas ganz anderes.

»Hast Du was mit dem alten Borrmann zu tun?«, fragte Hannes mit wachen Augen.

»Das ist mein Vater«, gab ich mit kurzen Worten zurück.

»Wie geht es Deiner Mutter?«

Er wusste also davon, was mein Vater angerichtet hatte. Ich ging gar nicht näher auf seine Frage ein und sagte:

»Wenn ich ihn erwische, ist er reif.«

»Das will ich verstehen, aber den wird hier niemand mehr zu Gesicht bekommen. Der wird insbesondere Hamburg meiden, wie der Teufel das Weihwasser. Man kann durchaus ein krummer Hund sein, aber eine Frau schlagen und derart zurichten, verstößt auch in der Unterwelt gegen jeden Ehrenkodex. Das weiß der alte Fahrensmann ganz genau. Deshalb ist er auch in der Versenkung verschwunden. Unlängst habe ich gehört, er soll sich auf der anderen Seite der Welt herumtreiben. Sumatra oder so. Aber um den kannst Du Dich später kümmern. Jetzt geht es erst einmal ums Geschäft.«

Gespannt wartete ich, was er mir sagen wollte und erfuhr sogleich etwas von einem Überfall auf einen Geldtransport.

»Die Lage ist so. Immer am ersten Samstag eines jeden Monats gibt es einen Geldtransport, der verschiedene Kaufhäuser unserer Stadt anfährt und das Bargeld einsammelt. Insbesondere, wenn der Samstag auf den ersten Tag eines neuen Monats fällt, ist das besonders lukrativ. Dann haben sie alle Kohle auf dem Konto und tragen es in die Geschäfte. Wie es der Zufall so will, kommt auch noch das Weihnachtsgeschäft dazu. Wir haben jetzt Mitte Oktober und der erste Dezember fällt auf einen .... na, errätst Du es?«

»Schon klar, erwiderte ich.«

»Es sind also noch sechs Wochen für die Vorplanung. Das sollte locker reichen«, stellte Hannes fest.

»Es gibt da noch ein Problem«, sprach er weiter und wartete meine Reaktion erst gar nicht ab.

»Ich bin einem Freund noch einen Gefallen schuldig. Um es kurz zu machen. Er hat einen Neffen mit Geldsorgen und Du musst die Sache mit ihm durchziehen.«

»Mit ihm allein?«, wäre jetzt die logisch folgende Frage gewesen, die ich aber nicht aussprach, denn Hannes wusste, dass ich sie im Kopf hatte und erzählte weiter.

»Man braucht keine weiteren Leute, wenn alles gut vorbereitet ist. Genau das werden wir zusammen planen. Wir treffen uns kommende Woche um dieselbe Zeit genau hier und dann geht es ums Eingemachte.«

»Kennst Du ihn?«, wollte ich wissen.

»Nicht näher, aber er scheint okay zu sein.«

»Eines will ich aber als Bedingung festhalten.«

»Und das wäre?«

»Keine echten Schusswaffen. Es muss sichergestellt sein, dass niemand ernsthaft zu Schaden kommt. Andernfalls bin ich nicht dabei.«

»Ganz meine Meinung«, gab Hannes zu verstehen und vermittelte mir das Gefühl, dass ihm meine wortkargen und knappen Gesprächsbeiträge zusagten.

Labern und quatschen können wir beim Saufen, nicht aber, wenn es ums Geschäft geht, war meine Devise, die er zu teilen schien.

»Wieviel?«, fragte ich zuletzt ohne näher zu erklären, was ich eigentlich meinte.

Hannes verstand mich auch so und sagte:

»Reichlich. Sehr reichlich. Ich schätze über eine Million.«

Damit war ich mehr als zufrieden, reichte Hannes die Hand und trödelte bald entspannt aber Gedankenversunken nach Hause.

Es war ein gutes Gefühl, nach Hause in unsere Wohnung zu gehen, die in der nächtliche Stille auf mich wartete. Charlotte und Mutter schliefen bereits tief und fest. Nur Kuddel schlich mir sanft um die Beine, als ich betont leise durch die Tür kam.

»Na, du kleiner Schwerenöter. Scheinst mich ja doch noch zu kennen«, flüsterte ich ihm zu, nahm ihn auf meinen Schoß, kraulte ihm das Fell und trank noch ein Bier, bevor ich zu Charlotte kroch.

Beim Frühstück wollte sie alles genau wissen und zeigte sich erschrocken, dass die Aktion schon bald starten sollte. Mehr erfuhr sie nicht. Je weniger sie wusste, desto besser war es.

»Nächste Woche beginnen wir mit der Planung. Frag mich aber niemals nach Namen, Zeiten oder Orten. An dieser Stelle müsste ich selbst Dir gegenüber schweigen.«

»Okay«, sagte sie etwas deprimiert, akzeptierte aber meine Haltung.

In den folgenden Wochen besprachen Charlotte und ich intensiv, was wir in der nächsten Zeit wie machen wollten. Da waren so viele Dinge zu bedenken und in meinem Kopf brauste es ordentlich. Nach und nach formte sich aber ein recht klares Bild.

»Wir gehen nicht fort, so lange Deine Mutter noch da ist. Das steht für mich fest!«, sagte Charlotte entschlossen.

»Da sind wir einer Meinung.«

»Egal, wie viel Geld Du nach Hause bringst, wir gehen äußerst sparsam damit um.«

»Volle Zustimmung«, sagte ich.

»Wir horten das Geld in unserem Versteck auf der Werft«, hob ich nochmals hervor.

Da es mir mit Planungen langsam zu viel wurde, bat ich Charlotte um folgendes:

»Du kannst ja schon mal ganz vorsichtig und möglichst unauffällig recherchieren, wie wir in Ciudad Vacacional die Füße auf die Beine bekommen, was es alles zu beachten gibt, wie die Verwaltungen funktionieren, ob wir besser Rinder oder Pferde züchten und so weiter.«

»Und wie die Schulen sind!«, sagte sie mit einem Lächeln im Gesicht.

»Und wie die Schulen dort sind!«, gab ich verschmitzt grinsend zurück.

»Das ist Henry Neumann«, sagte Hannes.

»Freddy«, sagte ich und reichte ihm die Hand.

Kaum, dass wir einander kennengelernt hatten, ging es auch schon los.

»Ich habe einen Informanten, der diesen Transport seit einigen Monaten beobachtet. Die letzte Station ist immer das große Bekleidungsgeschäft in Winterhude. Das Fahrzeug fährt regelmäßig auf den hinteren Parkplatz. Ist ja klar. Muss niemand an der Hauptstraße sehen, was da alles verladen wird. Dieser Parkplatz hat offiziell nur eine Zufahrt. Allerdings haben sie einen unbefestigten, aber gut befahrbaren Weg mit einem Bretterverschlag dicht gemacht, der an unserem Tag allerdings offen sein wird. Ihr kommt über diesen Weg und haut dort auch wieder ab, denn die Fluchtmöglichkeiten sind anschließend optimal. Es führen mehrere Straßen in unterschiedliche Richtungen. Die Polizei wird nicht erraten können, wohin ihr Euch davongemacht haben werdet.«

»Was für ein Auto«, fragte Henry, der sehr sicher und selbstbewusst wirkte.

Ich gewann den Eindruck, dass er wusste, was zu tun war.

»Ich besorge Euch einen Passat Variant. Da passt eine Menge rein. Ihr fahrt aber nur ein paar Kilometer. An einem vorbereiteten, abgelegenen Ort wechselt Ihr das Fahrzeug. Wenn das klappt, seit Ihr fein rein aus. Dann fahnden und suchen sie sich die Hacken ab. Finden werden sie nur den Passat. Ihr seid dann längst über alle Berge.«

So ging es eine Weile und wir betonten noch einmal, dass wir keine echten Waffen benutzen würden. Dass für unser Ego andere Menschen verletzt oder getötet werden, konnte keine Option sein.

»Wo bringen wir das Geld hin«, wollte ich wissen.

»Das sage ich Euch unmittelbar, bevor Ihr los fahrt.«

»Wer teilt das Geld wie auf?«, fragte Henry.

»Das mache ich. Wir vertrauen einander und das geht klar. Jeder von uns bekommt ein Drittel. Einverstanden?«

Es war bereits tief in der Nacht, als wir uns voneinander verabschiedeten. Auf meinen Heimweg über die gerade um diese Zeit belebte Reeperbahn breitete sich in mir ein Gefühl der Ruhe aus. Irgendwie wog ich mich in der Gewissheit, dass unser Vorhaben gelingen würde. Henry, so meinte ich, wäre der ideale Partner und so schlief ich beruhigt ein, als ich bald neben Charlotte lag.

Allerdings war der Schlaf nicht lange so entspannt, denn mein zweites Ich, das Echo in meinem Inneren, meldete sich und hetzte mich durch einen wüsten Traum, der in einer bösen Schießerei mit der Polizei und brennenden Geldbergen endete. Wie gerädert erwachte ich, als ich meine Freundin in der Küche herumklappern hörte und frischer Kaffeegeruch in meine Nase drang. Ich schüttelte mich auf der Bettkante sitzend, als wollte ich die Bilder des Tiefschlafs los werden, was mir auch schnell gelang. Das war auch das besondere an diesem düsteren Klang. So plötzlich wie es auftauchte verschwand es auch in seinem Schattenreich, wenn ich erst einmal die Augen geöffnet hatte.

Dann war es soweit. Nach einigen unruhigen Nächten mit war der Tag gekommen, der das Leben meiner kleinen Familie ein für alle Mal entscheiden würde. Nur wusste ich davon zu diesem Zeitpunkt nichts.

Am ersten Samstag im Dezember saß ich mit meiner Freundin beim Frühstück. Meine Mutter war inzwischen nicht mehr in der Lage, aufzustehen. Wir rückten ihr Bett im Nebenzimmer so zurecht, dass sie bei geöffneter Tür zu uns hätte sehen können, wenn sie es denn gewollt hätte. Aber einen eigenen Willen hatte sie längst nicht mehr. Ich ahnte, dass es mit ihr nicht mehr sehr lange gut gehen würde. Charlotte kümmerte sich aufopferungsvoll um sie und bekam reichlich Unterstützung durch unsere Nachbarin.

Ich versuchte ruhig zu bleiben, als ich das Gespräch noch einmal auf den Überfall brachte.

Wir haben uns geeinigt, dass wir unsere Familien auf den nicht zu erwartenden Moment vorbereiten, wenn sie uns dann irgendwann doch schnappen sollten.

Charlotte tat, als würde sie das als eine beiläufige Information aufnehmen, wusste aber in diesem Moment nur zu genau, was die Uhr geschlagen hatte. Sie wollte mich nicht in Unruhe versetzen und fragte:

»Was soll ich in diesem Fall also wie tun?«

»Wenn ich erwischt werde und Du mich im Knast besuchst, machst Du mir immer wieder Vorwürfe und hältst mir meine Verantwortungslosigkeit insbesondere wegen meiner Mutter vor. Wir sollten aber ein geheimes Zeichen ausmachen an dem ich erkenne, dass alles in Ordnung ist. Am besten wäre es, Du fasst Dich während unserer Gespräche nur ein einziges Mal ganz beiläufig an die Nase. Gerade so, als würde Dich etwas jucken. Das wiederholst Du bei jedem Deiner Besuche, denn wenn ich im Knast sitze, kann ich nicht viel tun und es würde mich umbringen, wenn bei Euch etwas nicht in Ordnung wäre. Denn eines sollte uns klar sein. Die Polizei schläft nicht und wird irgendwie mithören. Ich hoffe aber und bin mir sicher, dass wir das alles nicht brauchen werden. Vertrau mir so, wie ich Dir vertraue.«

Ich verhielt mich so unbedarft wie möglich, doch war mir durchaus klar, dass Charlotte längst erraten hatte, was die Uhr geschlagen hatte. Wir kannten uns mittlerweile so genau, dass keiner dem anderen etwas vormachen konnte. Trotzdem sagte sie nichts weiter. Ich ging wie jeden Morgen noch einmal ins Zimmer meiner Mutter, verabschiedete mich bei meiner Freundin und verließ die Wohnung.

Es war halb drei, als Henry und ich mit dem Passat Variant durch Hamburgs Straßen fuhren und bald schon rückwärts den unbefestigten Weg zum Parkplatz des Kaufhauses befuhren. Es herrschte Schmuddelwetter und der Verkehr auf den Straßen war wie immer an einem Hamburger Nachmittag. Belebt aber nicht zu voll, sodass unsere Flucht nicht durch irgendwelche Staus oder Baustellen infrage gestellt würde.

»Warum fährst Du rückwärts?«, wollte Henry wissen.

»Ist doch logisch. Wenn wir nachher den Flattermann machen, steht die Karre in Fahrtrichtung.«

Als wir den losen Bretterverschlag zum Parkplatz erreicht hatten, stellte ich den Motor ab.

»Wenn es nachher losgeht, lassen wir den Motor laufen und nicht nur die Heckklappe zum verladen, sondern auch die Türen zum Einsteigen offen«, sagte ich.

»Das macht Sinn. Ich denke, Du hast recht mit diesen Vorsichtsmaßnahmen. Wenn wir doch bloß erst wieder unterwegs wären«, seufzte Henry und verriet seine Anspannung, die ich jetzt zum ersten Mal bemerkte.

Ich wunderte mich, denn bis zu diesem Zeitpunkt war er während der gesamten Vorbereitung die eiskalte Hundeschnauze. Umso mehr hoffte ich, dass sich sein Innenleben schnell wieder beruhigen würde.

Also sagte ich:

»Mach Dir keine Sorgen. Wir haben alles genauestens geplant. Das klappt wir am Schnürchen. Wirst schon sehen.«

»Hoffentlich«, war seine kurze und knappe Antwort und ich hatte nicht den Eindruck, dass er sich etwas entspannte.

Darum ging es jetzt aber nicht. Wir mussten weitere Vorbereitungen treffen.

»Wann soll der Transport kommen?«, fragte er jetzt.

»In vermutlich fünf Minuten«, antwortete ich.

»Ich schaue mal nach, wie sich der Verschlag bewegen lässt«, äußerte Henry.

»Okay. Am besten, Du bleibst gleich dort und gibst mir ein Zeichen, wenn sie kommen.«

»Bleibt es dabei, dass wir sie erst angehen, wenn sie wieder aus dem Geschäft kommen?«, fragte er jetzt.

»Na klar. Hier holen sie vermutlich den größten Betrag ab und den wollen wir natürlich mitnehmen. Nochmal zum klaren Verständnis. Auf unsere Ladefläche passen vier große Geldbehälter, die sie angeblich benutzen. Wir halten ihnen beim Verlassen des Geschäftes die Pistolen vor die Nase, nehmen ihnen ihre Waffen ab, fordern sie auf, die Kisten abzustellen und drängen sie in ihr Fahrzeug. Wenn sie von dort zwei weitere Geldbehälter herausgerückt haben, sperren wir sie ein, beladen den Passat und ab geht es. Sollte alles kaum zwei Minuten dauern.«

»Und wenn uns jemand sieht oder sie aus dem Geschäft begleitet?«, fragte Henry in unruhigem Ton.

»Dann werden wir locker bleiben und darauf reagieren. Aber glaub mir, die leben alle in ihrer Routine. Jeder kennt seine Handgriffe und die Angestellten des Geschäfts haben gleich Wochenende. Die werden einen Teufel tun und die Geldleute noch zu ihrem Fahrzeug zu begleiten.«

Ich wollte gerade noch ein paar Vorschläge machen, als mich Henry unterbrach:

»Sie kommen!«

Jetzt wurde es spannend. Sekunden später beobachteten wir zwei sehr entspannt wirkende Männer, die ihren Laster gekonnt in die letzte Parkbox direkt an der Eingangstür zum Gebäude parkten. Beide trugen eine dunkelblaue Uniform und rechtsseitig am Gürtel einen Revolver. Dann verschwanden die beiden im Gebäudeinneren und es würde etwa drei Minuten dauern, bis sie zurückkämen.

Ich schaute von unserem Versteck aus über den Parkplatz, drehte mich um und stellt fest, dass weit und breit keine Menschenseele unterwegs war.

Alles scheint im Lot zu laufen und wird in wenigen Minuten erledigt sein, ging es mir durch den Kopf.

Henry stand in diesen Sekunden richtig unter Strom und ich konnte mir einfach nicht erklären, warum er so nervös war.

»Los jetzt«, sagte ich, als zwei Minuten vergangen waren.

Wir hoben den Bretterzaun beiseite, gingen die wenigen Meter zum Geldtransporter und versteckten uns dahinter an den Türen der Ladefläche. Kaum, dass wir dort Position eingenommen hatten, hörten wir, wie sich die Gebäudetür öffnete. Wortfetzen wie *schönen Feierabend* und *erholsames Wochenende* waren zu hören. Ich achtete auf das Geräusch der sich schließenden Tür und war mir sicher, dass wir es tatsächlich nur mit den beiden Männern des Geldtransporters zu tun hatten.

»Pfoten hoch«, fuhr ich die beiden in bissigem Ton an, als sie um die Ecke bogen, um die Ladefläche zu öffnen.

Völlig verdattert blieben sie erstarrt stehen, stellten zwei Geldbehälter auf den Boden und hoben die Arme. Henry nahm ihnen die Waffen ab und öffnete nun die beiden Flügeltüren des Fahrzeuges.

»Rein mit Euch und dann rückt ihr noch zwei Kisten raus«, mahnte ich die zwei verängstigen Typen, die ich keine Sekunde aus den Augen ließ und die sicherlich hofften, heile aus dieser Sache herauszukommen.

»Wenn Ihr genau das macht, was ich Euch sage, passiert nichts.«

Und so geschah es dann auch und nach meinem Dafürhalten viel zu reibungslos. Die zwei stiegen in den Laderaum, gaben wortlos zwei Geldbehälter heraus und wurden von uns eingesperrt. Drei der Kisten waren wenige Momente später in unserem Fluchtfahrzeug und wir wollten gerade die vierte hochheben, als sich die Eingangstür des

Geschäftes öffnete und ein Angestellter herauskam. Er riss die Augen auf, erkannte die Situation und rief:

»Was macht ihr Idioten da. Ich rufe die Polizei.«

In seinem unkontrollierten Übermut wollte er uns angreifen und kam in großen Schritten auf uns zugelaufen.

Ich rief noch, dass er stehen bleiben soll, doch Henry tat das, was ich irgendwie befürchtet hatte. Er verlor die Nerven, riss einen der Revolver, den er den Fahrern abgenommen hatte, in die Höhe und ballerte los. Ich sah noch, wie der Angreifer von einem in seinem Körper einschlagenden Geschoss zu Boden geworfen wurde, bevor ein Blitz in meinem Kopf alles weitere Denken unmöglich machte. Auch ich stürzte, war nicht mehr in der Lage mich zu bewegen und spürte einen unmenschlichen Schmerz in meinem Unterbauch.

Irgendwann erwachte ich auf der Trage eines Krankenwagens, war umringt von Hilfs- und Polizeikräften. Schmerzerfüllt realisierte ich sehr langsam, dass Henry auch mir eine Kugel verpasst hatte. Ob er das absichtlich getan hatte oder ob es ein Unfall aufgrund seiner Nervosität war, blieb zunächst im Dunkel und war in diesem Moment auch egal. Auf jeden Fall war das Spiel für mich aus. Das war mir bewusst. Aus den Mund eines der Polizisten hörte ich noch die Worte:

»Der andere ist mit der Beute abgehauen.«

Dann versagten mir die Kräfte. Ich sackte in einen tiefen, traumlosen Schlaf und erwachte erst wieder im Krankenhaus, als Charlotte an meinem Bett saß. Es dauerte einen Moment, bis ich im Kopf etwas klarer wurde und begriff, wo ich mich befand und was überhaupt los war. Es dröhnte mächtig in meinem Kopf und ich spürte den Schmerz in meinem Bauch. Dann aber hörte ich diese vertraute und weiche Stimme. Ich war am Leben. Diese Erkenntnis war der erste bewusste Gedanke, der mir durch den Kopf ging.

»Sie haben Dich operiert. Du bist über den Berg und wirst wieder gesund«, erwähnte Charlotte mit zitternder Stimme und drückte ganz fest meine Hände.

Wie gern hätte ich sie umarmt, doch der Schmerz in meinem Bauch und die Handschellen an meinem Arm hinderten mich daran. Mein Bett hatte beidseitig Stahlrohre in Höhe der Matratze, an denen ich gefesselt war. Ich hatte keine Chance, irgend etwas mit meinen Händen zu tun oder mich auf die Seite zu legen und den ersten scheuen Gedanken einer Flucht konnte ich ebenfalls über Bord werfen.

»Was hast Du nur getan?«, fragte sie mich vorwurfsvoll und schaute immer zu Tür, neben der ein Polizeibeamter saß und uns argwöhnisch beobachtete.

Ganz sicher musste er genaustens Bericht erstatten, worüber wir uns unterhalten hatten. Von diesem Tag an bis zu meiner Verurteilung ließ man mich praktisch mit niemandem allein, damit auch nicht der kleinste Hinweis verloren ging. Das sollte mir das Leben zusätzlich schwer machen, denn ich erfuhr immer nur in versteckten Anspielungen meiner Freundin und meiner späteren anderen Besucher, was sich im Detail ereignet hatte.

»Ich habe das so nicht gewollt. Das musst Du mir glauben. Was ist mit dem anderen Mann?«, war meine große Sorge, denn nichts wäre für mich schlimmer gewesen, wenn er zu Tode gekommen wäre.

»Auch der kommt wieder auf die Beine!«, hörte ich die Worte meiner Freundin.

Sie durfte etwa eine Stunde bleiben. Dann kam ein Schutzmann durch die Tür und forderte sie auf, zu gehen. Vermutlich hatte er vor meinem Zimmer Stellung bezogen und mir war klar, dass ich rund um die Uhr bewacht wurde. Das alles hatte den geschmeidigen Vorteil, dass ich ein

Einzelzimmer belegte und ungestört überlegen konnte, denn nachzudenken hatte ich über vieles. Zuerst meldeten sich die Sorgen um meine Freundin und meine Mutter. Da ich mit Gewissheit in den Knast musste, bemächtigte mich die Furcht, dass ich meine geliebte Mama nicht mehr wiedersehen würde. Doch was sollte ich jetzt noch dagegen tun. Es musste etwas passieren, dabei ging die Show jetzt erst richtig los. Mit Charlotte hatte ich für den Fall meiner Verhaftung alle denkbaren Szenarien besprochen. Da in unserem Versteck genug Geld für ein paar Jahre deponiert war, wusste ich die zwei auf jeden Fall wirtschaftlich versorgt und schon war ich bei der Beute unseres Raubzuges.

Warum hatte Henry auch auf mich geschossen und ist er mit der Beute allein abgehauen oder haben sie ihn ebenfalls geschnappt? Wenn er aber alles eingesackt hat, wird auch Hannes Jensen leer ausgehen. Soweit wird Henry keinesfalls gegangen sein, denn Hannes würde ihn bis in die Hölle verfolgen und kalt lächelnd die Gurgel durchschneiden, was ich übrigens auch tun wollte, wenn ich erst wieder auf freiem Fuß war.

Eintausend Dinge gingen mir durch den Kopf und nichts davon konnte ich von meinem Bett aus klären. Ein fürchterlicher Zustand der Hilflosigkeit überrollte meine Empfindungswelt und lähmte mich auf eine ganz sonderbare Art und Weise. Noch nie fühlte ich mich derart allein gelassen und doch hatte ich selbst mich in diese Situation gebracht.

Plötzlich ging die Tür auf und Kommissar Keller betrat mein Zimmer. Mit diesem Namen stellte er sich bei mir vor und ich spürte sofort, dass dieser grauhaarige Ermittler, der vielleicht fünfundfünfzig Jahre zählte, gefährlich war. Sein zielstrebiger, energischer Blick, der durchtrainierte Körper und die sicher Ausdrucksart seiner Worte flößten mir gehörigen Respekt ein.

»Schöne Scheiße, die Sie da angestellt haben«, sagte er geradezu beiläufig und blätterte ernsten Blickes in einer Akte, in der ganz sicher mein Name stand.

»Sie müssen nichts sagen. Vor allem müssen sie sich nicht selbst belasten und sollten sich besser einen Anwalt nehmen.«

Dann sah er mir urplötzlich mit furchteinflößendem Blick direkt in die Augen, schwieg und wartete meine Reaktion ab.

So leicht wollte ich es ihm nicht machen und versuchte, ihn ebenfalls zu beeindrucken.

»Scheiß drauf«, sagte ich nach einigen Sekunden, während derer ich seinen starren Blick erwiderte.

»Scheiß drauf auf was?«, wollte er wissen.

»Auf das Aussageverweigerungsrecht oder den Anwalt.«

Wieder ein Duell und messerscharfer Blicke.

»Scheiß auf alles«, sagte ich kurz und hielt weiter seiner unnachgiebigen Miene stand.

»Schon klar«, sagte er, stand auf, klappte seine lächerliche Akte zu und ging zur Tür.

Den Griff schon in der Hand drehte er sich noch einmal um und sagte:

»Bewaffneter Raub von einer Million Mark und schwere Körperverletzung mittels einer Schusswaffe. Das bringt Ihnen gut fünf bis sechs Jahre Haft. Wenn ich Ihnen einen Tipp geben soll, dann sagen Sie uns, wer der andere ist. Andernfalls gehen Sie für ihn mit in den Bau.«

»Scheiß drauf«, war meine Antwort und dann war er weg.

Da wollte er mich mit dem Haftgefasel weich kochen und hat mir vermutlich unwissend doch mehr erzählt, als zu erwarten war. Es ging also um eine Million Mark. Vermutlich war unsere Beute ein gutes Stück größer und Henry hatten sie nicht erwischt, sonst hätte er nicht so blöd gefragt. Das konnte nur heißen, dass die Bullen keine Ahnung hatten. Da ich schwer verletzt war und keine Waffe bei mir hatte, konnten sie sich zusammenreimen, dass ich den Angestellten nicht niederschoss. Doch was machte das schon. Ich war Mittäter und das hieß schon damals, dass ich die Tat als meine eigene Ansah und vollumfänglich schuldig war. Ich überlegte noch lange, wie ich herausbekäme, wo Henry mit der Beute abgeblieben sein konnte und kam auf den Gedanken, dass er vielleicht mit Hannes Jensen gemeinsame Sache gemacht hatte. Diesen Gedanken aber verwarf ich sofort. Das hätte Hannes unter keinen Umständen getan.

Nach gut zwei Wochen fand ich mich im Hamburger Untersuchungsgefängnis wieder und bewohnte zunächst eine Einzelzelle in Santa Fu. Hier war es mit den Besuchen nicht wirklich locker. Charlotte durfte einmal die Woche vorbeischauen, wurde vorher umfänglich durchsucht und die zwanzig Minuten des Besuchs waren wir keine Sekunde allein. Das hieß, sie konnte kein offenes Wort sagen, weil die Aufsichtsperson nur zwei Schritte weit entfernt auf einem Stuhl saß. Wie gut, dass wir rechtzeitig verschiedene geheime

Zeichen ausgemacht hatten. Da sie wusste, dass ich darauf wartete, fasste sie sich während des Erzählens ganz beiläufig an die Nase.

»Es ist kalt und ich bin etwas erkältet«, sagte sie anschließend, holte ein Taschentuch aus ihrer linken Jackentasche, schniefte einmal hinein und ließ es in der anderen Tasche wieder verschwinden.

Die Aufsicht bekam nichts davon mit, mir aber verschafften die Zeichen unsagbare Erleichterung. Das Putzen der Nase bedeutete, dass mit meiner Mutter alles in Ordnung war und das mit den Jackentaschen bestätigte den Kontakt zu Hannes Jensen. Ich entspannte mich noch mehr, als sie sich im Gehen am Ende der Besuchszeit noch einmal an die Nase griff.

So schlimm die Knastumgebung war, Charlottes besuche gaben mir die Kraft, durchzuhalten. Sie ließ zu keinem Zeitpunkt einen Zweifel in mir aufkommen, dass sie auf mich warten würde.

Kommissar Keller fragte mich in meiner Vernehmung wenige Tage, nachdem ich eingelocht worden war, ob ich meine Meinung geändert hatte. Im Knast gab es extra Räume für polizeiliche Anhörungen. Ich hatte gehofft, dass man mich für meine Aussage zur Polizei bringen und sich vielleicht eine Fluchtmöglichkeit ergeben würde. Wie naiv ich doch war, ging es mir durch den Kopf, als ich später darüber nachdachte.

»Also, die Sache ist die. Ich weiß, dass ich im Knast bleibe. Ob ich nun etwas aussage oder nicht, macht keinen großen Unterschied.«

»Doch, doch«, sagte der Kommissar.

»Ihre Zeit wird kürzer, wenn sie uns helfen.«

»Allerdings wird das mit meinem Leben dann auch so. Was meinen Sie?«

»Was meinen Sie«, fragte er und stellte sich unwissend.

»Sie wissen ganz genau, was ich meine. Sie schlafen doch nicht auf den Bäumen. Wenn ich jemanden verpfeife, geht es mir nach der Haft an den Kragen. Wir sind hier in Hamburg und sprechen über eine schwere Straftat. Das ist anders, als in einer Provinzstadt über einen Ladendiebstahl zu quatschen. Zuletzt soll ich Ihnen helfen, ihre Arbeit zu machen. Da haben Sie sich genau den falschen ausgesucht. Um es zum Abschluss zu bringen. Bevor ich Ihnen die Arbeit abnehme und einen möglichen Mittäter verrate, der mich zugegebenermaßen gelinkt hat, sollen mir die Worte im Halse stecken bleiben. Sie wissen ganz genau, dass ich nicht geschossen habe. Das können sie mir nicht anlasten. Den Rest gebe ich vollständig zu. Ich wollte den Raub, habe alles dafür getan, um ihn durchzuführen und habe mich bis auf das Schießen an allem beteiligt. Jetzt schreiben Sie ins Protokoll. Der Beschuldigte ist geständig für seine Tatbeiträge, verpfeift aber seinen Mittäter nicht, weil er dann nicht mehr lang zu leben hat und jetzt scheiß drauf. Mehr hab ich nicht zu sagen.«

Ich sagte nichts mehr. Der Kommissar hatte es zwar noch ein paar mal versucht, war aber nur noch auf Granit gestoßen. Später erzählte mir Charlotte, dass er auch sie häufiger aufgesucht und auszuquetschen versucht hatte.

»Die Polizei kam noch am Tag Deiner Verhaftung und stellte hier alles auf den Kopf. Die Wohnung sah anschließend aus wie ein Tollhaus und ich musste zwei Tage lang aufräumen. Auf Deine Mutter haben sie schon mal gar keine Rücksicht genommen. Ein ganze Horde drehte hier alles auf links. Wie die Vandalen. Sie waren auch schon auf Deiner Arbeit und haben alle verhört. Jeder, der irgendetwas mit Dir zu tun hatte, wurde ausgequetscht.«

Ihr verstecktes Augenzwinkern sagte mir, dass niemand etwas belastendes über mich gesagt hatte. Zuletzt war es ihr Vater, der sich von meiner Tat völlig überrascht gezeigt hatte und nur lobendes über mich zu sagen wusste. Das wichtigste aber war, dass sie mit keiner Silbe unser Versteck erwähnte und mir verdeutlichte, dass niemand etwas davon wusste, was mich deutlich beruhigte, denn dort lag soviel Geld versteckt, dass Charlotte und meine Mutter sehr gut versorgt waren. Was mich jetzt beschäftigte war die Beuteverteilung. Ich hatte keine Ahnung, ob Henry mit der ganzen Kohle abgehauen war oder ob Charlotte vielleicht über Hannes doch noch etwas abbekommen hatte. Das aber sollte ich erst viel später erfahren. Bis dahin musste ich mich mit Charlottes beruhigenden Gesten zufrieden geben.

Ein halbes Jahr später saß ich dann auf einer harten Bank des Hamburger Landgerichts. Man hatte mir eine Lusche von einem Pflichtverteidiger zur Seite gestellt, der ohne sonderliches Engagement und Interesse seine Statements durch den Gerichtssaal quakte. Was sollte er auch machen. Dann versuchten sie, Informationen von allen möglichen Zeugen zu ergattern. Viele meine Arbeitskollegen wurden in aller Öffentlichkeit verhört, schwiegen aber wir die Fische in der Elbe. Niemand gab auch nur ein Wort von sich, womit auch nur im Entferntesten etwas über mich oder die Tatzusammenhänge in Erfahrung gebracht werden konnte. Auch Charlotte machte ihre Sache sehr ordentlich, spielte die enttäuschte Freundin, erzählte von meiner Mutter, wie sehr ich mich um sie bemühte und praktisch durch die Lebensumstände dazu gezwungen wurde, eine solche Straftat zu begehen, da die Pflegekosten anders nicht zu stemmen waren.

Das wollte weder der Richter noch der Staatsanwalt hören. Also verzichtete man auf weitere Aussagen.

Kommissar Keller hatte mich noch im Krankenhaus zur Sache vernommen und tapste ebenfalls nur im Nebulösen, denn ich hatte ihm rein gar nichts gesagt, um einen Anwalt gebeten und schwieg zu den Vorhaltungen.

So zogen sich die Stunden dahin und zuletzt war die Sache klar wie Kloßbrühe. Ich hatte gestanden, verweigerte jedes Wort und schaute immer wieder und anhaltend zu Charlotte, die auf der Zuschauerbank neben Hannes Jensen saß und mir mit ihren Blicken Mut machte. Auch Hannes zwinkerte mir einmal zu und ich wusste, dass auch er mich nicht hängen lassen würde.

Nach drei endlosen Tagen in diesem erdrückenden Justizgebäude kam am Ende des Verhandlungstages der Richter mit ernster Mine in den Saal. Alle erhoben sich. Dann folgte zunächst ein sich endlos anfühlender Monolog über die wesentlichen Inhalte der Verhandlungstage und anschließend das Urteil das damit begründet wurde, dass ich zwar für mein eigenes Handeln geständig war, jedoch keinerlei Kooperationsbereitschaft für das Ergreifen anderer Täter zeigte. Bis zum Abschluss der Verhandlung konnte nicht geklärt werden, wer alles an der Vorbereitung und der Durchführung der Tat beteiligt war. Da der Angeklagte keinerlei Vorstrafen hatte, musste ihm dieser Umstand zugute gehalten werden.

Genau das war meine große Sorge während der Ermittlungen gewesen. Ich hatte befürchtet, dass Keller irgendwie auf meine früheren Schandtaten kommen könnte. Aber dem war offensichtlich nicht so.

Zuletzt sagte der Richter:

»Es wird ein Haftzeit von insgesamt fünfeinhalb Jahren in der Haftanstalt Hamburg Fuhlsbüttel verhängt.«

In diesem Moment hatte ich meiner Freundin tief in die Augen gesehen. Auch wenn sie sich einen Moment erschrocken zeigte, wussten wir jetzt, worum es ging. Ich hatte mich auf so etwas vorbereitet, sah eine Sekunde in die Augen des Richters und dachte mir:

Scheiß drauf.

Bevor ich aus dem Gerichtssaal zurück in den Knast gebracht wurde, erhaschte ich noch ein aufmunterndes Handzeichen von Hannes, das ich zunächst nicht zu deuten vermochte. Doch schon sehr bald sollte ich erfahren, was dieser Mann für mich getan hatte.

Direkt vom Gericht ging es zurück nach Santa Fu. Allerdings bekam ich jetzt keine Einzelzelle mehr. Die Untersuchungshaft war zu Ende, ich trat den Vollzug an und landete unversehens in einer zwei Mann Zelle. Schon der Weg durch das Gebäude machte mir klar, dass hier ein rauer Wind wehte. Die anderen Gefangenen standen vor ihren Zellen und quatschten in kleinen Grüppchen miteinander. Andere lehnten einfach nur über ein Geländer, rauchten und beobachteten. Ich spürte die Blicke dieser düsteren Typen, die mich argwöhnisch beobachteten und mich einzuschätzen versuchten. Hier herrschte ein ganz eigenes, abweisendes und unterschwellig aggressives Klima, dass in jeder Sekunde zu explodieren und sich in Gewalt zu entladen drohte. Ich hatte mich während der Wochen in der Untersuchungshaft, in der ich nicht wirklich viel Kontakt zu anderen Gefangenen hatte, auf diese und andere Situationen vorbereitet und mir fest vorgenommen, zu keinem Zeitpunkt Schwäche zu zeigen. Dann nämlich wäre ich hier drinnen verloren, dann würde mich der Knast fressen.

Sich etwas in seinen Gedanken vorzunehmen, ist das eine. Mit der praktischen Umsetzung sieht das unter dem Eindruck der Wirklichkeit ganz anders aus, wenn man diese finsteren Gesellen vor sich hat. Da waren ein paar wirkliche Schwergewichte, die mir schon durch ihre Erscheinung böse zusetzten.

Mein Gott, wenn die über Dich herfallen, hast Du nicht den Hauch einer Chance, ging es mir durch den Kopf

Trotzdem ließ ich mich nicht beirren und versicherte mir im Stillen, dass der erste, der mir an die Gurgel gehen wollte, die Wucht meiner Wut kennenlernen würde. Auch wenn ich dabei untergehen sollte, ohne Kerben würde ich niemanden davonkommen lassen.

In der verschwiegen Einsamkeit meiner Einzelzelle während der Untersuchungshaft hatte ich von meinem inneren Echo lange nichts mehr gespürt. Bereits wenige Tage nach meiner Genesung begann ich, meine Situation zu überschauen und besagter Widerhall verschwand langsam aus meinem Bewusstsein. Erst, als die Gerichtsverhandlung anberaumt wurde, regte sich mit dem aufkommenden Stress das düstere Getöse in mir zurück. Und jetzt, auf dem Weg in den Vollzug und angesichts des mich umgebenden gesellschaftlichen Abschaums, lief es zur Höchstform auf. Alle meine Sinne stand auf Alarm und meine angespannten Nerven gingen fast mit mir durch. Man mag es sich kaum vorstellen, aber ich suchte mir den düstersten Gesellen aus und wollte ihn gleich vor allen anderen ans Leder gehen. Jeder sollte sehen, dass mit mir nicht gut Kirschen essen war. Das war etwas, was ich mir tatsächlich schon während der letzten Tage so zurechtgelegt hatte. Irgendwie war ich über die Zeit mit diesem Echo eine Art Symbiose eingegangen, denn es war so etwas wie meine Lebensversicherung. Immer wieder spornte es mich in gefährlichen Situationen zum entschlossenen Handeln an und verhinderte, dass sich Angst in mir ausbreitete, die Oberhand gewann und mich in die Passivität drängte.

Doch geschah erst einmal nichts. Nur ein paar Schritte weiter öffnete sich die Zelle mit der Nummer 147. Die mich begleitenden Justizbeamten forderten mich auf, hinzugehen und dann fiel die schwere Tür mit lautem Krachen hinter mir ins Schloss. Anschließend stand ich für einen Moment reglos da und sah mir mein neues Zuhause an. Man konnte von diesem Loch nur einen schlechten Eindruck haben. Die nackten Wände in düsterem Graugrün gestrichen, eine hässliche sechzig Watt Lampe unter der Decke, ein grauer Betonfußboden, zwei sicherlich ungemütliche Betten aus Stahlrohren, die vermutlich noch aus Kriegszeiten stammten und in den denen offensichtlich durchgelegene Matratzen lagen. Zu jedem Bett gehörte ein kleiner Schrank, ein kleiner Tisch und ein ungepolsterter Stuhl, auf dem man nicht wirklich lange und entspannt sitzen konnte. Insgesamt passte das Innere einer Zelle zu den anderen Gebäudeteilen, die ich zuvor gesehen hatte. Kalt, abstoßend, düster und gefährlich. Hier also sollte ich nun die nächsten fünf Jahre meines Lebens verbringen und wusste sofort, dass daraus nichts werden konnte. Ich hatte keine Ahnung, warum ich mich bei diesem Gedanken so sicher fühlte, denn die Aussichten auf Flucht waren gleich null. Und doch versprach ich mir, dass ich bei der ersten Gelegenheit die Biege machen würde und überlegte, ob es überhaupt schon mal jemandem gelungen sein könnte, aus Santa Fu zu verduften, was nach meinen ersten Eindrücken ziemlich aussichtslos erschien. In diesem Augenblick war mir das aber auch vollkommen egal.

Dann bist Du eben der erste. Was interessieren mich die anderen. Auf keinen Fall verrottest Du in einem solchen Loch, schloss ich diesen Gedanken für den Moment ab.

»Hey«, sage ich zu diesem mies dreinschauenden Gesellen, der mich mürrischen Blickes musterte und sich auf seinem Bett liegend von mir abwandte.

Er sagte kein Wort und vielleicht hatte er es mir auch angesehen, dass es in dieser Sekunde besser war, einfach nur die Schnauze zu halten. Ich hatte eine Stinklaune und meine Nerven waren bis zum Zerreißen gespannt. Ein falsches Wort und ich wäre vermutlich aus der Haut gefahren. Tatsächlich vergingen einige Stunden, bis wir das erste Wort miteinander wechselten. Erst am nächsten Tag bewegten wir uns vorsichtig aufeinander zu, denn wir wussten beide, dass wir für unbestimmte Zeit aufeinander angewiesen waren. Wenn Du des Nachts nicht schlafen kannst, weil Du den Atem Deines Zellengenossen im Nacken spürst und nicht weißt, was in seinem Kopf vorgeht, hältst Du das nicht lange durch. Also öffnete ich mich ein Stück weit und sprach ihn einfach an.

»Ich heiße Freddy.«

Es brauchte einen Moment, bis er sich entschloss, mir zu antworten. Dann aber sagte er:

»Peter. Peter Larsson.«

Der Typ sah sehr verwegen und heruntergekommen aus. Anscheinend hielt er nicht sehr viel von Ordnung und Sauberkeit, denn auf seinem Tisch herrschte das reinste Chaos. Bücher und aller anderer Kram, den er hier besitzen durfte, lagen planlos gestapelt herum. Er selbst wirkte sehr ungepflegt und hatte sich seit Tagen nicht rasiert. Das war mir erst einmal egal. Ich hatte ihn zunächst danach bewertet, ob er mir in irgendeiner Form gefährlich werden konnte, doch schloss ich das sofort aus. Er war von schmaler und kleiner Statur und hätte mir kräftemäßig niemals das Wasser reichen können.

Was immer Dir in diesem Knast passieren kann, in dieser Zelle, so hässlich sie auch ist, wirst Du sicher sein, sobald sich die Tür hinter Dir schließt, dachte ich mir und fühlte mich dabei schon etwas wohler.

Bald entspannte er sich zusehends und wir kamen nach und nach ins Gespräch. Ich erfuhr, dass er aus Dänemark stammte, bereits seit zwei Jahren einsaß, auf der Reeperbahn in eine Schlägerei geraten war, in deren Verlauf er seinem Gegner mittels eines Kopfschusses die Lichter ausgeblasen hatte und keinerlei Chancen auf eine vorzeitige Entlassung hatte.

»Dieser Idiot hat mich angegriffen und einfach nicht aufgehört. Der war mir völlig überlegen und schlug noch immer auf mich ein, als ich längst am Boden lag. Das haben mir die Richter natürlich nicht geglaubt und mir mal eben sieben Jahre aufgebrummt. Das aber nur, weil ich zuvor noch nicht straffällig geworden war, sonst wäre es das doppelte geworden, hat mir der Blödmann von Verteidiger unterzujubeln versucht. Sollte ich wohl noch über die verhängte Strafe dankbar sein oder was?«

Ich hörte mir das alles nicht nur von Peter, sondern im Verlauf der nächsten Zeit auch von anderen Insassen an. Viele von ihnen waren natürlich unschuldig und vor Gericht verschaukelt worden. Was ich davon hielt, behielt ich jedoch bei mir.

Sollen die sich doch alle in die eigene Tasche lügen und sich das Leben ob der ihnen widerfahrenen Ungerechtigkeit schwer machen. Ich hatte da ein ganz anderes Strickmuster in mir, von dem ich nichts preiszugeben bereit war. Natürlich erzählte ich auch, jedoch nur in groben Zügen meine Geschichte, weigerte mich aber, irgend jemandem auch nur ein kleines Stück weit zu vertrauen und mehr von mir zu berichten. Zurückhaltung und Verschwiegenheit waren meine Verbündeten und daran würde ich mich während meines Aufenthalts in diesem Knast unwiderruflich halten.

Mein erster Hofgang am zweiten Tag im Bau sollte sich für immer in meine Erinnerungen einnisten. Mir war klar, dass ich das erste Mal den eiskalten Wind des Knastklimas spüren würde. Erneut registrierte ich die bohrenden und abschätzenden Blicke, als ich den großen Hof betrat. Ich suchte mir zunächst ein Ecke, die noch nicht besetzt war, lehnte mich entspannt an die Mauer und versuchte die unterschiedlichen Gangs und Gruppierungen auszumachen um zu erkennen, von wem mir Gefahr drohen könnte. Als sich mir eine ganze Zeit niemand näherte, wollte ich aktiv werden und meinen Plan umsetzen. Der war ziemlich einfach und würde mit sehr großer Sicherheit sehr schmerzhaft für mich ausgehen. Aber es ging mir nicht ums Jammern oder Bluten. Respekt und Anerkennung war es, worauf ich aus war. Also fiel meine Entscheidung auf einen mehr als gemein aussehenden Chef einer kleinen Gruppe auf der gegenüberliegenden Seite des Hofs. Ich fixierte ihn, bis er merkte, dass er beobachtet wurde. Ich atmete tief durch, machte das Rückgrat gerade und ging möglichst entspannt und selbstsicher wirkend auf ihn zu.

Du gehst hin, schiebst seine Kumpane zur Seite und haust ihm eine in sein dickes, feistes Gesicht, nahm ich mir vor und allen Mut zusammen, als ich die Mitte des Hofes erreicht hatte.

»Das würde ich nicht machen«, sprach mich eine tiefe Reibeisenstimme von der Seite an.

»Du hast ihn noch nicht einmal erreicht, da steckt Dir schon ein Messer in den Rippen und niemand wird anschließend herausbekommen, wer Dich massakriert hat.«

Ich blieb erschrocken stehen und drehte mich um.

Was für ein Bär ist das denn?, dachte ich, als ich den Besitzer der tiefen Stimme vor mir sah.

»Respekt vor dem, was Du Dir vorgenommen hast. Ich halte es aber für besser, dass Du besser mit mir kommst, wenn Du wieder heil in Deine Zelle möchtest.«

Wenig später stand ich im Zentrum eines ganz anderen Clans ziemlich rauer Spießgesellen. Diese Typen begegneten mir entgegen ihrer äußeren Erscheinungen recht freundlich und erklärten mir, was alles in diesem Mikrokosmos des Knasthofs wie ablief, worauf ich zu achten und wie ich mich zu verhalten hatte.

»Es geht hier um sehr viel mehr, als nur seine Zeit abzusitzen. Überleben ist die Kunst und glaub mir, das kann zuweilen sehr schwierig und gefährlich sein. Hier laufen Kerle mit einer Vita herum, die sich einen Scheißdreck darum kümmern, ob Du gesund durch die Zeit kommst. Die kippen Dich ohne Skrupel über Bord, wenn Du denen im Wege stehst oder einfach nicht passt. Wenn Du Dein Vorhaben von vorhin durchgezogen hättest, wärst Du jetzt schon in den ewigen Jagdgründen.«

»Womit habe ich diese freundliche Einweisung verdient?«, wollte ich am Ende dieses Vortrages wissen.

»Ich soll Dir einen Gruß von Hannes Jensen bestellen«, bekam ich zur Antwort.

Ich musste wohl ziemlich verdutzt aus meinem Anzug geschaut haben, als man mir jetzt im Flüsterton zu verstehen gab, dass Hannes während der gesamten Dauer meines Aufenthaltes für meine Sicherheit bezahlen würde.

»Um es klar zu sagen. Du gehörst nicht zu unserem Clan. Wir sind jedoch für Dich da, wenn Dir jemand an den Kragen gehen will. Wenn Du Informationen brauchst, kommst Du ausschließlich zu uns und redest mit niemand anderem drüber. Dass Du Beschützer in diesen Mauern hast, hatte sich schon während Deiner Untersuchungshaft herumgesprochen und ernsthaft, niemand legt sich hier freiwillig mit einem Schützling von Hannes Jensen an. Halt Dich also an die Regeln, dann wird Dir nichts passieren.«

Wenig später stand ich wieder in meiner Ecke und spürte tiefe Dankbarkeit für das, was Hannes mir entgegengebracht und für mich eingefädelt hatte. Ganz sicher hatte er auch

Charlotte und meine Mutter in seinen Gedanken und wollte, dass sie mich nach Ablauf meiner Zeit unversehrt zurückbekommen.

Dass es in diesem Metier einen solchen Anstand gab, hätte ich niemals geglaubt. Dass Hannes und ich uns von der ersten Minute an sympathisch waren, war nicht zu übersehen gewesen. Dass seine Fürsorge allerdings soweit reichen würde, hätte ich niemals erwartet und fragte mich, ob ich dasselbe für ihn getan hätte. Die Frage an sich war eigentlich unsinnig, denn ich habe keinerlei Drähte in den Knast und bereits an dieser Stelle wäre mein Ansinnen schon zum Scheitern verurteilt. An anderer Stelle aber wäre ich ganz bestimmt an seiner Seite gewesen, sobald es erforderlich würde. Daran ließ ich vor mir selbst keinerlei Zweifel.

Was hat der Kerl nur für einen weitreichenden Arm. Wen mag er alles kennen, bestechen und bezahlen, um seine Vorhaben um- und durchzusetzen. Und jetzt hat er seine Kanäle aktiviert, um ausgerechnet mir zu helfen, überlegte ich und spürte die Zuneigung dieses Mannes, von dem ich gewünscht hätte, dass er vielleicht mein Vater gewesen wäre, denn dann hätte es keinen Knast für mich gegeben.

Tatsächlich erlebte ich während meiner Santa Fu Zeit nicht einen gefährlichen Moment, wurde niemals mies angepöbelt oder in irgendeiner Weise bedroht.

So vergingen die ersten Wochen, bis ich eines Tages erneut von der Reibeisenstimme angesprochen und zu seinem Clan gebracht wurde. Bis zu diesem Tag hatte ich von Charlotte nur in Fragmenten und sehr ungenau erfahren können, was sich seit dem Überfall alles getan hatte. Wie ich schon sagte. Wir waren nie allein. Ständig waren irgendwelche Aufseher neben uns, denn die ermittelnden Behörden ahnten, dass Charlotte mehr wusste, als sie ihnen gegenüber zugab und hofften, aus unseren Gesprächen Informationen über die Beute und meinem Mittäter zu bekommen. Aus unseren kleinen Geheimzeichen konnten sie keinesfalls schlau werden, allerdings waren diese längst nicht geeignet, meine großen Wissenslücken, die mich so bedrückten, auszufüllen. Da Charlotte allerdings immer mit einem freudigen Gesichtsausdruck zu mir kam dachte ich, dass sie keinerlei größere Probleme hatte. Anfangs meinte ich, dass sie mir etwas vorspielte, um mir meine Besorgnis zu nehmen. Allerdings kannte ich sie zu gut. Da war keine Schauspielerei. Die Dinge waren ganz offensichtlich, wie sie sagte und so beruhigten mich ihre Besuche immer wieder aufs neue. Was aber war mit der Beute geschehen? Wie viel Geld hatten wir überhaupt eingesackt? War es tatsächlich eine Million? Was war mit Henry geschehen? Hatte dieses Schwein mich angeschossen, um mit der ganzen Kohle allein abzuhauen? Das konnte eigentlich nicht sein, denn Hannes hätte ihn nicht in Ruhe gelassen und ganz sicher zur Strecke gebracht. Fragen über Fragen, die an diesem Tag endlich beantwortet wurden.

Der Chef der Gang sprach mit mir unter vier Augen. Keiner seiner Leute konnte auch nur einen Mucks unseres Gesprächs mithören, als wir etwas abseits auf einer Mauer saßen und er zu reden begann.

»Ich soll Dir folgendes erzählen. Dieser Henry ist nach dem Überfall zu Hannes gefahren, hat ihm dessen Teil der Beute übergeben und gesagt, dass Du entgegen Eurer Absprache mit Deinem Anteil längst zu Hause bist. Dass er Dich niedergeschossen hatte, war tags darauf aus der Zeitung zu erfahren. Hannes aber hatte das schon kurze Zeit nach Deiner Festnahme gewusst. Zu diesem Zeitpunkt war Henry bereits über alle Berge und bis zum heutigen Tage unauffindbar. Hannes, der die Hälfte seines Anteils Deiner

Freundin abgab, setzt alle Hebel in Bewegung, das Verräterschwein ausfindig zu machen. Soweit es möglich sein wird, will er ihn in Ruhe lassen, bis Du wieder auf freien Fuß bist. Du bekommst die Möglichkeit, ihn selbst zur Rechenschaft zu ziehen. Sollte er jedoch die große Flatter machen wollen, wird er Henry auf seine letzte Reise schicken. Hast Du noch eine Frage?«

»Hat Hannes Dir eine Zahl genannt?«

»Ja. Er sagte einskommazwei, aber damit kann ich nichts anfangen. Er meinte, Du wüsstest, was das bedeutet.«

»Warum besucht Hannes Dich aber mich nicht?«

»Die Bullen wissen, dass er und ich Kumpels sind. Mein Verfahren ist abgeschlossen und von mir will niemand mehr etwas wissen. Von daher ist es unverdächtig, wenn er zu mir kommt. Bei Dir ist das anders. Die wollen die Kohle und den Namen Deines Kumpanen. Käme Hannes auch Dich besuchen, würden sie ihn ebenfalls in die Mangel nehmen.«

»Gut. Das sehe ich ein. Bestell ihm bitte einen Gruß von mir und richte ihm meine Dankbarkeit aus. Das werde ich ihm nie vergessen.«

»So soll es sein«, sagte der Clanchef und beendete das Gespräch, ging zu seinen Jungs und verschwand in der Menge.

Ich blieb sitzen und ließ mir die vielen Informationen durch den Kopf gehen. Das hieße, dass wir einskommazwei Millionen Mäuse kassiert hatten. Hannes wird genau vierhunderttausend bekommen und die Hälfte davon Charlotte gegeben haben.

Jetzt verstehe ich auch ihr unbekümmertes Verhalten, sagte ich mir und begriff, dass ich mir um das Wohlergehen meiner Freundin und meiner Mutter keinerlei Gedanke mehr machen musste. Sehr wohl aber um Henry.

Dieses dämliche Schwein. Legt sich mit einem Mann wie Hannes an und glaubt ernsthaft, er käme ungeschoren davon.

Von diesem Tag an plante ich, was ich mit diesem Drecksack anstellen wollte, sobald ich seiner habhaft würde. Der Verräter ging mir nicht mehr aus den Kopf. Nächtelang lag ich wach in meiner Zelle und überlegte mir immer wieder verschiedene Szenarien, die allesamt erst einmal nichts anderes waren, als Luftschlösser, denn ich hatte keine Ahnung, ob und wo ich ihn wiedersehen würde. Zunächst aber saß ich hier ein und musste lernen, mich in Geduld zu üben. Ich wusste, dass meine Zeit kommen würde, aber dann wäre ich vorbereitet und entschlossen.

Das Leben im Gefängnis ist ein ganz besonderer Kosmos, in dem man sich erst einmal zurechtfinden muss und das ist kein leichtes Brot. Insbesondere, wenn man empfindlicher und zart besaitet ist. Dann geht man in der Flut von unglaublicher Rohheit, schierer Gewalt und eiskalter Rücksichtslosigkeit unter, wird gefressen, verdrängt und abgehängt. Was immer hinter diesen Mauern passieren sollte, ich würde mich zur Wehr setzen. Dabei kommt es nicht nur auf körperliche Energie an. Vor gewalttätigen Angriffen war ich ja geschützt, wie ich zuvor berichtet habe. Ich meine die seelische und geistige Stabilität, denn jeder muss auf seine Familien und Freunde draußen in Freiheit verzichten, des nachts die Einsamkeit in der Zelle ertragen und mit seinem Inneren allein zurechtkommen. Die Tage hier drin laufen völlig monoton ab. Keine Abwechselung, nichts neues und vor allem nichts belebendes oder die Seele aufbauendes. Man freut sich über jede geschriebene Zeile, die von draußen kommt und über jeden Besuch, der die Dumpfheit des Tages verdrängt. Allerdings ist die Besuchszeit klar geregelt und nie länger als eine Stunde. Anschließend aber wird es schwer. Die Informationen und Gesprächsinhalte, soweit sie denn positiver Natur waren, wabern noch einige Zeit durch die

Gedanken und glätten das Innenleben. Dann aber drängelt sich irgendwann der Stumpfsinn erneut in den Vordergrund, das Vermissen schiebt sich zunehmend in den Vordergrund und spielt Spielchen mit mit der Seele. Wohl wissend, dass der nächste Besuch eine Woche auf sich warten lassen wird, ist besonders die erste Nacht geradezu ein Krebsgang durch ein kaltes und dunkles Tal der eigenen Emotionen.

In meiner Haftzeit habe ich mehrfach erlebt, wie Mithäftlinge erfahren mussten, dass ihre Ehen geschieden wurden, Freundinnen die Beziehung beendet hatten oder auch wichtige Menschen erkrankt oder gestorben waren. Das muss man erst einmal wegstecken, denn das Schlimmste, was einem hier drinnen passieren konnte, war Hilflosigkeit. Da sitzt man den Fluten des Moments ausgeliefert und erfährt eine solche Nachricht, anschließend geht die Zellentür wieder zu und man muss diese Brocken herunterwürgen. Da die meisten der Knastbewohner eher wenig intellektuell sind, reagieren sie emotional und stoßen dabei sehr schnell an ihre Grenzen. Doch was soll ich sagen. Ich habe es wiederholt erlebt, dass jene, die draußen auf dem Hof das Alphatier mimten, vollkommen in sich zusammenbrachen, auf ganzer Linie versagten, heulten wie ein Schlosshund und sich vereinzelt das Leben nahmen. Wenn die Verzweiflung erst einmal richtig zupackt und niemand einem die helfende Hand reicht, kann das Leben wirklich schwer werden.

Charlotte aber kam regelmäßig jede Woche, gab mir Kraft, erzählte ausführlich von meiner Mutter, versprach, dass sie bis ans Ende ihrer Tage auf mich warten würde, regelte alles, was es da draußen zu regeln gab und vermittelte mir durch kleine Zeichen, dass alles in Ordnung war. In dieser Gewissheit hatte ich nur sehr selten so etwas wie Seelendruck und mir wurde klar, was Vertrauen und Zusammenhalt wirklich bedeuten kann.

Einige Male kamen ein paar Arbeitskollegen, um mich aufzuheitern. Auch mein Chef Hein Petersen kam dann und wann vorbei. Er machte mir keinerlei Vorwürfe und wir redeten auch nicht von dem Überfall. Charlotte hatte ihm sicherlich die ganze Geschichte mit ihren Hintergründen erzählt und so gab es für uns keinen Grund, alles nochmal durchzukauen. Er gab sich wie immer als ein Freund, machte mir Mut und sagte:

»Wenn Du raus kommst, kannst Du natürlich wieder auf auf der Werft arbeiten. Das versteht sich von selbst. Ich soll Dich von der ganzen verrückten Horde grüßen und alle bitten

Dich, durchzuhalten. Sie mögen Dich ausnahmslos. Für sie gehörst Du weiterhin zur Familie.«

Diese Worte waren wie Honig für meine Seele und doch wusste ich, dass die Werft und die Jungs Geschichte waren. Charlotte und ich hatten bekanntlich ganz andere Ziele. Das einzige, was der Umsetzung noch im Weg stand, waren die unüberwindbaren Knastmauern.

Peter Larsson und ich führten eine eher wortkarge Zellenzweisamkeit. Es kam vor, dass wir mehrere Stunden kein Wort miteinander wechselten und ich fand das auch okay so. Trotzdem tat es gut, nicht ganz allein zu sein. Die Möglichkeit, jederzeit einen Gesprächspartner zu haben, beruhigte ungemein, auch wenn ich diesen Luxus nur sehr selten nutzte. Die meiste Zeit nutzte ich damit, spanisch zu lernen und mich auf mein künftiges Leben vorzubereiten. In der Bücherei vertauschte ich die Einschläge eines französischen Wörterbuchs mit dem eines spanischen. Peter fragte mich anfangs, was ich da lese und lerne und ich gaukelte ihm immer wieder vor, dass ich später einmal unbedingt nach Kanada möchte.

»Was reizt Dich da?«

»Die grenzenlose Freiheit, die unendlichen Wälder und die Stille. Eine eigene Farm werde ich einmal haben, Rinder züchten und auf die Jagd gehen.«

»Na, Stille hast Du hier auch«, wiegelte er das Gespräch ab und machte mit seinem Kram weiter.

Soll er den Scheiß doch glauben, ging es mir durch den Kopf. Insgeheim aber bereitete ich gedanklich meine vielleicht aussichtslose Flucht vor und wusste, dass die Polizei ihn verhören würde, sobald ich hier verduftet wäre, um so an Informationen zu kommen, die sich Knastologen immer wieder anvertrauen. Er würde diesen Kanadamist von sich geben und die Polente unbewusst in die Irre locken. Da ich nichts weiter zu tun hatte, beschäftigte ich mich tatsächlich mit einem Ausbruch und suchte ständig nach Möglichkeiten, diese Mauern zu überwinden. Meine vielleicht romantisch verklärten Absichten beschäftigten mich nachhaltig und brachten mich durch die endlos langen Tage, die zäh aus der Uhr tropften. Das einzig reale an dem Ganzen war, dass ich mit der Spanischen Sprache gut voran kam. Etwa acht Monate nach Haftantritt war ich richtig gut darin und paukte, nachdem ich die Grammatik endlich durchschaut hatte,

Vokabeln. Dummerweise konnte ich das Sprachtraining nur im Flüsterton erledigen, damit Peter keine Lunte roch. Wenn er aber mal an seinem Arbeitsplatz in der Wäscherei war, führte ich allein in unserem Laguna Beach, wie wir unsere Zelle nannten, Selbstgespräche in gutem spanisch, wie ich meinte. Die R's rollten nur so, die Doppel-LL wurden zu einem J und die Vokabeln drängten in meinem Kopf, um in allen möglichen Zeitformen richtig betont ausgesprochen zu werden.

Eines Tages, wir bewegten uns auf meinen erstes Weihnachtsfest im Gefängnis zu, öffnete sich die Zellentür und Herbert Zimmermann, der für unseren Block zuständige Jusitzbeamte, mit dem ich und der auch mit mir ganz gut klar kam, sagte:

»Freddy, Du hast Besuch.«

Ich wusste sofort, das etwas passiert war und in diesen Momenten verspürte auch ich die Angst, von der ich zuvor erzählt hatte. Ein Sturm brach in meinem Kopf los und ich hoffte, dass weder Charlotte noch meiner Mutter etwas zugestoßen war. Der Weg in den Besucherraum war eigentlich nicht lang und doch glaubte ich, er wollte einfach nicht enden. Was war ich froh, als ich Charlotte dort sitzen sah, die allerdings nicht wie sonst ihr einhundert Dollar Lachen im Gesicht trug, sondern die Traurigkeit in Person war, mich mit ausdruckslosem Blick ansah und sich nicht traute mir das zu sagen, was sie auf dem Herzen hatte.

Mich traf es in der Mitte meiner Empfindungen, als ich erfuhr, dass meine Mutter auf die andere Seite des Himmels gegangen war. Wie Charlotte erzählte, war sie am Morgen einfach nicht mehr aufgewacht. Sie hatte sie zunächst gar nicht wecken wollen, weil sie so ruhig da lag und einen so friedlichen Gesichtsausdruck hatte. Als sie dann aber auf nichts reagierte, war ihr sofort klar, dass sie die Augen für immer geschlossen hatte.

Mir nahm es von der einen auf die andere Sekunde alle Kraft und ich spürte die Hilflosigkeit, so etwas hinnehmen zu müssen und absolut nichts tun zu können. Es war mir nicht einmal möglich, Charlotte umarmen zu können, um sie zu trösten und gestand mir ein, dass ich es war, der ihren Trost gebraucht hätte. Um mich herum verdunkelte sich alles und ich fühlte mich, als würde ich in einen tiefen Abgrund stürzen, in ein schwarzes Loch fallen, rettungslos untergehen.

Herbert Zimmermann, der Justizbeamte, der dicht neben uns auf seinem Stuhl saß, zwinkerte mir wohlwollend zu, als sich meine Hände wie von selbst über den Tisch bewegten und Charlotte berührten. So hielten wir uns für ein paar Sekunden an den Händen und sahen uns wortlos an.

Wie lange ist es her, dass ich sie berührt hatte, ging es mir durch den Kopf und ich wünschte, die Zeit bliebe stehen.

Bald aber hüstelte Herbert auffällig und signalisierte, dass ich mich wieder an die Besuchsregeln halten sollte. Nur zögerlich kam ich seiner Aufforderung nach und lehnte mich in meinem Stuhl zurück. Insgeheim war ich ihm sehr dankbar, dass er sich mir gegenüber immer wieder tolerant zeigte und kleine Freiheiten zuließ.

Die Besuchszeit war an diesem Tag zeitlich nicht begrenzt, da es hinsichtlich der familiären Angelegenheiten vieles zu besprechen gab. Irgendwann aber war es dann aber soweit.

»Wenn Ihr alles geklärt habt, müssen wir langsam Schluss machen«, sagte Herbert in gelassenem Ton und erhob sich von seinem Stuhl.

Beim Verlassen des Raums drehte ich mich noch einmal um, schaute in Charlottes Augen und wünschte mir nichts sehnlicher, als sie endlich wieder für mich zu haben, neben ihr einzuschlafen, am Morgen an ihrer Seite aufzuwachen und mit ihr in den Tag zu laufen. Ich war ihr unendlich dankbar, dass sie das alles mitmachte, auf mich wartete und mir Kraft gab, diese Zeit durchzustehen.

In unserer Zelle wäre ich an diesem Tag sehr gern allein gewesen, aber leider nahm darauf niemand Rücksicht. Peter Larsson wollte natürlich sofort wissen, was es neues gab und schaute mich mit fragendem Blick an.

»Und? Was hast Du spannendes zu erzählen? Warst geschlagen zwei Stunden unterwegs. Was hast Du bezahlt, um so lange quatschen zu können?«

Ich hatte lediglich einen warnenden Blick für ihn übrig, den ich ihm schweigend zuwarf, legte mich in meine Koje und schloss die Augen. Peter begriff, dass er jetzt besser die Klappe hielt und sagte bis zum Abend kein einziges Wort. Ich hörte ihn ein paar mal herumkramen, aber sonst störte er mich nicht weiter, wiewohl mir allein seine physische Anwesenheit an diesem Tag mächtig auf den Wecker ging.

Ich lag also dösend auf meiner Matratze und dachte an meine Kindheit, an die vielen gemütlichen Stunden in unserer kleinen Wohnung, die ich mit meiner Mutter und Kuddel verbracht hatte. Mir gingen viele der Geschichten durch den Kopf, die sie mir vorgelesen hatte und auch die Landkarten, auf denen wir die Länder und Städte gesucht hatten, in denen mein Vater sein Unwesen trieb. In meinen Gedanken erlebte ich diese Zeit noch einmal und ergab mich diesen Träumereien, ließ die Erinnerungen über mich hinwegfliessen wie warmen Honig und hätte sonst etwas angestellt, um noch einen Tag mit ihr verbringen zu dürfen. Jetzt drängte sich der Moment auf, wie ich in ihr Zimmer geschaut hatte, bevor ich mich aufmachte, den Geldtransporter zu überfallen. Hätte man mir gesagt, dass ich sie niemals mehr wiedersehen, nie wieder mit ihr sprechen könnte, wäre ich nicht gegangen. Keine zehn Pferde hätten mich aus dem Zimmer gebracht. Doch das Leben hat immer seinen ganz eigenen Plan, von dem wir nichts wissen und wenn er uns bekannt würde, nicht beeinflussen könnten. Manchmal ist das gut so, dann aber wieder auch nicht, wie ich gerade selbst nachhaltig und äußerst intensiv erfuhr.

Mitten in der Nacht erwachte ich aus einem unruhigen Traum und setzte mich erschöpft auf den Rand meines Bettes. Es fühlte sich richtig bitter an, wenn sich die ersten Gedanken in unsere Traumbilder drängen, die nächtlichen Illusionen verdrängen und die Kälte der Realität ins Bewusstsein rücken lassen. Gerade schwebte ich noch durch eine Art Schwerelosigkeit und nun saß ich da in der

Dunkelheit und versuchte, die Wahrheit zu ertragen, was mir nicht nur in dieser Nacht, sondern auch in den folgenden Tagen schwer fiel.

Ich sprach gerade von den Plänen des Lebens, von denen wir zu keinem Zeitpunkt etwas wissen, die wir weder erahnen noch erraten und die wir auch zu keiner Zeit manipulieren können. Ein Kapitel dieses Planspiels sollte mich wenige Tage später heimsuchen und mir für längere Zeit keine Sekunde für trübe Gedanken erlauben. Ich ahnte nicht, dass sich alles von jetzt auf gleich für mich ändern sollte.

Charlotte erschien jetzt täglich im Besucherzimmer, denn meine Mutter musste beerdigt werden. Da ich der einzige Familienangehörige war, hatte ich viele amtliche Papiere zu unterschreiben, Fragebögen auszufüllen und meine Wünsche für die Beisetzung darzulegen.

»Ich werde das alles regeln. Du musst nur Dein Okay geben. Verlass Dich einfach auf mich«, sagte Charlotte und schaute mich für den Bruchteil einer Sekunde so ganz anders als sonst an.

Vielleicht hatte ich etwas gesehen, was es nicht gab, mich getäuscht oder etwas eingeredet. Deuten könnte ich diesen Blick jedenfalls nicht und wusste doch, dass mich diese Beobachtung noch lange beschäftigen sollte. Tags darauf fand ich mich neben ihr sitzend im Büro der Gefängnisleitung wieder. Der Direktor hatte eine ernste Miene aufgesetzt und erklärte mir:

»Sie dürfen an der Beisetzung Ihrer Mutter teilnehmen. Auch werden Sie in einen ordentlichen Anzug gesteckt. Allerdings werden Sie von hier aus mit einem Gefangenentransportwagen und unter schärfste Bewachung zum Friedhof gefahren. Wir werden es Ihnen nicht ersparen, in Handschellen am Grab Ihrer Mutter zu stehen. Machen sie sich also keine Hoffnungen auf irgendwelche Umarmungen oder die Teilnahme an der anschließenden Trauerfeier. Das wird es für Sie nicht geben. Um es zusammenzufassen. Ihr Weg führt Sie direkt zum Friedhof ans Grab ihrer Mutter und von dort aus wieder in Ihre Zelle. Mehr hat das Gericht nicht zugelassen und mehr ist auch nicht üblich. Versprechen Sie mir, dass Sie sich an alle Vorgaben halten werden. Erkennen wir, dass Sie davon abweichen, geht es sofort und ohne Beisetzung wieder zurück in den Heimathafen.«

Ich hätte sonst was versprochen, um mich von meiner Mutter zu verabschieden und sie auf ihrem letzten Weg zu begleiten. Von daher ging mir auch nicht ein schräger Gedanke durch den Kopf, als ich voller Inbrunst antwortete:

»Haben Sie eine Ahnung, was mir dieser Tag bedeutet? Seien Sie sicher. Ich werde mich genauso anständig benehmen, wie schon während meiner Haft.«

Tatsächlich sah ich in meinem durchweg ordentlichen Verhalten hinter den Gefängnismauern die einzige Möglichkeit, wegen guter Führung irgendwann vorzeitig entlassen zu werden. Zwar hegte ich insgeheim noch immer Fluchtpläne, doch sah ich keine reale Möglichkeit, dieses Vorhaben auch in die Tat umsetzen zu können. Was habe ich mir in den vergangenen Monaten ausgedacht, um Santa Fu durch die Hintertür verlassen zu können. Dieser Bau war derart gut gesichert, dass ich immer weniger an meine Idee glaubte. Doch aufgeben war noch nie eine Option für mich und so versprach ich mir zumindest in der Theorie, die erstbeste Gelegenheit entschlossen beim Schopf zu packen, wann immer sie sich mir bieten sollte.

Nach dem Gespräch beim Direktor gab man Charlotte und mir noch eine halbe Stunde, miteinander zu reden. Als sie sich zuletzt erhob und zu gehen beabsichtige, verabschiedete sie sich mit den Worten:

»Sei ganz beruhigt. Ich habe alles zu Deiner vollsten Zufriedenheit geregelt.«

Herbert Zimmermann, der uns wie immer beaufsichtigte und inzwischen nur noch mit halbem Ohr und ziemlich gelangweilt zuhörte, würde hinter diesen Worten niemals etwas Verdächtiges vermuten. Ich aber bemerkte zunächst einen anderen Unterton und erneut dieses seltsame Blinzeln in Charlottes Augen, dass ich abermals nicht recht zu deuten wusste.

Etwa eine Woche später war es dann soweit. Mir wurde ein schwarzer Anzug in die Zelle gebracht, den Charlotte ausgesucht und für mich abgegeben hatte. Nachdem ich auch das Hemd und die Krawatte angezogen hatte, fühlte ich mich wie neu geboren, als ich mich im Spiegel betrachtete. Es war ein sehr seltsames Gefühl, nach so langer Zeit keine Gefängniskleidung zu tragen. Der Anzug lag weich auf der Haut und fühlte sich sonderbar leicht an.

»Ich wünsche Dir einen schönen Ausflug«, sagte Peter Larsson und konnte seinen Neid nur schwer verbergen.

»Das ist kein Ausflug, sondern ein sehr schwerer Gang, gab ich zurück, wusste aber, was er mir sagen wollte.«

»Wenn es Dir möglich ist, hab ein Auge auf die Bäume und die Natur, die Du Dir ohne eine Mauer davor ansehen kannst. Der Anblick ist mit nichts zu bezahlen.«

»Ich versuche es«, antwortete ich knapp und verschwand aus der Zelle.

Als ich nur wenige Minuten später neben Herbert im Gefangenentransportwagen saß, erklärte er mir noch einmal das genaue Prozedere.

»Wir fahren vor bis zu Kapelle. Dann gehen wir drei, der Fahrer, Du und ich hinein. Du bleibst immer in der Mitte. Mach es uns allen nicht unnötig schwer und halte Dich an meine Worte. Beim kleinsten Verdacht brechen wir das alles ab und fahren Heim.«

»Wir fahren wohin?«, wollte ich wissen.

»In den Knast«, gab Herbert grinsend zurück.

»Weiter im Text. Nach der Trauerfeier gehst Du neben Deiner Freundin hinter dem Sarg. Mein Kollege und ich nehmen Euch beide in die Mitte. An der Grabstelle werden wir

Dir für den Moment Deines Abschieds ausnahmsweise doch die Handschellen abnehmen. Sei aber gewiss, dass wir sofort schießen, wenn Du auch nur eine Sekunde daran denkst, die Biege zu machen. Nach der Beisetzung erlaube ich Dir, dass Du Deine Freundin in die Arme nehmen kannst. Das ist eigentlich untersagt, da Du aber ein netter Kerl bist, habe ich das so entschieden und nehme das auf meine Kappe. Enttäusche mich nicht und missbrauche nicht mein Vertrauen. Andernfalls ist mein Entgegenkommen für alle Zeit vorbei. Hast Du alles verstanden?«

»Ja, klar. Mach Dir keine Sorgen. Ich werde mich schon ordentlich benehmen.«

Bald fuhren wir vor die Kapelle, stiegen aus und gingen hinein. Ich erschrak, als ich den Sarg meiner Mutter erblickte. Mir lief ein eiskalter Schauer über den Rücken und ich spürte, wie mich die Kräfte verlassen wollten. Weiche Knie, Zittern am ganzen Körper und eine unglaubliche Angst, die sich in mir ausbreitete. Ich spürte körperlich die Endgültigkeit des Todes und ich nahm mir vor, künftig alle weltlichen Dinge meines Lebens auf dieser Seite des Himmels zu lösen und zu klären, denn später ist es nicht mehr möglich. Ich dachte daran, was ich mit meiner Mutter noch alles unternehmen wollte, wenn ich meine Strafe abgesessen habe. All meine Wünsche und Absichten waren jedoch wie aus dem Nichts durch ihren plötzlichen Tod dahin. Aus. Vorbei.

In der Kapelle waren nur noch Charlotte, unsere Nachbarin, Frau Müller und der Pastor. Weitere Gäste hatte man nicht zugelassen, um die nötige Übersicht zu behalten. Wären mehrere Besucher gekommen, hätte es aus Sicht der Polizei durchaus ein paar schräge Vögel aus meinem Freundeskreis geben können, die eine Befreiungsaktion auf dem Plan hatten. In der Menge wäre das für die Sicherheitskräfte viel zu unübersichtlich gewesen und die Durchführung polizeilicher Maßnahmen bis hin zum Gebrauch der Schusswaffen absolut unmöglich.

Ich setzte mich neben Charlotte und fühlte, wie sie mir eine Hand auf mein Bein legte. Herbert nickte zustimmend und in der Kälte des Moments war die Berührung wie ein Licht in der Nacht.

Mein Gott, wie sehr ich sie liebte und vermisste, ging es mir durch den Kopf.

Wir sahen uns einige Sekunden schweigend an. Sagen brauchten wir nichts, denn wir verstanden uns auch ohne Worte. Wie oft ich des nachts in meiner Zelle darüber nachgedacht hatte, wie Charlotte diese Zeit wohl überstehen würde. Zuletzt aber war sie es, die mich während ihrer Besuche aufmunterte, mir Mut und Hoffnung auf die gemeinsame Zukunft machte.

Dann begann der Pastor mit seiner Rede, malte wunderbare Bilder aus dem Leben meiner Mutter, während ich Charlottes Hand festhielt und reglos auf den Sarg starrte. Ich hätte vor Seelenschmerzen im Erdboden versinken können, so erdrückt fühlte ich mich von der Situation. Die Andacht dauerte etwa dreißig Minuten und nach ein paar Schweigeminuten bewegte sich die kleine Trauergesellschaft hinter dem Sarg gehend hin zur Grabstelle. Ich erinnerte mich an meines Zellengenossen Worte und hob den Kopf, um mir die Grünlagen des evangelischen Friedhofs anzuschauen, den ich jetzt wiedererkannte. Ich war hier schon einige Male herumspaziert, als ich den kleinen Schuppen, den Hauke Matthiesen und ich als Geheimversteck nutzten, verlassen hatte.

Du warst schon lange nicht mehr dort, dachte ich und fragte in mich hinein, ob er noch existierte oder ob Hauke ihn zwischenzeitlich ausgeräumt hatte.

Dann hätte er mir sicherlich etwas davon gesagt, überlegte ich und war überzeugt, dass unser Kleinod nach wie vor auf uns wartete.

Die Trauergemeinschaft bog bald nach rechts ab und wir gingen an einem bewaldeten Teil des Friedhofs entlang. Hier hatte man herrliches Strauchwerk angepflanzt, sodass sich neben uns eine weitläufige Buschlandschaft befand. Für eine Sekunde dachte ich, dass mich niemand mehr sehen könnte wenn es mir gelänge, diesen grünen Vorhang zu passieren. Doch mit Handschellen und meiner Bewachung war das keinesfalls durchführbar. Zu meinem Erstaunen hielten wir sehr bald an und dann sah ich auch schon das ausgehobene Grab.

Hier würde meine Mutter nun für immer ruhen, lenkten mich meine Gedanken ab, bis ich mir in Erinnerung rief, dass Herbert mir am Grab die Handschellen abnehmen würde.

Auf einmal war in mir der Teufel los. Einerseits ging es um die Beerdigung meiner Mutter, andererseits sah ich den Schimmer einer Fluchtmöglichkeit. Als ich mich zu orientieren versuchte und nach unserem Versteck Ausschau hielt, dessen Dach ich wenig später in einiger Entfernung hinter der Friedhofsmauer entdeckte, begegnete ich Charlottes Blick, der mir ein weiteres mal mehr als seltsam vorkam.

Was will sie mir sagen, dachte ich angestrengt und dann Begriff ich alles.

Sie hatte die Grabstelle mit Bedacht an genau diesem Teil des Friedhofs ausgewählt, um mir die Option einer Flucht zu ermöglichen. Welchen Plan sie sich ausgedacht hatte, vermochte ich nicht zu erkennen. Auf jeden Fall habe ich ihr nie von dem kleinen Versteck erzählt. Vielleicht hatte sie gehofft, dass ich mir allein weiterhelfen könnte, wenn ich meinen Häschern entwischt bin.

Gut, die Handschellen bin ich gleich los, und dann?, rauschten meine Gedanken hin und her.

Während ich ruhig zu bleiben versuchte, hatten ein paar Helfer den Sarg ins Grab gelassen und der Pfarrer hob erneut zu einer Rede an. Als der Moment des Abschieds kam, nahm mir Herbert tatsächlich die Handfesseln ab, damit ich als aufrechter Mann meiner Mutter die letzte Ehre erweisen konnte.

Und dann passierte etwas sonderbares. Ich stand gerade an der Grube vor meinen Füßen, als aus etwa fünfzig Metern Entfernung der gellende Hilfeschrei durch unser aller Mark und Knochen fuhr. Die Rufe hörten sich verzweifelt und jämmerlich an, als sich die Grabhelfer und Herberts Kollege instinktiv aufmachten, ihr zu Hilfe zu eilen. Wir schauten alle in die Richtung der Frau und sahen einen schwarz bekleideten Mann davonlaufen. Offensichtlich hatte jemand die Abgeschiedenheit des Friedhofsgeländes ausgenutzt, um sich über seine Opfer herzumachen. Automatisch trennte sich die Gruppe. Der Polizist verfolgte den Täter und die anderen eilten der Frau zu Hilfe. Am Grab war jetzt nur noch Charlotte, der Pfarrer, Frau Müller, Herbert und ich.

»Komm, Freddy. Ich muss Dir leider wieder die Handschellen anlegen«, sagte der Justizbeamte und kam auf mich zu.

Das war meine Chance. Entweder jetzt oder nie, dachte ich und streckte Herbert meine ausgestreckten Arme entgegen. Geradeso, als würde ich seine Situation verstehen und seinen Anordnungen Folge leisten. Doch als er bis auf eine

Schrittlänge auf mich zugekommen war, setzte es einen rechten Fausthaken ans Kinn, sodass Herbert wie vom Blitz getroffen zu Boden ging und reglos liegen blieb. Ich schaute mich um und stellte fest, dass von den anderen, die der Frau halfen oder den Räuber verfolgten, nichts zu hören oder zu sehen war. Der Pfarrer schaute mich mit staunenden Augen an, brachte aber keinen Laut heraus. Frau Müller nickte mir mit zwinkerndem Auge zu und Charlotte hauchte mir den Namen Hannes ins Ohr, als ich sie nur kurz in den Arm nahm, flüchtig küsste und nach nur wenigen Metern im Gebüsch verschwand. Wohlwissend bin ich erst einmal nicht in Richtung der kleinen Hütte gelaufen, sondern genau entgegengesetzt. Herbert würde gleich wieder aufwachen, nach der Fluchtrichtung fragen und die Verfolgung aufnehmen. Im Unterholz schlug ich einen Haken, als ich mich außer Hörweite wähnte und hatte noch etwa zweihundert Meter bis zur Friedhofsmauer, die ich etwa eine Minute später erreichte. Sie zu überwinden war eine Leichtigkeit und nach weiteren einhundertfünfzig Metern stand ich vor unserem Versteck.

Jetzt wird sich gleich herausstellen, ob sie noch immer unsere kleinen Schätze aufbewahrt, sagte ich aufgeregt und spannungsgeladen in mich hinein.

Und tatsächlich. Ich nahm an der Rückseite des Gebäudes den richtigen Stein aus der Wand und sah den Schlüssel. Sekunden später stand ich im Inneren und wühlte in meiner Ecke nach den Kleidungsstücken, die ich vor einiger Zeit dort versteckt hatte und fand sie wohlbehalten in einer Kiste. Zwar rochen sie etwas muffig, waren aber in gutem Zustand. Mein Aufenthalt dauerte kaum drei Minuten, als ein völlig verkleideter, uralter und gebrechlich wirkender Mann vor die Tür trat. Die graue Perücke und der lange Bart veränderten mein Gesicht, dass mich tatsächlich niemand erkennen konnte. Um das Ganze perfekt zu machen, setzte ich noch eine getönte Hornbrille auf. Dann schnappte ich mir das alte Fahrrad, das Hauke dort abgestellt hatte, verschloss die Hütte von außen und radelte gemächlich im Stil eines alten Mannes davon, immer weiter weg vom Friedhof. Zu allem Glück ist mir auf meiner Flucht nicht ein einziger Mensch begegnet. In weiter Entfernung hörte ich die ersten Martinshörner der Polizei, die sich jetzt auf die Suche nach mir machten. Noch einmal schaute ich zurück und sah aus dem Versteck Rauch aufsteigen. Hauke und ich hatten ausgemacht, dass wir die Butze niederbrennen, wenn wir sie in einem Notfall gebraucht haben.

»Das muss so sein. Es dürfen keinerlei Spuren von uns zurückbleiben, sonst kommen uns die Bullen doch noch auf die Schliche«, waren seine mahnenden Worte.

Also hatte ich den für diesen Zweck seit jeher bereit gestellten Benzinkanister ausgekippt, das Feuer gelegt, die Tür verschlossen und schleunigst das Weite gesucht.

Als ich meine Fahrt fortsetzte, sah ich die ersten Flammen aus dem Fenster lodern.

Darin finden die nichts mehr, dachte ich Bei mir. *Hauke sagst Du Bescheid, wenn Du in Sicherheit bist.*

Dann trat ich in die Pedale und verschwand im Gewühl der Großstadt.

Ich vermag es nicht so recht in Worte zu kleiden, wie ich mich in diesen Stunden gefühlt habe. Da war einerseits das unglaubliche Gefühl, wieder auf freiem Fuß zu sein, anderseits aber auch die Spannung, erwischt und erneut eingekerkert zu werden. Es meldete sich aber auch die Gewissheit, dass in diesem Fall alles auf nimmer Wiedersehen vorbei wäre. Ich würde für lange Zeit und ohne Aussicht auf vorzeitige Entlassung eingebuchtet. Diesen Gedanken aber verdrängte ich schnell wieder. Davon wollte ich einfach nichts wissen.

Ich resümierte, dass ich frei war und mich aufgrund meiner Verkleidung niemand erkennen würde. Es kam jetzt darauf an, ruhig zu bleiben und logisch zu handeln. Wenn ich diesen Pfad nicht verlassen würde, konnte mir einfach nichts passieren.

Ich war inzwischen über Nebenstraßen nach Wandsbek gelangt und betrat ein kleines, wenig frequentiertes Café, um endlich von der Straße zu kommen. Als mir wenig später ein Tee und ein Stück Kuchen gebracht wurde, fragte mich der Kellner:

»Schon gehört? Den Bullen ist heute einer durch die Lappen gegangen!«

»Nee, nichts davon mitbekommen,« antworte ich kurz mit verstellter Stimme.

»Und? Haben sie den schon gefunden?«

»Ich denke nicht. Gesagt haben sie nichts. Das ist auch schon zwei Stunden her. Den in dieser Stadt jetzt noch zu erwischen, sieht schlecht aus. Der ist längst untergetaucht.«

»Na denn«, war meine karge Antwort, die so etwas wie Desinteresse ausdrücken sollte.

Ich hätte zwar sehr gern noch mehr erfahren, aber das wäre vielleicht zu auffällig gewesen und ich war mir sicher, richtig gehandelt zu haben. Der Kellner wandte sich also ab und ließ mich allein. Als ich mich an meiner Teetasse festhielt und meine Hände wärmte, blieben meine Gedanken wie aus dem Nichts an die um Hilfe rufende Frau auf dem Friedhof hängen.

Das konnte doch kein Zufall sein, dass der Überfall genau in dem kurzen Moment erfolgte, als ich ohne Handschellen an der Grabstelle meiner Mutter stand, überlegte ich.

Dann erinnerte ich mich erneut an die günstige Lage des Grabes so nahe an dem bewaldeten Teil des Friedhofs und jetzt wurde mir klar, dass das alles von langer Hand inszeniert worden war, um mir die Flucht zu ermöglichen. Sogleich taten sich in mir verschiedene Fragen auf. Wer hätte da seine Finger im Spiel und inwieweit steckte Charlotte da drin? Das konnte unmöglich von ihr allein vorbereitet worden sein. Ganz sicher wird sie jetzt bei der Polizei sitzen und verhört werden. Ich möchte mir nicht vorstellen, wenn man ihr die Beihilfe zur

Gefangenenbefreiung nachweisen und sie anschließend in Untersuchungshaft nehmen würde.

Sollte tatsächlich Hannes der Drahtzieher sein?, schoss es mir durch den Kopf.

Grund genug hätte er, denn er wusste, dass ich Jagd auf Henry machen und ihm das Geld aus dem Raub abnehmen würde. Das wird sich alles klären, sagte ich mir, verließ das Café und fuhr inzwischen deutlich entspannter davon.

Den Nachmittag verbrachte ich in einem Kino, sah mir einen Film an und wartete so die Zeit ab, bis es draußen endlich dunkel wurde. Dann wollte ich meinen Plan umsetzen, den ich mir inzwischen überlegt hatte. Vom Inhalt des Films habe ich eigentlich nichts mitbekommen, denn der aufreibende Tag beherrschte noch immer mein Denken. Immer wieder überlegte ich mir dieses und jenes und wenn ich dachte, ich hätte alles aus dem richtigen Blickwinkel betrachtet, fing ich wieder von vorn an. Das würde vermutlich auch in der nächsten Zeit so bleiben, denn auf meinem vor mir liegenden holprigen Weg gab es so manche Fallgrube. Ein kleiner Fehler und die Show wäre vorbei, dann fiele der Vorhang, dann würde das Licht ausgeschaltet.

Als ich gegen siebzehn Uhr aus dem Kino kam, war es endlich dunkel. Es hatte zu regnen angefangen und es herrschte viel Betrieb. Die Menschen hatten Feierabend und tummelten sich in den hell erleuchteten Geschäften. Das Licht der vielen Kraftfahrzeuge reflektierte auf dem nassen Asphalt. Im Großstadtgetümmel des späten Nachmittags setzte ich mich auf meinen Drahtesel und radelte los Richtung Hafen. Ich wollte zunächst hinüber zur Werft zu unserem Versteck hinter der alten Werkhalle, denn dort hatte ich alles bereit gelegt, was ich jetzt brauchte. Unsere Pässe, eine beachtliche Summe Bargeld, den alten Dolch und verschiedene andere Dinge. Allerdings konnte ich nicht wie früher die Barkasse benutzen, denn dann würde ich sofort auffallen und außerdem musste ich davon ausgehen, dass die Polizei in Erwägung zog, ich würde vielleicht Unterstützung bei meinen Arbeitskollegen suchen und gerade in der Nähe der Barkassen herumspionieren. Denen war sicher klar, dass ich eine Bleibe für die Nacht brauchte. Nach Hause konnte ich nicht, ein Hotel oder eine Pension wäre ebenfalls nicht drin und ein stilles Plätzchen in einer Werkhalle könnte da sicherlich eine Alternative sein.

Auch wenn ich den ganzen Nachmittag die Streifenwagen nur aus der Entfernung gesehen hatte war mir klar, dass sie in der ganzen Stadt nach mir fahndeten. Es erklärte sich von selbst, dass sie mich auch in zivil verfolgten und das war eine hochgefährliche Unbekannte für mich. Um diesen ganzen Tretminen aus dem Weg zu gehen, musste ich in großem Bogen einmal um den Hafen radeln, damit ich das Werftgelände von Süden her betreten konnte.

Es war etwa neunzehn Uhr, als ich mich über dunkelste Straßenzüge und auf einsamen Wegen auf die Werft zubewegte. Ich konnte nur hoffen, dass die Polente nicht auf den Trichter kommen würde, dass ich hier durch die Dunkelheit fahren könnte, denn gesetzt den Fall wäre auch die beste Verkleidung nichts mehr wert. Bald aber erreichte ich vollkommen unbehelligt den alten Schuppen, an dem das Versteck lag. Aus einem dunklen Unterstand beobachtete ich erst einmal das Gelände. Als ich nach einer guten viertel Stunde meinte, dass die Gegend sauber war, machte ich mich auf und schlich zu meinem geheimen Lager. Als ich es öffnete zeigte sich mir der Inhalt genau so, wie ich ihn in Erinnerung hatte. Unsere Geldreserven hatte Charlotte inzwischen entnommen und anderweitig deponiert, wie sie mir bei einem ihrer Knastbesuche zu verstehen gegeben hatte. Allerdings lag jetzt gut sichtbar oben auf einem kleinen Geldpaket ein Briefumschlag, auf dem ein Herz gemalt war. Ich hatte keine Zeit, mich darüber zu freuen, entnahm den gesamten Inhalt, verstaute ihn in einen kleinen Rucksack und verschwand so schnell in der Finsternis, wie ich gekommen war.

Eine weitere Stunde verging, bis ich in einer miesen, allerdings gut besuchten Kneipe nahe der Reeperbahn in einer schummerig beleuchteten Ecke saß und tief durchschnaufte, dass ich es bis hier hin ohne jeglichen Zwischenfall geschafft hatte. Nachdem mir der Wirt ein Bier und etwas zu essen gebracht hatte, zog ich Charlottes Brief hervor. Ich konnte es einfach nicht mehr abwarten, ihn endlich zu lesen.

Mein Lieber.

Wenn Du diese Zeilen liest, bist Du wieder auf freiem Fuß aber längst nicht in Sicherheit. Darum versuche bitte nicht, Kontakt zu mir aufzunehmen, denn die Polizei wird erwarten, dass Du das tun könntest und auch mich überwachen. Alles was Du in diesem Moment benötigst, hast Du im Versteck gefunden.

Nachdem Deine Mutter gestorben war, sprach mich tags darauf ein mir völlig unbekannter, recht verwegen aussehender Mann an und sagte mir, dass Du Dich am Tag X um Schlag Mitternacht bei Deinem alten Freund einfinden sollst. Ich hatte Anfangs keine Ahnung, was das bedeuten sollte, bin inzwischen aber schlauer. Von daher habe ich diese Zeilen geschrieben und für Dich versteckt. Geh also zu ihm. Er wird Dir helfen und dafür sorgen, dass wir uns sehr bald wiedersehen.

In Liebe
Charlotte

Ich musste den Brief ein paar Mal lesen, bevor ich ihn aus der Hand legen konnte. Dann lehnte ich mich zurück und überlegte.

Die Ereignisse waren also kein Zufall, ging es mir durch den Kopf. Die Grabstelle so unmittelbar an den Bäumen aber auch die Großzügigkeit, dass mir die Handschellen abgenommen worden waren. Allein das wird eine ordentliche Summe gekostet haben. Und dann dieser Überfall. Alles fingiert. Nichts davon war rein zufällig geschehen und ich wusste nur zu genau, dass das Hannes arrangiert hatte.

Warum er einen solchen Narren an mir gefressen hatte, konnte ich mir zunächst überhaupt nicht erklären. Sehr bald aber leuchtete es mir ein und ich fragte mich, warum mir das nicht sofort eingefallen war. Eine Weile blieb ich noch in dieser Kneipe und machte mich nach einem weiteren Bier auf den Weg zum Klabautermann.

»Noch auffälliger konntest Du Dich wohl nicht verkleiden«, sagte Hannes lachend zu mir, als ich ihm gegenüber saß.

»Für die Bullen hat es gereicht«, gab ich entschieden zurück und sah an mir runter.

»Ist doch alles prima«, dachte ich.

»Für die Bullen schon, aber für meine Jungs warst Du in der Menge sichtbar wie eine Leuchtreklame.«

»Willst Du mir sagen, Ihr habt mich nach der Flucht gesehen?«

»Nicht nur das. Wir sind Dir gefolgt wie ein Schatten. Glaubst Du, wir holen Dich unter großem Aufwand aus dem Knast und überlassen Dich dem Zufall? Wenn Dich die Polente kontrolliert hätte, wären wir da gewesen. Das glaub man. Wir hätten sonst was angestellt, aber mitgenommen hätten sie Dich nicht.«

»Ich hab absolut nichts davon mitbekommen.

»Solltest Du auch nicht«, hörte ich seine Worte.

Dann sagte er mit einem Grinsen den Gesicht:

»Du musst noch sehr viel lernen.«

»Hast Du schon etwas gegessen?«

»Ja, danke. Ich bin versorgt.«

»Gut. Heute Nacht pennst Du hier. Ich habe Dir in meinem Lagerraum ein Bett herrichten lassen. Sei also ganz beruhigt. Hier findet Dich niemand. Hier bist Du sicher und morgen früh reden wir weiter.«

»Wie kann ich das alles wieder gut machen?«, fragte ich.

»Wie ich sagte. Darüber reden wir, wenn Du wieder wach bist.«

Ich stand auf, ging zur Tür des Lagerraum, hielt noch einmal inne, drehte mich um fragte:

»Wann und wie kann ich Charlotte sehen? Hast Du eine Idee?«

»Wie ich sagte. Geh erst einmal schlafen.«

Einige Minuten später hatte ich mich meiner Verkleidung entledigt und kroch in eine gemütlich aussehende Schlafstätte hinter einem Regal, die ich zunächst gar nicht finden konnte, so gut war sie versteckt. Ich kroch unter die Federn, gab mich dem dankbaren Gefühl der Geborgenheit hin und schloss die Augen.

»Psssst«, hörte ich aus einer dunklen Ecke nahe meines Kopfkissens etwas Ziepen.

Ich hielt es für normal, dass in so einer Kammer auch mal eine Maus nach Essbarem sucht und schloss erneut die Augen.

Doch dann.

»Psssst, psssst.«

Ich traute meinen Augen nicht, als ich Charlottes lächelndes Gesicht erkannte. In der selben Sekunde lag sie neben mir, vermochte gerade noch zu erzählen, dass die Polizei sie überwacht, Hannes Leute sie auf verschlungenen Wegen aus ihrer Wohnung geholt und hierher gebracht hatten. Sie habe auch nur zwei Stunden, dann müsse sie zurück. Ihre letzten Worte waren dann eher nur noch verwaschene Laute, die unter der Bettdecke hervorkramen. Sogleich verstummte auch ihr kindliches Kichern.

Es war morgens, gerade halb drei, als sie sich aus Freddys Armen schälte, durch eine Hintertür verschwand und nach Hause gebracht wurde.

»Der Bullenwagen steht noch immer vor der Tür. Denen wird die Nacht wohl auch etwas lang. Die schlafen seelenruhig in ihrem Auto und haben nicht gemerkt, dass Du fort warst«, sagte der Mann, den Hannes beauftragt hatte, sie heimzufahren.

»Das Arschloch hatte nicht einmal den Anstand, seinen Namen zu ändern «, erwähnte Hannes beim Frühstück.

»Jetzt ist er zurück in seiner bayrischen Heimat und will Geschäfte mit irgendeinem Hotel machen, das er zu bauen beabsichtigt. Aber scheiß drauf, die Nummer werden wir ihm versauen.«

Die Rede war von Henry Neumann, diesem elenden Verräter. Hannes hatte ihn natürlich nicht aus den Augen gelassen und wusste zu jeder Zeit, wo sich dieser Halsabschneider aufhielt.

»Warum hast Du ihn nicht längst kalt gemacht?«, wollte ich wissen.

»Ich dachte mir, Du hast auch noch eine Rechnung mit ihm offen und die selbst zu begleichen, wollte ich Dir nicht nehmen.«

»Dafür hast Du mich befreit. Dachte ich es mir doch.«

»Mein Lieber, das Leben ist ein Geschäft. Ich schlage Dir folgendes vor. Ich habe Deiner Freundin die Hälfte meines Anteils gegeben, damit sie während Deines Knastaufenthalts leben kann. Du fährst da runter, nimmst ihm ab, was Du an Kohle findest und gibst mir davon die Hälfte zurück.«

»Was Du mit ihm anstellst, bleibt Deine Sache. Vergiss aber nicht. Die Drecksau hatte keine Hemmungen, auf Dich zu ballern und lass es Dir gesagt sein. Der würde es wieder tun. Was ich Dir sagen will ist, dass Du vor Dir so viele Feinde haben kannst, wie Du willst. Schaff Dir jedoch niemals auch nur einen Feind im Rücken.«

»Meinst Du, der hat noch Bares? «

»Klar. Der hat noch nicht viel ausgeben können und die Baugenehmigung für sein Scheißhotel ist noch nicht erteilt. Dazu braucht er die Wiesen seines Vaters und der rückt sie nicht heraus. Allerdings ist der Alte ganz schön klapprig und wird nicht mehr sehr lange durchhalten. Wir müssen also was tun.«

»Okay. Die Sache ist geritzt. Aber wenn das erledigt ist, bin ich ein freier Mann.«

»Das bist Du auch so. Wir helfen einander. Das ist alles. Brauchst Du noch eine neue Identität? Ich meine, Du kannst da unten ja nicht unter Deinem richtigen Namen arbeiten.«

»Nein danke. Auch wenn ich noch viel lernen muss, habe ich für solche Zwecke vorgesorgt.«

»Guter Junge. Ich locke während Deiner Abwesenheit die Polizei auf ganz falsche Fährten. Die sind fleißig unterwegs und suchen Dich. Das sollen sie auch tun, dann sind sie beschäftigt, allerdings überall dort, wo Du nicht bist, denn sie sollen Dich ja nicht wieder einfangen.«

Wir gaben uns mit breitem Grinsen die Hände und als ich diesmal vollkommen anders verkleidet den Raum verlassen wollte, sagte Hannes:

»Deine Freundin lasse ich wissen, dass Du etwas für mich erledigst, bald wieder hier bist und sie sich nicht sorgen muss.«

Mit dem Auto ließ mich Hannes über abgelegene Landstraßen nach Hannover bringen. Mehrfach wechselten wir die Fahrzeuge und gegen Mittag saß ich als Hein Müller mit passendem Ausweis und äußerlich einmal mehr vollkommen verändert im Zug nach Bayern.

Was Du mit ihm machst, bleibt Dir überlassen, erinnerte ich mich an Hannes Worte.

Das wusste ich noch nicht genau, denn wann immer ich an den Raubüberfall zurückdachte, meldete sich dieses Echo in mir und ließ mir keine Ruhe. In diesem Moment verdrängte ich alle weiteren Gedanken, denn ich hatte mir am offenen Grab meiner Mutter geschworen, ein fortan ordentliches Leben zu führen und keinesfalls mehr straffällig zu werden.

Ich hatte in meinen bisherigen Lebensjahren so einige krumme Sachen angestellt, die ich immer wieder damit begründete, dass ich ja meine Mutter versorgen musste und sowohl meine familiären als auch die wirtschaftlichen Umstände derart erdrückend waren, dass ich praktisch dazu gezwungen war. Nur galt das alles nicht mehr, denn meine Mutter war tot. Jetzt ging es nur noch um Rache, und das ist etwas vollkommen anderes.

Wie sehr Du doch bereit ist, Dich selbst in die eigene Tasche zu lügen, Dir selbst etwas vorzumachen. Immer wieder findest Du eine Begründung, etwas zu tun oder zu unterlassen. Im Geiste baust Du Dir regelmäßig eine für Dich akzeptable Begründung für Dein Handeln zusammen, dachte ich bei mir.

Am Abend traf ich in München ein, nahm mir einen Mietwagen und fuhr in ein kleines Dorf namens Altenburg. In einem gemütlichen Gasthaus bezog ich ein Zimmer und verbrachte eine ruhige Nacht.

Als Fremder fällt man in einem bayrischen Dorf sofort auf und es war die Aufgabe der Wirtin, mich auszuhorchen, um die neugierige Dorfgemeinschaft aufs Ausführlichste zu informieren. Also erzählte ich ihr eine vollkommen verdrehte Geschichte mit vielen Einzelheiten, die sie später beim Weitererzählen ganz sicher durcheinander bringen würde. Genau das war meine Absicht. Niemand sollte sich einen Reim darauf machen können.

»Ich habe gehört, hier soll ein Hotel gebaut werden?«, fragte ich die Wirtin, als meine Geschichte vorbei war.

Frau Wirtin war aber nicht nur sehr neugierig, sondern auch äußerst redselig. Und so erfuhr ich, wo Henry wohnte, dass er seinen kranken Vater ständig wegen der Wiesen traktierte und dass die Investoren sehr bald schon sein Geld und das Bauland erwarteten, da sie sich andernfalls aus dem Projekt verabschieden würden. Als sie mir anschließend ausführlich aus dem Dorfgeschehen berichtete, unterbrach sie plötzlich ihre Rede und sagte:

»Schauen Sie. Da drüben geht er und wie immer auf direktem Weg zur Bank.

»Sie sprechen von dem Mann mit so einem mahnenden Unterton, als würden Sie ihn nicht mögen«, sagte ich geradezu ohne Betonung und gab mich einigermaßen uninteressiert.

»Den mag hier keiner. Großspurig, habgierig, egoistisch und emphatilos. Das alles ist er. Für ihn zählt nur das Geld und dafür ist er bereit, alles zu tun.«

»Was meinen Sie damit?«

»Na ja. Er ist hier aufgewachsen und hat schon als kleiner Junge seine Freunde betrogen. Dabei hatte er sehr großzügige Eltern und eine behütete Kindheit. Doch was will man machen. Wenn etwas in Dir ist, dann ist das so. Dann musst Du damit zurechtkommen, ob Du willst oder nicht. Jeder sollte sich freuen, wenn er oder sie Gutes in der Seele trägt, kreative Talente in sich birgt oder einfach nur ein aufrichtiger Mensch ist, denn es gibt genug andere Charaktere auf unserer Erde!«, sagte sie, nickte mir ihre Worte bestätigend zu und beendete das Gespräch, da sie weitere Gäste zu bedienen hatte.

Ihre Worte brachten mich ins Grübeln und ich fragte mich, zu welcher Gattung ich gehörte. Mir sausten viele Erinnerungen aus meiner Kindheit durch den Kopf und ich sah diesen neugierigen kleinen Kerl, der voller Liebe und Zuneigung mit seinem inzwischen verstorbenen Kater Kuddel spielte, mit seinen Freunden auf den Straßen von St. Pauli herumtobte und am Abend den Geschichten der Mutter lauschte, als sie ihn ins Bett brachte. Ich hatte nichts Böses in mir. Ich war einfach nur ein klein Junge voller Piratenträume, der mit Volldampf durch seine Kinderwelt sauste und in seinem Vorwärtsdrang durch nichts und niemandem aufzuhalten war. Ich konnte und wollte mir selbst jedoch nicht verschweigen, dass da auch dieses andere in mir war, noch immer ist und immer sein wird. Anfangs wollte ich mich belügen und diesen Teil in mir dem Verhalten meines Vaters zuschreiben, weil er so schlecht mit meiner Mutter umgegangen war und ich mit zunehmenden Lebensjahren die Bereitschaft zur Aggression gegen meinen alten Herren entwickelt hatte. Bei Licht betrachtet wäre das aber eine Lüge, denn mein Vater legte eigentlich nur das frei, was ganz sicher durch seine Erbanlagen längst in mir war. Ich war eben der Sohn beider Elternteile und aussuchen konnte ich es mir nicht. Irgendwann hatte diese düstere Seite in mir seinen Weg nach außen gesucht. So passierte das Unvermeidliche eben genau im richtigen Moment und traf genau den, der es sich mehr als verdient hatte. Bei dem Blick in mein Inneres fiel mir allerdings auf, dass ich niemals grundlos aggressiv wurde. Es brauchte unbedingt einen Anlass. Sobald ich den bewusst erkannte, spürte ich nur allzu deutlich die ausgeprägte Bereitschaft das zu tun, was erforderlich war, ohne dabei die Grenzen zu überschreiten. Insofern sprach ich dem Echo in mir so etwas wie ein Gerechtigkeitsempfinden zu, obwohl das Wort Gerechtigkeit aus meinem Mund geradezu blasphemisch klingen muss. Wer klaut und überfällt hat alles Recht verwirkt, von Recht und Gerechtigkeit zu reden. Und genau das hat die Wirtin gemeint, als sie sagte, dass man damit zurechtkommen muss. Zuletzt sind wir alle wie wir sind. Ich schloss diese Gedanken und unterstrich mein Versprechen, ein anderer, ein besserer Mensch zu werden, denn meine düstere Seite mochte ich selbst nicht wirklich.

Wenn Du versuchst, diesen Reizmomenten auszuweichen, hat das finstere Echo auch keinen Grund, von innen an Deine Stirn zu klopfen und anzumelden, dass es noch immer in mir wohnt, dachte ich, blickte hinüber zur Sparkasse und sah, wie

Henry eiligen Schrittes durch die Tür kam und den Heimweg antrat.

Du dämliches Verräterschwein, meldete sich mein zweites Ich und warf die gedanklichen guten Vorsätze unversehens über Bord.

Ich verließ das Hotel und folgte ihm. Es schien mir richtig, ihn ein paar Tage zu beobachten und seine Routinen auszubaldovern, um die geeignete Möglichkeit und den günstigsten Moment herauszufinden, wo ich ihm am Besten auf die Pelle rücken konnte. Ich vermutete, dass er das geklaute Geld irgendwo zu Haus versteckt hatte und meinte, dass es sicherlich richtig wäre, ihn dort anzugehen. Es sollte möglichst kurz und schmerzlos ablaufen, hatte ich mir bereits umfänglich im Zug überlegt. Ihn zur Rede stellen, Gewalt androhen, sofort an Ort und Stelle das Geld abnehmen, ihn abmurksen und verschwinden. Tatsächlich stand es auf meinem Plan, ihn zu töten. Soviel zum Thema, ein besserer Mensch werden. Niemals einen Feind im Rücken haben, waren Hannes' Worte gewesen. Tatsächlich könnte ich niemals wieder ruhig schlafen, wenn ich Henry das Geld abnehmen und ihn lebend zurücklassen würde. Außerdem erinnerte ich mich an die fürchterlichen Schmerzen, als er auf mich geschossen hatte, womit ich die Rechtfertigung für mein geplantes Handeln gefunden hatte. Doch bis es soweit war und ob ich mein Vorhaben tatsächlich so durchziehen konnte, bedurfte es einige Zeit des Vorbereitens und des Auskundschaftens. Also ging ich ihm unauffällig hinterher und folgte ihm durch kleine Gassen, bis wir nach wenigen Minuten den Wald am Rande des Dorfes erreichten und Henry in einen Forstweg abbog.

Was für ein hübscher kleiner Ort, dachte ich für mich, als mich mich zur Orientierung noch einmal umdrehte, bevor ich im Unterholz verschwand.

Eine viertel Stunde des Weges später verschwand Henry in einem wunderschön restaurierten Fachwerkhaus, das sich auf einer von der Sonne durchfluteten Lichtung befand.

Hier könnte ich es gut aushalten, überlegte ich und fragte mich, ob sich Charlotte auch für so etwas begeistern könnte.

In Erinnerung an meine Knastzelle spürte ich diese herrliche Umgebung besonders intensiv und verharrte in meinem Versteck etwas abseits der Lichtung. Bald aber wurde ich durch lautes Schreien in meinen Träumereien unterbrochen. Ich konnte die Worte nicht verstehen, jedoch vernahm ich eindeutig Henrys Stimme, die sich vor Wut überschlagen wollte. Ich schlich mich zu dem Fenster, aus dem der Krach kam und warf einen Blick ins innere des Zimmers. In einem Schaukelstuhl sah ich einen alten, sehr gebrechlichen und blassen Mann, der mit einer Decke bis zum Bauch zugedeckt war. Ein Mitleid erregender Anblick, denn es war nicht zu übersehen, dass dieses Häufchen Elend sehr bald seinen letzten Weg antreten würde. Das hielt Henry jedoch nicht davon ab, ihn aus voller Kehle anzuschnauzen:

»Unterschreib endlich. Du nippelst ohnehin bald ab und ich erbe sowieso ganze Land.«

Was für ein Drecksschwein, sagte ich zu mir und konnte einfach nicht verstehen, wie jemand einen sterbenden Menschen derart angehen konnte.

Es war so, wie es mir die Wirtin zuvor erzählte. Henry hatte einen Deal mit seinen Investoren und brauchte unbedingt und sofort die Unterschrift seines Vaters für die Übertragung der Ländereien. Dieser aber tat ihm nicht den Gefallen so zeitig zu sterben, wie sein Sohn es erwartete. Von daher stand Henry gehörig unter Druck und musste sehr bald schon etwas unternehmen, wenn er sein Projekt noch retten wollte.

Der Nachmittag ging dahin und ich hielt mich noch immer im Gebüsch verborgen, als zum frühen Abend ein Auto vor das Haus rollte. Ein Mann stieg aus und trug eine Ledertasche bei sich, wie sie Mediziner oft benutzten und so dachte ich, dass das der Hausarzt sein könnte, dem Henry in gespielter Freundlichkeit die Tür öffnete.

»Na, wie geht es unserem Patienten heute?«, fragte er mit einem Lächeln im Gesicht.

»Er hält sich wacker, isst gut und schläft ausreichend«, antwortete Henry.

Anschließend verschwanden die beiden im Haus. Da mein Beobachtungsfenster inzwischen geschlossen war, bekam ich von der Untersuchung des alten Mannes nicht viel mit. Allerdings konnte ich sehen, wie vorsichtig und liebevoll der Doktor mit ihm umging. Augenscheinlich war Henrys Vater nicht mehr in der Lage, zu sprechen. Von daher versuchte er, sich durch Handzeichen verständlich zu machen. Seine spindeldürren Ärmchen vermochte er offensichtlich nicht mehr richtig anzuheben und so konnte auch der Arzt nicht erraten, was die Zeichen bedeuten sollten. Er nickte zwar ständig zustimmend, tat das aber nur, um den Greis zu beruhigen.

Das Szenario zu beobachten tat mir in der Seele weh, denn ich wusste nur zu genau, was er erzählen wollte.

Mein Gott, wie schlimm muss es sein, so zu enden, rasten die Gedanken durch meinen Kopf.

Einige Minuten später ging der Doktor wieder zu seinem Auto. Zu Henry, der ihn begleitete, sagte er bevor er einstieg:

»Machen wir uns nichts vor. Ihr Vater wird bald schon auf die andere Seite des Himmels gehen. Sein Herz ist einfach zu schwach. Sorgen sie dafür, dass er noch ein paar ruhige Tage hat, denn er weiß ganz sicher, was die Uhr geschlagen hat und möchte sich bestimmt darauf vorbereiten.«

»Das mache ich. Tagsüber habe ich das Fenster offen. So kann er den Geräuschen des Waldes lauschen.«

»Das ist schön. Ich komme übermorgen wieder vorbei. Wenn es aber erforderlich wird, rufen Sie mich an. Ich bin dann sofort hier«, sagte der Mediziner, stieg in sein Auto und fuhr davon.

Als es langsam dunkel wurde, machte ich mich auf den Weg zurück ins Dorf und war dabei etwas unvorsichtig. Um im Unterholz einem Dornenbusch auszuweichen, trat ich dummerweise ein paar Schritte auf die Lichtung und löste so die Bewegungsscheinwerfer aus, die die Wiese unmittelbar hell erleuchteten. Einem Wiesel gleich sprang ich zurück ins Gebüsch und war mir sicher, dass Henry mich nicht gesehen hatte, denn kaum, dass ich verdeckt hinter einem Baum hervorlugte, war Henry am Fenster und schaute in meine Richtung. Minuten später erloschen die Scheinwerfer, sodass ich abseits des Weges zurück ins Dorf ging.

Ich hatte mit Hannes ausgemacht, dass ich mich telefonisch bei ihm melde, sobald ich hier etwas erreichen konnte, spätestens aber dann, wenn ich Henry ausgemacht hatte. Allerdings müssten wir von dem unwahrscheinlichen Fall ausgehen, dass ihn die Polizei mit mir und meiner Flucht in Verbindung gebracht hätte und auch sein Telefon überwachen würde. Ich war mir sicher, dass er während meiner Abwesenheit mit Charlotte in Kontakt stand und die Behörden sie ganz sicher an der Angel hatten. Von daher war unsere Vorsicht nicht unbegründet. Aus diesem Grund konnte ich natürlich auch nicht von einem x-beliebigen Telefon aus seine Nummer wählen und mit ihm quatschen. Da es der Polente inzwischen möglich war, auch Telefonzellen, von denen aus telefoniert wurde und jene Anschlüsse, die angerufen wurden, relativ zügig auszumachen, musste ich mir etwas einfallen lassen. Andernfalls wüssten die binnen Minuten, von wo mein Anruf kam. Also setzte ich mich in meinen Mietwagen, fuhr zurück nach München und wählte von einer der vielen Telefonzellen im Hauptbahnhof die Nummer eines öffentlichen Anschlusses auf der Reeperbahn, auf den wir uns vor meiner Abreise verständigt hatte. Die abgesprochene Zeit war auf die Sekunde genau dreizehn Uhr. An jedem Tag stand einer von Hannes Mitarbeitern nur für wenige Sekunden an diesem Apparat und wartete auf das Klingen. Von daher klingelte es gerade zwei mal, als der Hörer abgenommen wurde und sich eine tiefe männliche Stimme meldete und fragte:

»Wie ist das Wetter?«

»Es zieht ein Gewitter auf!«, war meine knappe Antwort.

»Und bei Dir?«, wollte ich nun wissen.

»Alles im Lot auf'm Boot, alles in Budder auf'm Kudder!«

Dann legten wir beide auf.

Hannes und ich hatten verschiedene Antworten für die jeweils infrage kommenden Situationen zurechtgelegt und beide Seiten waren der Hoffnung, dass der Wortaustausch erfolgte, wie er an diesem Tag war.

Meine Antwort bedeutete nichts anderes, als dass ich Henry aufgespürt hatte und die Silben aus Hamburg erzählten mir, dass mit Charlotte alles stimmte aber auch, dass die Polizei keine Ahnung hatte, wo ich abgeblieben war.

Noch ein paar Tage, dann wird die Intensivfahndung der Behörden heruntergefahren, meine Flucht lediglich noch eine Aktenlage sein und nicht mehr im Fokus der Ereignisse stehen.

Dann wird ein anderes Schwein durchs Dorf gejagt, ging es mir durch den Kopf.

Ein weiteres Telefonat würde es nicht geben. Auch das war so besprochen. Würde man tatsächlich auf die Idee kommen, dass ich der Anrufer aus München war, könnten die Hamburger Polizisten ihre Kollegen in der Bayrischen Hauptstadt nerven. Auf das Kleckerdorf, in dem ich unterwegs war, würden sie jedenfalls nicht kommen, zumal mein dortiger Aufenthalt allenfalls allenfalls wenige Tage dauern würde.

Am späten Nachmittag war ich pünktlich zurück und kroch gerade noch rechtzeitig unter das Fenster, durch das ich tags zuvor Henry beobachtet hatte und sah, wie er sich über seinen Vater beugte und dem wehrlosen Mann ein großes

Kissen ins Gesicht drückte. Das konnte ich keinesfalls zulassen und wollte gerade zur Haustür laufen, als sich Henry erhob, ein paar Schritte rückwärts ging und seinen jetzt toten Vater betrachtete. Ich hatte tatsächlich nur noch die letzten Sekunden der Tathandlung miterlebt.

Du hättest keinesfalls mehr helfen können, versuchte ich mich gedanklich zu beruhigen, war innerlich aber vollkommen von der Rolle.

Wie kann man seinen bereits im Sterben liegenden Vater so etwas antun?, wütete es in meinem Kopf und ich verlor für einige Sekunden die Fassung.

Ich kroch zurück in mein Versteck, kam sehr bald wieder zur Ruhe und wusste nur zu genau, dass ich jetzt gehörig unter Druck stand.

Würde ich den Moment nutzen, Henry an die Gurgel zu gehen und ihm das hoffentlich in diesem Haus versteckte Geld abnehmen, könnte er mir vielleicht noch den Tod seines Vaters in die Schuhe schieben. Andernfalls hätte ich ein Problem, wenn ihm das natürliche Ableben des alten Mannes nicht geglaubt und er eingesperrt würde. Natürlich könnte ich später in das Haus einsteigen und die Kohle suchen, doch das allein würde mir nicht reichen, denn ich hatte noch eine Rechnung mit ihm offen, wie ich bereits erzählte.

Das Echo tief in mir trieb bereits seit Tagen seine Spielchen in meinen Träumen und überfiel mich in diesem Moment. Ich musste mich wirklich zusammenreißen, um Henry nicht sofort an die Gurgel zu gehen, so stark drängte es mich innerlich. Zuletzt kam ich nach einiger Zeit wieder zur Ruhe und wollte abwarten, was jetzt wohl passieren würde.

Es dauerte etwa eine halbe Stunde, bis der Hausarzt mit seinem Auto vor der Tür hielt, wo er von einem ausgeglichen und ruhig wirkenden Henry erwartet wurde.

»Herr Doktor, mein Vater ist gerade von uns gegangen, glaube ich. Er ist ganz friedlich eingeschlafen, als ich neben ihm saß.«

»Ich Habe es Ihnen ja gesagt, dass es jetzt schnell gehen könnte. Dann wollen wir mal sehen. Ist er in der Stube?«

»Ja, wie immer liegt er in seinem Sessel.

Durch mein Fenster beobachtete ich, wie der Doktor in das inzwischen wieder fein sauber aufgeräumte Wohnzimmer trat, den Leichnam untersuchte, Henry mitleidig und besänftigend auf die Schulter klopfte und zuletzt eine Totenbescheinigung ausstellte, auf der er vermutlich natürlicher Tod angekreuzt hatte. Bald traten die zwei vor die Tür und ich könnte hören, wie der Arzt sagte:

»Ich informiere gleich die Polizei und auch das Bestattungsunternehmen. Das ist aber nur noch Routine. Wir Wissen alle, dass Dein Vater unmittelbar vor seiner letzten Tür stand. Von daher wird nichts weiter erforderlich.«

Darauf hatte Henry ganz offensichtlich gebaut. Jetzt musste er nur noch die Polizei überzeugen und dann wäre der Weg frei für seine Geschäfte, denn als Alleinerbe stünde dem nichts mehr im Weg. Offensichtlich hatte er keinen Moment Zeit mehr gehabt, bis zum natürlichen Ableben seines Vaters zu warten. Anders konnte ich mir sein Handeln nicht erklären.

Weitere dreißig Minuten später trudelte der trottelige Dorfpolizist in Begleitung eines in zivil gekleideten Mannes ein, der vermutlich zur Kriminalpolizei der nächsten Kreisstadt gehörte. Die drei schienen sich gut zu kennen und so war diese Aktion eher ein erster Kondolenzbesuch denn einer amtlichen Inaugenscheinnahme eines Einsatzortes, bei dem es zuletzt ein paar mehr Schnäpse gab, die anschließend mit ausreichend Bier heruntergespült wurden. Die zwei Polizisten machten sich wieder davon, nachdem sie Henry vor dem Haus erneut ihr Beileid aussprachen.

Diesen Beobachtungen zufolge gelangte ich zu der Schlussfolgerung, dass jetzt niemand mehr auf die Idee kommen würde, dass hier ein Verbrechen geschehen war. Alle im Dorf wussten um den Gesundheitszustand von Henrys Vater. Nach der ärztlichen Leichenbeschauung war das eingetreten, was im Ort schon längst erwartet wurde und die Kripo würde routinemäßig einen Bericht schreiben, der sich vornehmlich auf die Angaben des Hausarztes bezöge. Dann bekommt das Ganze ein paar Stempel und erhält einen Charakter, den niemand mehr infrage zu stellen wagen würde. Auf welcher Grundlage aber auch. Die Feststellungen eines Arztes anzweifeln, dessen jahrelanger Patient der Verstorbene war? Oder die Feststellungen zweier versierter und erfahrener Polizeibeamte, die die Aussagen des Doktors umfänglich bestätigten? Ehrlich gesagt gab es auch keinen Grund, den natürlichen Tod des kranken und alten Mannes festzustellen, denn das Kissen, mit dem Henry die Tat ausgeführt hatte, lag wieder ordentlich an seinem Platz auf dem Sofa und die das Opfer wärmende Decke, die durch die schwache Gegenwehr des Sterbenden zerwühlte worden war, lag wieder ordentlich drapiert über des Leblosen Körper. Der einzige, der hier etwas zum wirklichen Tatgeschehen sagen könnte, wäre ich. Doch würde ich einen Teufel tun, denn dann wäre ich meiner eigenen Chance beraubt, mein Vorhaben in die Tat umzusetzen. Dann wäre der ganze Auffand umsonst gewesen. Allerdings war ich sehr erstaunt, wie leicht es war, einen Menschen zu töten und die Tat zu vertuschen. In dieser Angelegenheit war das allerdings nicht so schwierig. Es musste zwar nicht viel verdeckt werden, aber als Täter derart abgebrüht zu sein, dem eigenen Vater aus Habgier und Ungeduld das Leben zu nehmen, um wenig später sowohl dem Arzt als auch der Polizei entspannt und glaubwürdig zu erklären, dass er friedlich eingeschlafen sei, um zuletzt mit den Beamten gemütlichen einen zu heben, erforderte schon eine gehörige Portion Abgebrühtheit. So langsam wurde mir klar, dass es Henry überhaupt nichts ausgemacht haben musste, bei dem Überfall emotionslos und kaltblütig zu schießen, am Tatort liegen zu lassen und sich mit der Beute aus dem Staub zu machen. Natürlich sagte ich mir, dass auch ich kein Waisenknabe war aber bei mir ging es immer nur darum, um Geld für meine Mutter zu beschaffen. Ich habe hinlänglich geschildert, dass ich immer darauf geachtet hatte, niemanden zu verletzten.

Als ich am Abend in der Gaststube des Wirtshauses saß, hörte ich aus den Gesprächen der Nebentische, dass der Tod von Henrys Vater längst die Runde gemacht hatte. Alle bekundeten ihr Mit- und Beileid, bis auf die Wirtin, die mir ein weiteres Bier brachte und dabei halblaut und nur für mich hörbar sagte:

»Na, das ist ja mal ein Zufall. Übermorgen wollen die Investoren den Nachweis über die verfügbaren Grundstücke haben und prompt stirbt heute der Vater, nachdem er sich so lange tapfer gehalten und um keinen Preis geschlagen gegeben hatte.«

»Was Soll ich dazu sagen. Ich bin doch nur Gast in ihrem Haus und habe keine keine Ahnung von den Ränkespielen der hiesigen Gesellschaft«, stellte ich mich ahnungslos.

Es lag mir auch nicht daran, ein annähernd vertrautes Gespräch mit der Dame zu führen, denn auch sie sollte sich später keinesfalls zu genau an mich erinnern können. Also verhielt ich mich zurückhaltend. Und Doch ließ sie nicht locker.

»Sagen müssen Sie ja nichts, aber denken können Sie sich ihr Teil.«

»Natürlich ahne ich, was Sie mir sagen wollen, aber das bleibt doch eine Vermutung. Ich hörte, dass der Mann sehr alt und gebrechlich war. Von daher kann das alles auch reiner Zufall sein«, versuchte ich auf ihre Worte möglichst neutral zu antworten.

»Man kann ja vermuten, was man will, aber laut sagen darf man es nicht. Das könnte tatsächlich zu ernsthaften Problemen führen«, startete ich einen erneuten Versuch der Beschwichtigung, der der Wirtin überhaupt nicht gefiel.

Sie sah mich einen Moment prüfend an, schien mich in meiner Neutralität nicht richtig einschätzen zu können und beendete das Gespräch kurzerhand, indem sie mein Glas vom Tisch nahm, sich umdrehte und ihre Arbeit wieder aufnahm.

»Na, wer es glaubt, soll selig werden. Ich habe meine Überzeugung und dabei bleibe ich, basta«, waren die letzten Worte, die ich mitbekam.

Wie recht sie doch hat. Und Niemand wird es je öffentlich klären können, denn auch wenn ich meine Beobachtungen offenbaren würde, könnte ich nichts davon beweisen, überlegte ich.

Wenn der Arzt seinen Totenschein ausgestellt und die Polizeibeamte ihre durch und durch mehr als fragwürdigen Untersuchungen abgeschlossen haben, müsste schon einiges aufgeboten werden, um die Ermittlungen neu aufzurollen. Doch genau daran ist Dir doch überhaupt nicht gelegen, schloss ich meine Überlegungen ab.

Wie verrottet muss man eigentlich sein, dachte ich über Henry und wusste, dass unser baldiges Wiedersehen seine eigenen Spielregeln haben würde. Die Beobachtungen des heutigen Tages machten es mir leicht, die Grenzen meiner Einstellungen gehörig auszuweiten und mich auf alles gefasst zu machen. Ich verhielt mich einen Tag ruhig und heckte einen Plan aus, wie ich jetzt am besten vorgehen sollte. Die anstehende Beisetzung des getöteten Vaters wollte ich noch abwarten und dann zur Tat schreiten überlegte ich, um mir etwas Zeit zu verschaffen. Doch kommt es im Leben manchmal anders, als man denkt. Folgerichtig warf ich einer plötzlichen Idee folgend alles über Bord und machte mich tags darauf gegen Mitternacht auf, um Henry auf die Pelle zu rücken.

Nach dem Abendessen verabschiedete ich mich bei Wirtin mit Hinweis, dass ich früh ins Bett gehen und keinesfalls mehr gestört werden wollte. Über meinen Balkon, der eine Treppe in den Garten hatte, schlich ich mich etwas später auf abgelegenen Wegen bis hin zum Wald an Henrys Haus, verbarg mich an meinem bisherigen Versteck und versuchte herauszufinden, ob mein Erzfeind überhaupt anwesend war. Und tatsächlich. Es vergingen lediglich ein paar Minuten, bis ihn im Wohnzimmer sehen konnte. Ausgerechnet in dem Sessel, in dem er seinen Vater abgemurkst hat, saß er jetzt mit ausgestreckten Beinen tief entspannt bei einem Glas Wein und ließ es sich gut gehen.

Also los. Jetzt kommt der Moment der Wahrheit, sagte ich zu mir, ging zur Haustür und klopfte an die Tür.

»Wer sind Sie und was wollen Sie um diese Zeit von mir?«, fragte er in etwas mürrischem Ton, als er breitbeinig und in aggressiver Haltung in der offenen Tür stand.

Er hatte mich in meiner aufwendigen Kleidung tatsächlich nicht erkannt. Das änderte sich aber sofort, als er mich reden hörte.

»Du dummes Dreckschwein. Ich will den Rest der Beute und dann müssen wir uns mal darüber unterhalten, warum

Du mich über den Haufen geschossen hast, um anschließend allein abzuhauen. Ich wäre fast verblutet.«

Er riss die Augen weit auf und traute seinen Augen nicht.

»Freddy?«, brachte er stammelnd und verwundert über seine zitternden Lippen.

»Ich hätte Dich gar nicht erkannt.«

»Das war der Zweck der Übung, aber das geht Dich einen kalten Käse an.«

»Ich beobachte schon seit Tagen so einen Typen, der hier durch die Büsche schleicht und mich zu beobachten scheint. Dann warst Du das oder irre ich mich?«

So ein Mist, flogen mir die Gedanken durch den Kopf. *Ich hatte mich so vorgesehen und doch er mich wahrgenommen.*

Diesen Triumph konnte ich natürlich nicht einfach so im Raum stehen lassen und sagte:

»Ja, der bin ich und Du glaubst nicht, was man so alles beobachtet, wenn man unauffällig durch die Fenster schaut.«

»Ach ja?, antwortete er reichlich verlegen und sagte:

»Beobachten kann man viel, beweisen jedoch nichts.«

Jetzt wartete er auf meine Reaktion und sah mich schweigend an.

»Deswegen bin ich nicht hier«, antwortete ich kurz.

»Wie Hast Du mich überhaupt gefunden?«

»Das war einfach, denn Du bist in Deiner Raffgier einfach nur blöd. Wir wussten immer und zu jeder Zeit, wo Du steckst oder glaubst Du, wir leben in Hamburg auf dem Mond?«

»Auf dem Mond nicht aber ich wähnte Dich im Knast?«

»Das war einfach zu viel für mich. Ich drehte mich kurz um, schaute, dass nicht zufällig jemand in diesem Teil des Waldes unterwegs war und rammte diesem Idioten meine Rechte ins Gesicht, sodass er rückwärts in den Flur kippte. Ich trat ebenfalls ins Haus und schloss die Tür hinter mir zu. Henry versuchte sich in seiner Benommenheit aufzurappeln und wieder auf die Beine zu kommen. Ich zog meinen alten Dolch, den ich über die Jahre immer sorgfältig gepflegt und gut aufbewahrt hatte, hielt ihm die glänzende, überaus scharfe Klinge an den Hals und sagte:

»Heute ist der Tag der Abrechnung und es liegt ganz allein an Dir, wie er endet.«

»Dass ich nicht lache. Willst Du mich mit diesem Käsemesser verletzen?«

»Damit verletzt man niemanden, damit amputiert man. Wenn Du magst, können wir es ja mal ausprobieren, ob es funktioniert.«

»Scheiß drauf. Was willst Du Von mir?«

»Was ist das für eine blöde Frage. Ich will meinen Anteil von der Beute und eine gehörige Entschädigung dafür, dass ich für Dich in Santa Fu einsaß und Dich nicht verraten habe.«

»Fordern kannst Du ja viel, aber ob Du das bekommst, steht auf einem ganz anderen Blatt.«

Ich drückte die Klinge etwas fester gegen seinen Hals, sodass etwas Blut aus dem Schnitt floss.

»Hör auf, Du Idiot. Ich hab nicht mehr viel davon. Da bist Du etwas zu spät gekommen.«

»Willst Du mich verscheissern? Ich weiß, dass Du einen Deal mit ein paar komischen Investoren hast. Da die Zeit drängt und Dein Vater nicht starb, hast einfach etwas nachgeholfen. Was ist, wenn ich damit zur Polizei gehe?«

»Na, das mach mal. Sag ihnen aber auch, dass Du aus dem Knast in Hamburg abgehauen bist. Die bringen Dich gern wieder zurück, will ich mal vermuten.«

Ich schaute ihn überrascht an.

»Da staunst Du, was ich alles weiß. Und nur mal so zur Klärung der Angelegenheit. Etwas Schmiergeld und die Sache ist geritzt. Mir passiert hier überhaupt nichts. Egal, welche Lügen Du verbreitest.«

»Schmiergeld?«, fragte ich.

»Also hast Du doch noch Kohle. Ich sage Dir eins und ich sage es nur einmal. Wir gehen jetzt zu Deinem Schrank in der Stube. Wie es der Zufall wollte habe ich neulich gesehen, wie Du da eine große, schwarze Tasche versteckt hast, die mir im Aussehen ziemlich bekannt vor kam.«

Henry gab sich erschrocken und kapitulierte.

»Also gut. Ich gebe Dir einen Teil von dem, was ich noch habe. Nimm diesen blöden Dolch von meiner Gurgel und lass mich aufstehen.«

Von wegen, einen Teil der Beute. Ich werde ihm alles abnehmen. In wenigen Sekunden platzen des Herren sämtliche Träume, wühlten mich meine Gedanken auf, denn mir war klar, dass er das Geld nicht einfach so herausgeben würde.

Ich kannte ihn zu genau und ahnte, dass er gleich eine Hintertür öffnen würde. Und richtig. Ich folgte ihm in kurzem Abstand, drückte den Dolch leicht gegen seinen Rücken und beobachtete jede seiner Bewegungen, als er die Schranktür öffnete und die prall gefüllte Tasche hervorzog.

»Aufmachen«, wies ich ihn an.

Er zog den Reißverschluss auf und in dieser Sekunde strahlte mich das an, wofür ich all die Gefahren, die Anstrengungen und das Schweigen im Knast auf mich genommen hatte. Allerdings blendete das Leuchten des Geldes für einen Moment meine Aufmerksamkeit, die Henry kaltblütig auszunutzen versuchte.

Aus den Augenwinkeln sah ich, wie er hinter sich griff, um die Pistole, die er immer trug und die ich auch wenige Tage zuvor bei ihm gesehen hatte, herauszuholen.

Spätestens, seit dem ich den Mord an seinem Vater beobachtet hatte aber auch in Erinnerung an den Überfall wusste ich nur zu genau, dass er mich umbringen würde, wenn er die Möglichkeit dazu hätte und dieser Moment schien aus seiner Sicht nun gekommen. Doch ich war durch meine intensiven Vorbereitungen, Beobachtungen und Analysen bestens informiert und hatte mich auch häufig gefragt, ob ich genau diese erwartbare Situation zum Äußersten treiben würde.

Die Antwort war schnell gegeben, denn ohne zu zögern rammte ich ihm meinen Dolch bis zum Schaft von unten nach schräg oben in den Bauch und durchbohrte vermutlich sein

Herz, denn er brach ohne jedes Stöhnen sofort in sich zusammen.

Ich erschrak darüber, als ich aus einem seltsamen und kurzen Rausch erwachte und mir bewusst wurde, dass ich gerade einem Menschen das Leben genommen hatte. Darüber zu reden oder so etwas im Fernseher zu sehen ist das eine. Die Tat selbst begangen und das Opfer vor sich liegen zu haben, ist etwas vollkommen anderes. Die Tathandlung als solche war sehr einfach. Man sticht einfach nur zu. Doch der Gedankentsunami, der sich in einem aufbaut, ist gewaltig und ich wusste, dass ich lange keine Ruhe finden würde. Henry war ein Schwein, ein dreckiger Charakter und ein Verräter, aber er war auch ein Mensch. So versuchte ich, die logischen Argumente für mein Handeln aneinanderzureihen und die Empfindungen auf diesem Weg zu beruhigen. Doch hat das eine überhaupt nichts mit dem anderen zu tun. Man könnte auch einem verliebten Menschen seine Liebe auszureden oder einem Ertrinken den die Angst vor dem Tod nehme wollen. Nichts davon gelingt. Ich erwachte aus meinen Überlegungen und wusste, dass ich mich verdammt nochmal zusammennehmen musste.

Jammern kannst Du später, jetzt musst Du handeln, dachte ich und wurde aktiv, als ich wieder einigermaßen klar denken konnte.

Das erste was ich tat, war das Geld zu nehmen und es in den Kofferraum meines Mietwagens, der vor dem Gasthaus stand, zu verstauen. Also ging ich einigermaßen unaufgeregt auf meinem verschlungenen Pfad durch den Wald und lud die Beute ab. Es dauerte eine gute viertel Stunde, bis ich wieder zurück war. Was immer jetzt passieren würde, das Geld war in Sicherheit. Doch wollte ich nicht, dass die Polizei tags darauf Henrys Leiche finden konnte. Ich würde alle nötige Zeit für eine unauffällige Abreise gewinnen, wenn man ihn lediglich vermisste. Also setzte ich die Idee um, die mir durch den Kopf sauste, als ich unlängst durchs Dorf gegangen war. Dafür kam es mir entgegen, dass Henry kaum Blut verloren hatte, als er sein Leben aushauchte. Da das Herz sofort zu schlagen aufgehört hatte, war es nur um die Einstichstelle rot. Ich zog den Reißverschluss seiner Jacke zu, lud mir diesen schweren Kerl auf die Schulter und hievte ihn auf die Ladefläche seines Pickups, der wie immer vor dem Eingang seines Hauses stand. Den Fahrzeugschlüssel fand ich in seiner Hosentasche und so rollte ich wenig später in normaler Fahrt durch das Dorf. Im Haus hatte ich zuvor noch alles Verdächtige aufgeräumt, sodass niemand darauf kommen konnte, dass hier ein Verbrechen geschehen war. Das zweite innerhalb weniger Stunden.

Der Friedhof lag etwas außerhalb der Gemeinde in einem von der Straße nicht einsehbaren kleinen Park. Als ich dorthin abbog, machte ich das Licht aus, fuhr langsam bis zum Eingang und begann mit meinem Manöver.

Auf besagtem Spaziergang war ich auch hier vorbeigekommen und hatte gesehen, dass die Grabstelle für die anstehenden Beerdigung von Henrys Vater ausgehoben worden war. Tatsächlich sollte er am kommenden Morgen um zehn Uhr beigesetzt werden.

Jetzt musste ich schnell, präzise und sauber arbeiten. Dann würde mein Vorhaben auch gelingen. Ich nahm mir aus Henrys Auto sowohl Spitzhacke als auch Schaufel und begann, die Gruft zu vertiefen. Das dauerte ungefähr eine Stunde bis ich meinte, dass es so reichen sollte. Dann holte ich die Leiche, legte sie in die Grube und deckte sie mit dem Aushub zu. Das ging erstaunlich schnell, sodass das Loch in der Erde anschließend genauso aussah, wie zuvor, nur dass es jetzt schon einen Untermieter beherbergte, von dem allerdings nichts zu sehen war. Ich war gerade dabei, das Werkzeug zu verstauen, als ich mir Gedanken darüber machte, ob bei Tageslicht erkennbar wäre, dass hier jemand gebuddelt hatte. Doch manchmal braucht es nur etwas Glück, dann gehen die Dinge wie von selbst. Es fing an zu regnen. Nein, es goss wie aus Kübeln und niemand würde während der Beisetzung irgendwelche Grabungsspuren erkennen können. Ich musste auch keine Bedenken haben, dass Henrys Leiche vom starken Niederschlag freigespült würde. Dazu hatte ich ihn einfach zu tief verbuddelt, als dass das passieren konnte.

Bald hatte ich das Auto wieder dort abgestellt, wo es hingehörte, war abermals durch den Wald auf meinem Schleichweg und über den Balkon in mein Zimmer gelangt und versuchte zu schlafen, nachdem ich mich meiner schmutzigen und verschwitzten Kleidung entledigt und sie in eine große Tüte verstaut hatte, um sie auf meiner Heimfahrt unverdächtig entsorgen zu können.

Das Einschlafen aber gelang mir nicht, denn meine Gedanken meldeten sich wieder und ließen mich einfach nicht zur Ruhe kommen.

Beim Frühstück zeigte ich mich der Wirtin gegenüber einigermaßen jovial und ausgeschlafen. Eher nebenbei fragte sie mich halblaut und für einige andere Gäste gut hörbar:

»Wie lange bleiben Sie denn noch?«

»Ich weiß noch nicht, wann und wie ich fertig werde, doch könnte es sein, dass ich Morgen schon abreise.«

»Gehen Sie denn nachher zur Beerdigung?«

»Wenn ich als fremder daran teilnehmen darf, dann gern.«

»In unserer Gemeinde darf jeder dabei sein. Also sehen wir uns dann dort. Anschließend findet in diesen Räumen noch die Trauerfeier statt. Da zähle ich auch auf Sie.«

Das alles war mir sehr recht, denn so bekam ich genau mit, was die Leute rund um die Beerdigung und Henrys unerklärliche Fernbleiben zu tratschen hatten. Nach dem Frühstück machte ich einen kleinen Spaziergang zum Friedhof, um mir die Grabstelle noch einmal unauffällig und genau anzusehen. Dort angekommen zeigte sich mir alles so, wie ich es geplant hatte. Keine Spuren, kein Henry, kein

Nichts. Alles, wie es sein soll. Ganz vorsichtig erlaubte ich mir die ersten optimistische Gedanken und dachte:

Du blödes Schwein. Das ist die Quittung, nach der Du so laut gerufen hast. Mit dem Mord an Deinem Vater hast Du Dir praktisch Dein eigenes Grab geschaufelt und niemand, hörst Du mich, niemand wird Dich je wiederfinden. Du bist einfach nur verschwunden, praktisch wie vom Erdboden verschluckt, und so ist es ja auch im wahrsten Sinne des Wortes, ging es mit durch den Kopf, bevor ich mich für den Moment entfernte.

Langsam ging ich später erneut durch das Friedhofstor und sah, dass vermutlich die Gesellschaft des gesamten Ortes anwesend war. Ich kam absichtlich etwas später, da so niemand auf mich achten würde. Die Wirtin schien auf mich gewartet zu haben, denn kaum näherte ich mich der Trauergemeinde, sah sie mit ernstem Gesicht herüber und nickte mir scheu einen Morgengruß entgegen, um sich dann wieder auf die Worte des Pastors zu konzentrieren. Ich hingegen hörte nicht wirklich hin. Mir gaben diese triefenden Grabreden nichts. Sie wirkten immer viel zu pathetisch und schwülstig. Mochte jeder darin finden, was er oder sie wollte.

Wenn ich einmal eingebuddelt werde, können sie sich dieses ganze Tamtam sparen. Wenn ich tot bin, ist es vorbei. Ob es ein Leben danach gibt, werde ich schon sehen und da ich nicht immer auf dem geraden Weg des Lebens unterwegs war, wird man mir dort nicht sofort alle Türen öffnen, ging es mir durch den Kopf.

Ich war hier um sicherzugehen, dass Henry zusammen mit seinem Vater begraben würde. Also unterdrückte ich meine leichte Unruhe und beobachtete, was sich um mich herum ereignete.

Dass der Sohn seines Vaters Beerdigung versäumt, ist ja wohl vollkommen daneben, hörte ich eine Stimme in meiner Nähe. Schweigend und zustimmend nickten einige Besucher unauffällig, um ja keine Aufmerksamkeit zu erregen. Als aber auch die Worte des Pastors, rhetorisch gekonnt vorsichtig, inhaltlich jedoch deutlich anklagend in diese Richtung zielten, räusperte sich tatsächlich allgemeines Unverständnis. Vor allem aber Frau Wirtin gab sich wenig redegewandt und kam in ihrer sehr direkten Art wie immer wie ein Elefant im Porzellanladen durch die Vordertür und brachte zum besseren Verständnis gleich den Türrahmen mit ins Zimmer, in dem sie sagte:

»Bei mir braucht sich dieser Kerl nicht mehr blicken lassen.«

Erneutes allgemeines Zustimmen der Gemeinde durch nachhaltiges Kopfnicken.

Wenn Frau Wirtin wüsste, dass Henry tatsächlich nicht mehr bei ihr aufkreuzen würde und wenn die Anwesenden auch nur eine Ahnung hätten, wie nahe der Missetäter bei ihnen war, lachte ich mehr wissend als die anderen in mich hinein.

Und dann war es soweit. Die letzten Worte der Rede waren verhallt, als der Pastor seinen Helfern das Zeichen gab, den Sarg in die Grube zu senken. Es dauerte nur wenige Sekunden und er stand genau dort, wo ich ihn sehen wollte. Jetzt war alles gut, denn die Trauergemeinde stellte sich in einer Reihe auf, trat an das offene Grab, nahm Abschied von dem verstorben Freund, Skatbruder, Wegbegleiter oder was auch immer. Niemand ging, ohne zuletzt eine Schaufel des bereitliegenden Erdhaufens auf den Sarg zu werfen. Das alles dauerte eine ganze Weile, bald aber löste sich die Menge auf. Die Menschen gingen ihrer Wege, ich aber blieb noch etwas und wartete, bis die Arbeiter mit einem kleinen Bagger kamen und den Aushub des Grabes zurück in die Grube warfen. Als sie ihre Arbeit beendeten, sagte einer von ihnen zu mir im Weggehen:

»So schnell geht es. Gestern warst Du noch beim Stammtisch und heute wirst Du hier eingebuddelt. Man sollte sein Leben einfach nur genießen. Es ist ein Geschenk.«

Diese Worte hallten noch lange in mir nach und ich nahm mir vor, das Leben künftig mehr aus diesem Blickwinkel zu betrachten, denn diese so dahingesagten Worte trugen nichts anderes in sich, als die reine und ganze Wahrheit.

Etwa eine Stunde später saß die mehr oder minder trauernde Gemeinde in der Gaststube und ließ es sich gut gehen. Da standen reichlich Häppchen und Schnittchen auf dem Tisch, von denen sich die Leute nur anfänglich und aus gespieltem Anstand zurückhielten. Das Ganze kam mir vor wie eine Tanzveranstaltung, bei der sich erst einmal alle zierten, auf das Parkett zu wagen, bis dann irgendwann ein Paar den Anfang machte. Alle wollten, aber keiner traute sich und zuletzt waren sie nicht mehr von der Tanzfläche zu bekommen. Jedenfalls starrten die gierigen Augen auf das leckere Essen, bis Frau Wirtin einmal durch die Gaststube rief, dass das alles zum Essen und nicht zum Ansehen auf die Tische gestellt worden war. Und dann begann die Schlacht am kalten Buffet. Nun ging es nicht mehr um Anstand, sondern um Rücksichtslosigkeit und Egoismus. Frei nach dem Motto, wer zuerst zugreift, bekommt das meiste und kann sich die Filetstücke herauspulen. Unabhängig davon, wie tief sie unter den Schnittchen vergraben waren. Beim Alkohol war die Belegschaft von Anfang an nicht besonders zimperlich. Da ging es gleich richtig los, als wären Schnaps und Bier nur in begrenzten Mengen vorhanden. Frau Wirtin jedenfalls hatte keine Zeit zum Trauern, denn sie musste die gierige Bagage versorgen und rannte unentwegt durch den Salon. Der Saufpegel der Dorfgemeinschaft raste rasant nach oben und sehr bald verloren die ersten die Kontrolle über das, was sie so von sich gaben und sehr schnell avancierte die Abwesenheit des Alleinerben bei der Beerdigung und jetzt auch bei der Trauerfeier zum Topthema. Niemand vermochte sich zu erklären, warum Henry, von dem viele in dieser Runde so gut wie nichts hielten, es wagen konnte, der Beisetzung fern zu bleiben. So mancher meinte das vermutlich aus seinem Herzen ehrlich, andere wiederum hatten sicherlich schon erste Geschäfte vornehmlich wegen der nun verfügbaren Ländereien im Hinterkopf. Die Chance dazu war jetzt unglücklicherweise vertan.

Bald wurde mir das Gepöbel zu bunt und ich entschloss mich, auf mein Zimmer zu gehen. Dort überlegte ich, dass ich am nächsten Morgen abreisen würde und begann, meine Siebensachen zu packen. Bevor ich einschlief, erlaubte ich mir noch einen entspannten Blick in die Geldtasche und war hocherfreut, was ich darin sah. Geldbündel, die das Gepäckstück fast zum Platzen brachten.

Was für ein Anblick, dachte ich und rief mir die vielen Ereignisse seit dem Raub in Erinnerung.

Dabei hätte alles so einfach sein können und auch Henry müsste nicht unter dem Sarg seines Vaters vermodern. Aber niemand anderes als er hatte das Schicksal so herausgefordert.

Sei es drum. Am Ende ist es so wie ich es am Anfang meiner Geschichte erwähnte. Ich bin ein Mörder. Und doch. Ich bin reich und Henry ist tot. Niemand wird ihn finden und ohne Leiche gibt es auch keinen Mord, sagte ich leise zu mir selbst und legte mich ins Bett.

Ich musste nur noch abreisen und meine Spuren verwischen. Selbstverständlich hatte ich auch dafür einen Plan. Vielleicht wird ein aufmerksamer Kopf auf die Idee kommen, dass meine Abreise seltsamerweise mit der

Beerdigung und Henrys Verschwinden in Zusammenhang stehen könnte. Allerdings hatte ich während meines Aufenthalts niemanden kennengelernt, der ein solche schlaues Köpfchen auf seinen Schultern trug. Und wenn, so würde man frühestens in ein paar Tagen auf irgendwelche Schrägen Ideen kommen. Zunächst wird jeder vermuten, Henry sei irgendwo hingefahren. Und genau das war mein Plan, als ich das Risiko auf mich genommen hatte, den Kerl in der offenen Gruft zu verscharren. Ich brauchte Zeit und die hatte ich mir mehr als ausreichend verschafft.

Ich fiel in einen traumlosen Tiefschlaf und wachte am nächsten Morgen wirklich gut erholt auf. Nach dem Frühstück lud ich mein Gepäck ins das Auto, bezahlte meine Rechnung, verabschiedete mich bei meiner Gastgeberin aufs Höflichste und fuhr entspannt durch die herrliche Landschaft nach München. Auch wenn ich vordergründig relaxt war, arbeitete es in meinem Kopf. Ich überlegte immer wieder, ob ich tatsächlich alles erledigt hatte, ob ich im Hotel nichts verdächtiges zurückgelassen hatte. Zuletzt war ich mir sicher, dass alles in Ordnung war und plante nun die Heimfahrt. Die wollte ich selbstverständlich nicht als Hein Müller antreten, den Frau Wirtin gegebenenfalls der Polizei gegenüber erwähnen würde. Dieser biedere Typ, den ich für meinen Aufenthalt hier in Bayern ins Leben gerufen hatte, wird genauso schnell verschwinden, wie er aufgetaucht war. Als ich in München angekommen war, gab ich zunächst den Mietwagen ab, bestellte mir ein Taxi, stieg etwa zwei Kilometer vom Bahnhof entfernt aus und machte mich fußläufig durch wenig belebte Straßen auf, meinen Zug zu erreichen. Vorher allerdings verschwand ich noch im Bahnhofsklo. Es kam mir sehr gelegen, dass ich hier ganz allein war. Also verschwand Hein Müller unerkannt in einer der Toiletten und heraus kam nur Minuten später Enrique Velascez, der so gar nichts mit seinem schlichten Vorgänger zu tun hatte. Ich hatte einfach die Kleidung gewechselt und eine schwarzhaarige Perücke und eine Sonnenbrille aufgesetzt. Heins Klamotten stopfte ich in den Mülleimer und verließ das Pissoir. Jetzt galt es, den Ausweis von Herrn Müller auf nimmer Wiedersehen verschwinden zu lassen. Ich dachte an Fietje, der mir meine Pässe so täuschend echt und genial hergestellt hatte, als ich den von Hein Müller in den Händen hielt.

Was für ein Künstler, widmete ich meinem ehemaligen Schulkameraden ein kleines gedankliches Kompliment.

Auf der Suche nach einer Möglichkeit, um das Dokument zu entsorgen, beobachtete ich, wie drei Jungs vor dem Bahnhof einen ihrer Lausbubenstreiche zum Leben erweckten und einen vollen Papierkorb in Brand setzten. Ich ergriff die einmalige Chance, lief zu den Rabauken und tat so, als wollte ich sie mir schnappen indem ich rief:

»Wollt Ihr wohl, Ihr Rotzlöffel!«

Die drei nahmen Reißaus und ich ließ kurzerhand besagten Ausweise in den Flammen verschwinden. Aus der Entfernung kam bereits ein Bahnbediensteter mit einem Feuerlöscher, um den Brand zu löschen. Der Ausweis aber war unter keinen Umständen mehr zu retten. Ich beobachtete noch mit Genugtuung, wie er von den Flammen aufgefressen wurde und entfernte mich ruhigen Schrittes. Hein Müller war Geschichte.

Ich fuhr anschließend nicht direkt nach Hause, sondern in verschiedenen Zügen eine ausgedehnte Schleife durch die Schweiz, Frankreich und Belgien, von wo ich dann den Zug von Brüssel nach Hamburg nahm. Ich war wie immer übervorsichtig und musste mein eigenes Gewissen beruhigen können, dass mir nicht doch irgend jemand auf die Schliche gekommen war und mich verfolgte. Mit dem Gefühl der Sicherheit rief ich vom Bahnhof der belgischen Hauptstadt bei Hannes an und sagte ihm, dass das Paket abgeliefert wurde. Auch das war so abgesprochen. Sowohl meine kurzen Worte als auch das Schweigen am anderen Ende der Leitung. Hannes wusste jetzt, dass Henry nicht mehr lebte, ich seinen Leichnam unauffindbar entsorgt und alles Geld bei mir hatte. Sein Schweigen sagte mir, dass in der Heimat alles ruhig war.

Meinetwegen können die nach Freddy Borrmann fanden wie sie wollen, denn der existierte fortan genauso wenig wie Hein Müller.

Am Abend betrat ich entspannt den Klabautermann und wurde von Charlotte fast umgerissen, noch bevor ich überhaupt ein einziges Wort sagen konnte. Ihr Überfall beschäftigte mich tatsächlich einige Minuten, bis ich endlich auf einem Stuhl saß und erzählen konnte, was sich in Bayern alles zugetragen hatte.

»Sehr gut, sagte Hannes.«

»Da sieht man mal wieder, dass Habgier nichts Gutes bedeutet.«

»Lass mich doch mal einen Blick in die Tasche werfen«, lachte er mich an und streckte seine Hände aus.

Seine Augen leuchteten, als er den Inhalt sah.

»Hast Du es gezählt?«

»Es sind zweihundert achzigtausend«, sagte ich

»Bekommt jeder einhundert vierzigtausend, okay?«, fragte er mich.

»So war es abgesprochen.«

Er machte zwei gleich große Haufen und ich nickte zustimmend, als er meinen Anteil wieder in der Tasche verstaute. Anschließend saßen wir noch eine ganze Weile zusammen und ich erfuhr, wie er mir immer wieder den Rücken freigeschaufelt und die Polizei mittels seiner Kontakte in die Irre geleitet hatte. Wie er das genau gemacht hatte, wollte er mir trotz allen Vertrauens nicht verraten. Es war jedoch ziemlich klar, dass er in den Reihen der Polizei seine Spitzel hatte.

»Dein Zellengenosse hatte ihnen wohl erzählt, dass Du immer französisch gepaukt hattest, was die Behörden tatsächlich Richtung Frankreich und andere Ländern lockte, in denen man diese Sprache spricht. Ich hatte natürlich vermutet, dass Du den Buchumschlag ausgewechselt hattest. Sehr schlau, mein Junge. Das war sehr schlau.«

»Ich vermute, Ihr werdet nicht hier bleiben. Wo soll denn die Reise jetzt hingehen?«

Ich wusste, das Charlotte ihm nichts von unseren Absichten erzählt hatte und so hielt auch ich mich bedeckt.

»Weißt Du, ein altes indisches Sprichwort sagt, dass manch einer gern und alles von sich erzählt, manch anderer aber nicht.«

»Ich verstehe«, sagte Hannes.

»Vermutlich würde ich auch schweigen. Wie dem auch sei. Wann immer Euch Euer Weg nach Hamburg führt, lasst was von Euch hören. Es wäre mir recht, wenn wir uns nicht aus den Augen verlieren würden.«

»Ich werde es mir hinter die Ohren schreiben, aber ich sage es Dir hier und jetzt. Ich werde nie wieder ein krummes Ding drehen. Damit ist jetzt ein für alle Mal Schluss.«

»Nun. Wir werden sehen«, sagte mein alter Freund.

»Stopp«, erwiderte ich.

»Ich bin dafür nicht mehr zu haben. Ich habe es Dir gesagt und dabei bleibt es.«

»Okay. Ich habe es verstanden«, antwortete Hannes respektvoll und gab mir das Gefühl, als hätte er lediglich meine Standfestigkeit auf die Probe stellen wollen.

Bald aber kam der Abschied. Hannes brachte mich noch zur Tür, wir nahmen uns fest in die Arme, bedankten uns gegenseitig beieinander und es dauerte ein paar Sekunden, bis er mich aus seinen Armen entließ. Es tat schon ordentlich weh, ihn so zurückzulassen, als ich an der nächsten Ecke abbog, noch einmal zurückschaute.

Wie ich zu Beginn meiner Geschichte erzählt habe, stehe ich schweigend an den Landungsbrücken und lasse die Szenerie des Hafens auf mich wirken. Den mörderischen Teil meiner Geschichte habe ich nun erzählt und bin froh, dass ich alles einmal so zusammengefasst herauslassen konnte. Ich bin guter Hoffnung, dass mir das Erzählen bei der inneren Bewältigung meines Handelns helfen wird. Aber ich muss das ja auch nicht allein schaffen. Ich warte auf meine geliebte Charlotte. Sie ist gerade auf der Werft, um sich von ihrem Großvater Hein Petersen zu verabschieden. Er war mein Chef und immer gut zu mir gewesen. Ihm goodbye zu sagen, hätte ich nach all den Ereignissen nicht mehr geschafft. Von daher wird ihm meine Freundin alles erklären und ich hoffe, dass er uns in einiger Zukunft besuchen wird. Allerdings wird im Moment niemand erfahren, was wir vorhaben. Auch ihr Großvater wird warten müssen, bis wir uns melden. Das aber wird seine Zeit dauern. Zuletzt werden Charlotte und ich gemeinsam die Folgen der Ereignisse bewältigen müssen, wie aus meinen Erzählungen zu entnehmen ist. Wir sind uns beide einig, dass wir nie wieder eine Straftat begehen oder etwas Unrechtes tun würden. Insgesamt freuen wir uns, dass wir in die Ferne gehen. Das, was mich wirklich quält ist, dass ich das Grab meiner Mutter für lange Zeit nicht mehr besuchen kann. Ich habe ihr aber versprochen, dass ich sie in meinen Gedanken mitnehme und wann immer ich in diese Stadt zurück komme, sie besuchen werde.

»Wir können los«, höre ich Charlottes weiche Stimme.

Mit strahlendem Lächeln kommt sie auf mich zu, nimmt mich in die Arme und fordert mich auf:

»Ab geht es. Lass uns aufbrechen.«

Bald sitzen wir mit nur wenig Gepäck aber sehr viel Geld in unserem Zugabteil. Der Zug rollt langsam an, nimmt Fahrt auf und trägt uns mit hoher Geschwindigkeit aus der Stadt in südliche Richtung. Wir hatten geplant, nicht direkt in die Schweiz zu fahren, wo wir auf einem bereits eingerichteten Nummernkonto den Großteil des Geldes deponieren wollten, um es später per Banküberweisung problemlos nach Venezuela überweisen zu können. Es wäre auch der blanke Wahnsinn, mit so viel Bargeld um die halbe Welt zu reisen. Also begaben wir uns auf eine mehrere Tage dauernde Reise kreuz und quer durch Europa. Wir würden unterschiedliche Fahrzeuge, Busse, Züge und Flugzeuge benutzen, zu Fuß oder per Anhalter verschiedene Grenzen überschreiten und dieses Spiel so lange treiben, bis wir uns sicher waren, dass auch der aufmerksamste Fahnder, so uns denn überhaupt jemand folgte, unsere Spuren verlieren würde. Unser Dampfer, auf dem wir wegen unserer unterschiedlicher Namen und aus Gründen der Tarnung unabhängig voneinander zwei nebeneinander liegende Außenkabinen gebucht hatten, sollte fünf Tage später in Genua auslaufen und uns nach Florida bringen. In den USA würde unser Verwirrspiel noch einmal aufleben und wir planten, in zwei Wochen in Venezuela zu sein, wo wir bereits eine zum Verkauf stehende Farm ausgemacht hatten.

Die Jahre vergingen. Charlotte und Freddy hatten nach und nach das Geld aus der Schweiz in ihre neue Heimat transferiert und die verfallenen Gebäude der Ranch zu neuem Leben erweckt. Verkrautet und zugewuchert waren die riesigen Weiden der Farm, als die beiden das Anwesen übernahmen. Inzwischen weideten dort Rinder und Pferde im warmen Sonnenlicht. Sanft wehte der Wind vom nahen Meer und aus der Ferne betrachtet bot sich dem Beobachter eine Idylle, wie man sie sich nicht schöner vorstellen konnte. Bei genauem Hinhören wäre auch das Gelächter zweier blonder Mädchen zu hören, die hinter dem Farmhaus einen großen Spielplatz hatten und vermutlich gerade um die Wette schaukelten, während Vater und Mutter der Kinder in einiger Entfernung an einem Tisch saßen und den Sprösslingen beim Toben zusahen.

Zuletzt bleibt zu hoffen, dass Freddy das Echo in seinem Inneren abgeschüttelt hatte, denn wo sollte es besser möglich sein, als an diesem friedlichen Landstrich im milden Wind des venezuelanischen Sommers. Genau dieses Bild fand sich auch auf der Tafel an der großen Einfahrt der Ranch auf der die Worte „Con el viento vino la paz" zu lesen waren, was soviel bedeutet wie „Mit dem Wind kam der Frieden".

Vita des Autors Thomas Märtens:

Als Fan der ganz großen Erzähler Charles Dickens, Patrick Süsskind, John Steinbeck, T.C. Boyle aber auch Cormac McCarthy, begann er vor einigen Jahren, selbst Geschichten zu schreiben und zu veröffentlichen.

In seinen facettenreichen Geschichten verflechtet er sehr komplexe Handlungsstränge aus lebensnahen, politischen und wissenschaftlichen Ereignissen, die in Teilen auch autobiografische Elemente in sich tragen. Er lässt sich auf kein bestimmtes Genre festlegen. Seinen Geschichten, gespickt mit einer Mischung aus philosophischen Betrachtungen und satirischen Elementen enthalten so eine besonders abwechslungsreiche Färbung.

Mit dem vorliegenden Buch *Der Mann im Schatten* *(Aus dem Leben eines Mörders)* veröffentlicht er seinen ersten Roman

Veröffentlichungen:

Die Zeit hat keine Bremsen, Erzählungen
Veröffentlicht bei Books on Demand www.bod.de

Weiß ist der Schnee, Kurzgeschichten
Veröffentlicht bei Books on Demand www.bod.de
Was Ihr nicht seht, Kurzgeschichten
Veröffentlicht bei Books on Demand www.bod.de

Das fremde Mädchen, Kurzgeschichten und Erzählungen
Eine Sammlung der schönsten Stories aus den ersten drei Bänden.
Veröffentlicht bei Books on Demand www.bod.de

Wie der Staub der Sterne, Weihnachtsgeschichten

Veröffentlicht bei Books on Demand www.bod.de

Das Echo, Roman

Veröffentlicht bei Books on Demand www.bod.de

Beteiligung an Anthologien der Autoren im Netzwerk

www.autorenimnetzwerk.de

Spannung, Liebe, Abenteuer

Veröffentlicht im Telegonos-Verlag www.telegonos.de

Geschichten unterm Weihnachtsbaum

Veröffentlicht im Telegonos-Verlag www.telegonos.de

Books on Demans www.bod.de

Beteiligung Anthologie des Literaturzirkels Peine

www.literaturzirkel-peine.de

Blütenlese

Veröffentlicht bei Books on Demand www.bod.de

Kontakt mit dem Autor:

Media: Facebook, Instagram

E-Mail: t maertens@t-online.de